Amy's essay collection since 2000

もの想う時、ものを書く

山田詠美

中央公論新社

もの想う時、ものを書く　目次

III

もの想う時、ものを書く

I

作家の口福

「ほろ」を求めて

札幌に住んでいた三歳の頃の話だ。まだ若い親であった父は、娘の私を大きな米櫃《こめびつ》に入れ、そのまま出勤してしまった。万が一、ひもじくなった時のために、とフランスパンとオレンジマーマレイドの瓶も入れた。私の面倒を見る予定の彼の義妹、つまり私の叔母が到着した時、私は米櫃から頭だけ出し、途方に暮れたかのように外の世界をながめていたという。今なら、即、幼児虐待を疑われるところだが、そのエピソードは、長い間、山田家の笑い話として語り継がれていた。

父の転勤で東京から札幌に移った時、母は既に身重で、私が米櫃に取り残されたのは、彼女が、すぐ下の妹の出産のために病院に運ばれた際のこと。なかなか到着しない義妹に困り果て、すまんすまんと幼い娘に手刀を切って去って行く父の姿が目に浮かぶよう。サラリーマンはつらいよ。

記憶というものは、本人の都合の良いように改竄《かいざん》されて行くものだから、ディテイルのすべてが正確とは言い切れないが、あの時のマーマレイドの味だけは強烈に覚えているのである。それはイギリスからの輸入品で、日本のもののように優しい味ではなかった。無骨にスライスされた皮ごと煮込んであるワイルドな舌ざわり。そして、強烈な苦味。あらかじめ蓋の開けられた瓶（力の弱い幼い娘への心づかいのつもりか）からすくって舐《な》めたその味は、とても三歳児に受け入れられるものではなかった。

安く売られていたからか、そのマーマレイドは、札幌時代、いつも食卓に上っていた。ある日、普通の甘い苺《いちご》ジャムが食べたくてたまらない、と駄々をこねる私に、父は提案した。トーストにバターをたっぷりと塗って、その上にマーマレイドをこれまたたっぷり載せて食べてごらん、と。

渋々と言われるようにして頬張ってみた。すると、あら不思議、何とも言えない深い味に変化しているではないか。喜ぶ私に、さらに父は提案した。そのトーストを半分に折って、甘くした紅茶に浸して食べてごらん、と。そして、ますます感激した。紅茶の甘みでほとびたパンに染み込む、とろりとしたバターが、あの手に負えない苦味を見事に引き立てているではないか。この時、私は「ほろ苦さ」という美味の存在を知ったのだった。大事なのは「ほろ」だ、と思った。以後、私は、その「ほろ」を追求して今に至る。

（2014年3月1日）

どきどきの味、伝染す

私の実家のある栃木県宇都宮市は、餃子《ギョーザ》の街として名高い。しかし、今から四十年近くも前、私が高校生の頃は、そんな話を耳にしたことはまったくなかった。餃子自体、たいして近しい食べ物ではなかった。もっとも私が実際に宇都宮に住んでいたのは二年間ほどであったから、じわじわと広がりつつあった餃子勢力には気付かなかったのかもしれない。

宇都宮餃子が全国に認知されたのは、あるテレビ番組がきっかけだったと聞いている。私の一度も降りたことのない方の駅の出口に餃子の像が建てられて、いっきにブームになったとか。今では、帰省するたびに必ず食卓にのぼる。餃子店に電話注文してピックアップの時間を指定する妹には、たいそう驚いた。本当に、宇都宮は餃子の街になったんだ、と深く頷《うなず》いた瞬間だった。好きな鍋物のアンケートを取ったら、餃子鍋はベストスリーに入るのではないか。他の街の餃子とどう違うのか、正直、私には解《わか》らないのだが、人に尋ねられると、こう答える。そりゃ、当然、宇都宮の餃子が日本で一番おいしいよ、と。

しかし、実を言うと、私がこれまでに一番おいしいと思った餃子は宇都宮のものではないのである。それは、宇都宮の前に住んでいた鹿沼で食べた餃子。こんなに旨《うま》いものが世の中にあるのか！　と言葉を失ったあの時の私は、小学六年生。

父が転勤族であった私は、幼い頃、あちこちの土地を転々としたが、小学校も終わりを迎える頃、母の生まれ故郷である栃木県鹿沼市に移り住んだ。もしかしたら彼女の長年の願いだったのかもしれない。子供心にも母親がのびのびとしているのが感じられた。

その夜、母はそわそわしていた。父が出張だったか飲み会だったかで不在の日だった。近所のおばさんが迎えに来るやいなや、私に留守番と妹の子守をするよう言いつけて出掛けて行った。何やら只事《ただごと》ではないように感じられて私は不安に駆られたが、ほどなくして母は戻って来た。熱々の折の箱を二つ、抱き締めるようにして持っていた。蓋を取ると、その中には、生まれて初めて見る他人《ひと》様の手による餃子が並んでいた。

あの口の中にほとばしった熱い旨味をどう表現して良いのか、子供の私にはさっぱり解らなかった。解明したくて次の時には、私も店に付いて行った。路地の暗闇に餃子と書かれた赤い提灯《ちょうちん》だけが浮かび上がっていた。汚くてやばそうな店。どきどきするわね、と母が言った。どきどきが伝染した味だったのか。

（２０１４年３月８日）

ほくほくが運んでくる

どうやら生まれつき喉から食道にかけての部分が狭いらしい。子供の頃から、しょっちゅうそのあたりで食べ物を詰まらせる。小学校の遠足では、空腹のあまりに慌ててのみ込んだおにぎりを毎回詰まらせて苦しんでいた。そのたびに周囲の子たちが慣れた調子で担任教師を呼ぶのである。先生！　また山田さんのおにぎり詰まってまーす、と言って。目を白黒させて水筒の水を飲もうとする私。しかし、こういう時に限って、蓋が固く閉められていて、なかなか開かないんだなあ。

そんなふうだから、私には口に入れる時に細心の注意を払わなきゃいけないものが少なからずある。大き過ぎるアメリカ製のヴィタミン剤など、あらかじめ正確に方向を定めてからでないと喉を通って行かないし、炭酸飲料は舌の上で泡の消えるまで待たなくてはならない。餅など想像するだけで窒息しそう。もう何年、餅抜きの雑煮で新年を迎えたことか。妹のひとりも私ほどでないにせよ、その気《け》があるそうだから、血筋のどこかからの遺伝かもしれない。

そういう理由から苦手になったものの中でも、最も食指が動かなくなってしまったのは、「ほくほく系」の食べ物だ。じゃが芋、さつま芋を始めとした芋類、南瓜《かぼちゃ》、百合根《ゆりね》など。好きな人なら、ふかしただけでおいしい、たまらない、と目を細めるであろうそれらが、喉を通って行かない。苦手も苦手。大の苦手。

しかし、不思議なことに、ほくほくした状態を跡形もなく消し去れば途端に大好物になるのだから、決してその味自体が嫌いな訳ではないのである。たとえば、バターをたっぷり加えて練り上げ、グレイヴィソースをどっさりかけたマッシュドポテト、衣厚めでじっくりと油で揚げたさつま芋の天麩羅《てんぷら》、シナモンたっぷりのなめらかなパンプキンパイなど。

大学の頃、バイト料が入ると輸入食材の豊富な高級スーパーに行くのを最上の喜びとしていた。滅多に足を踏み入れられないマイワンダーランド。一時、そこで見つけたパンプキンパイ用の缶詰に凝って、毎日、食べた。たっぷりの生クリームでのばして口に入れると何とも言えない優しい舌ざわり。ところが、夢中になっていたら、いつのまにか手のひらが黄色くなり、帰省した際、母に泣かれた。戦争中じゃあるまいし、と嘆くのだ。そういや、前に姪《めい》から、お芋嫌いなのは、やっぱり戦争中に食べ過ぎたから？　と聞かれた。私、知らぬ間に戦中派？　ほくほく系は戦争を運んで来るようだ。けしからんね。　（２０１４年３月15日）

湯気は今も昔も

寒い季節には、いつも大鍋に汁物を作りコンロの上に置いておくようにしている。小腹がすいた時や体を温めたいと感じた折には、ガスの火を点《つ》けるだけで大丈夫、という仕組み。こうしておけば、不意の来客や、まったく料理の作れない夫の突然のひもじさにも即座に対応出来る。それは、豚汁であったり、けんちん汁であったり、ミネストローネやクラムチャウダーのことも。

友人たちと近くでごはんを食べた後、私の家になだれ込んで飲み直すことが多々ある。そういう時、食べたばかりの夕食がどんなに豪華であっても、少し経《た》つと、皆、素朴な汁物を所望するのである。そして、カップやボウルを両手にはさんで、ああ、おなかに染みるう、と溜息《ためいき》をつくのである。さっき、ディナーを食べたばかりなのに、と私は思う。あったかな汁物が満たすのは空腹ばかりではないようだ。

この間もそういった集まりがあり、最終的には我家に腰を落ち着け、思い思いにくつろいでいた。で、やはり温かい汁物の出番である。その日は、残り物の野菜を大量に刻んで何種類かのハーブと煮込んだだけのスープ。これだけは自慢の、高価なオリーヴオイルを奮発して、たっぷりと仕上げにたらして皆に振る舞う。ふうふうと息で冷ましながら夢中でスープを啜《すす》っていた女友達が言った。いいね、おいしいものを煮込むと、おうち全体が暖かくなるね、と。

確かに鍋からの湯気は部屋を暖かくする。スープを作る過程で窓ガラスのくもって行くのを見るのは安らぎ以外の何ものでもない。しかし、私は、いつも少しだけ物足りないのである。最新式のガステーブルは、子供の頃に冬の茶の間を暖め続けたがんばり屋さんの石油ストーヴにはかなわないのではないか、と思ってしまうのである。対震装置も付いていない、倒したら大火事になること必至の、あの原始的なストーヴ。

当時のストーヴは鍋や薬缶《やかん》を載せたままに出来た。そして、その横で餅や干し芋を焼いたりしていた。朝はトーストのための食パンが並べられていた。私は、外国の本で読んだ焼りんごに挑戦していた。芯をくりぬいてバターと砂糖を詰めてアルミホイルにくるんで隅に置いて待つのである。キャンプのつもりで割り箸にマシュマロを刺して焼こうとして失敗し、母に叱られながら、溶けて本体にこびり付いたのを必死にはがしたっけ。やるせなかった。

主暖房がエアコンになるのと同時に見かけなくなった日本式暖炉とも言える、あの貧乏くさい石油ストーヴが、私は大好きだった。

良くも悪くも人を呼び寄せ、親しい会話をつないでくれた。

（2014年3月22日）

我家の特製ソース

私の料理の味付けは、ほとんどの場合、目分量によるもので、何度も舌に載せながら、あでもないこうでもないと決めて行くことが多い。そんなふうだから、今回のこれおいしい、大成功だ！　と自画自賛しても、次の機会に寸分たがわぬ美味を作り出せるとは限らない。こんな味ではなかったのだが、とがっかりすることもしばしば。ひとり暮らしであれば、実験失敗！　と開き直って新たに挑戦するのだが、今は、もう違う。

私が二〇一一年に二度目の結婚をして夫になった人は十歳年下で、まだかろうじて新陳代謝がさかんな年頃だったのか、あるいは、食べる楽しみから見放されていたのか、つき合い始めた当初、その体には一ミリグラムの贅肉《ぜいにく》も付いていなかった。元々、太らないたちだ、と自分では言っていた。

ところが！　私と生活を共にする内に、猛スピードで体重が増えて行ったのである。そして、あっと言う間に十キロ増。今では、どこから見てもでかい人。仕事用のスーツを新調しようと足を踏み入れた洋品店で、すぐさま店員さんに「貫禄《かんろく》型コーナー」とやらに案内されたという……そんな禁断の一角があるとは知らなかったよ！

実は、私も夫ほどではないにせよ、体重はいっきに増えた。私は彼の眠っていた食い意地を発掘し、彼は私のそれを増長させたのだろう。さて、家でのごはんをダイエット仕様のそれにすべきか否か、妻としてはおおいに悩むところだが、万が一、飢饉《ききん》に見舞われたら、体に付いたこの贅肉が我らを救うであろう、という夫婦間の合意に基づき、深く考えないことにした。ただし、どうせ付けるのなら、楽しみの果ての贅肉を、というのがスローガン。そういう贅肉は、エイジングの工程で熟成肉ならぬ熟成記憶となる貴重なものなのだ、と屁理《へり》屈《くつ》を捻《ひね》り出すことも忘れない。

目分量の味付けがほとんど、と冒頭に書いたが、この間はあれこれと試みた結果、世にも美味なる（当社比だが）ソースを作り上げた。切り黒胡麻《くろごま》をメインに、豆板醬《トウバンジャン》や八丁味噌《みそ》、オイスターソースにコチュジャン、胡麻油と各種香味野菜を練り込んだもの。鍋の薬味や豆腐料理などに合う。感激した私は、夫婦の楽しい食卓のために忘れてはならじと珍しくレシピをメモにして台所の壁に貼った。名付けて「黒胡麻大王ソース」。ところが、悦に入ったまま何日か経って気付くと、いつのまにか「黒胡麻太玉ソース」になっているではないか。落書きの主である夫が、私の抗議を受けて福々しく笑っていた。

（2014年3月29日）

悲しみも年を取る

先日、二十年以上に渡って親しく付き合って来た編集者の葬儀に出席した。作家と編集者というよりは、むしろ飲み友達とも呼ぶべき関係で、自他共に認めるしようもない酔っ払いコンビの私たちだった。こんなにも早く彼女がこの世を去ってしまうとは思いもしなかった。私よりも十歳も年下だというのに。

葬儀では、沢山の人々が彼女の死を悼んでいた。涙にむせんでいる人々の姿も多く見られた。若い人たちのあの激しい嘆きよう、きっと心が引きちぎられるみたいな気持なんだろう、あんなふうに泣けていいな。

と、まるで傍観者のように書いてしまうのは、その日、私は、いち日じゅう、何だか、ぼんやりしてしまったからなのだ。

もちろん、とても悲しかった。柩《ひつぎ》の中の彼女を見たら涙がこぼれ落ちた。それなのに、どこかぼおっとしたままだった。

私は、昔から、どういう訳か他の人と比べるとずっと人の死に目に遭うことが多かったと思う。自分よりも年下の人の死に直面することも少なくなかった。そして、今よりもずっと若い頃、そういう時の私は、心に錐《きり》で穴を開けられたような痛みを味わい、身も蓋もない調子で泣きわめいたりもした。

でも、このたびの悲しみは、それと違っていた。いや、年齢を重ねるにつれて、悲しみの質が変わって来たのだろう。そこに、ようやく気付いた。

私が葬儀の間じゅう感じていたのは、薄墨で、ぼかされているような悲しみ、とでも言おうか。弔事の際の不祝儀袋に用いられる、あの薄い墨で悲しみが描かれているように思ったのである。グレイのとても優しい描線によって。

首を傾《かし》げながら考えて、とりあえず答《こたえ》を出してみた。もしかしたら、私自身が生よりも死に近い年齢になったからではないか。死を慕わしく感じるほどに悲しみの墨は薄くなる。うーん、若いつもりでいたけど、いつのまにか、そっち側に近付いていたんだなあ。若い悲しみ返上の時が来たか。

（２０１７年４月３日）

「芸者はまだか」

某文芸誌の別冊で、作家の故・宇野千代《うのちよ》先生の特集を組むことになり、この間、インタビューを受けた。わざわざ我家に足を運んでくれた編集者たちに、他にはどなたを、と尋ねると、何と日本文学研究者のドナルド・キーン氏だと言う。

ほおっと溜息をついた。キーン氏、御年九十四歳。そんな御高齢の権威の方と私が並ぶのか。たぶん、実際に宇野先生と話したことのある作家は、私が最後になってしまったのだろう。

私は、八〇年代のなかばに小説家としてデビューしたが、その頃はまだ文豪と呼ばれる方々が御存命でいらした。華々しい日本文学史の目撃者になることに、かろうじて間に合ったと言えるかもしれない。そこから九〇年代初頭にかけて身を置くことが出来たのは、幸運だったと思う。貴重な体験だらけだ。

と、いうようなことを、その晩、近所に住む編集者とごはんを食べながら話した。彼とは同年代で、私のデビューの頃からの付き合い。腐れ縁ゆえの親友と呼び合う仲である。

その彼が、つい最近、自分よりもずい分年上の作家たちと会合を持つ機会があり、話をしていて驚いたと語る。

「全員の中で、中上《なかがみ》さんと直接会ってるの、おれだけだったんだよ」

九二年に亡くなった伝説的無頼派作家中上健次《けんじ》さんのことだ。

「そっかー。じゃ、中上さんにいちゃもん付けられて、道で本を投げ付けられた一番若い編集者があんたになるね」

「酔っ払った中上さんに酒ぶっかけられてびしょ濡《ぬ》れになった一番若い作家もあんただね」

そんなふうに思い出話をしながら笑い合った。ちなみに、彼がぶつけられた本は、私のデビュー作である。本が出たばかりの頃、既に親しかった私と彼とその上司が、中上さんに呼び出されたのである。

少し遅れて待ち合わせのバーに着いた私は、既に酔った中上さんが「芸者はまだかーっ」と叫んでいるのを聞いた。

（2017年4月10日）

始まりは宇野先生

私が先生と呼んでいる作家は、一九九六年に九十八歳で亡くなった宇野千代さんだけである。私は、小説家になる前の習作というものがなく、初めて書いたもので新人賞を受賞してデビューした。と、それだけ言うと、何だかすごいラッキーガールのように思われてしまうのだが、実は、その処女作にしてデビュー作の最初の一枚に、何年もかけているのである。

小さな頃から本に親しんで来て、読み手としての価値基準はしっかりと固まっていたから、自分の書こうとしているものが、読むに堪えうるものであるかないかなど、すぐ解る。長い間、私の書くそれは、本好きからすれば読むに値するものではなく、何度も書きあぐねた。

そんな時、大好きな作家だった宇野千代さんが、某女性誌のグラビアページで文章作法の連載を始められた。それを読んで、いたく感じ入った私は早速切り取って机の前に貼った。そして、毎日それをながめつつ叱咤《しった》激励されるような気持で、何とか初めての作品を完成させることが出来た。だから、宇野千代さんは、私の先生。

デビューした後、そのことを公言していたら、色々な方が目を留めてくださった。宇野先生が結んでくれた御縁だと思っている。

ある時は丸谷才一《まるやさいいち》さんが対談に呼んでくださった。品の良い奥様方御用達の雑誌で宇野先生について語り合うという企画。

呼ばれた高級ホテルのスイートには、銀のバケットに冷やされた、ブルゴーニュの大好きな銘柄の白ワインが既に用意されていて、有頂天になった私は、なーんかゴージャスなデートみたいですねえ、と言って、丸谷さんを苦笑させた。

その数日後、丸谷さんは、お手紙と共に北欧製の木の小さなおもちゃを送ってくださった。玉を転がして競うゲームのようなもので、可愛《かわい》いったらありゃしない。それは、丸谷さんが亡くなった今でも私の仕事机に置かれ、原稿が進まない時のぼやきを聞いてくれる。

（２０１７年４月17日）

教科書検定の怪、今昔

もう三十年近くも前になるが、私の短編小説が国語の教科書検定で落とされ物議を醸したことがある。それは『晩年の子供』という短編集に収められた表題作なのだが、自分が晩年を迎えたと勘違いした子供が焦燥感に駆られていくつかの悪戯《いたずら》めいたことをしでかしてしまうという話。

死ぬ前に経験しておかなければ、と女の子なのに立ち小便をしたり、ピアノの鍵盤に色を塗ってみたり、理科資料室から美しい石を持ち出してみたり……とこのちょっとした奇行が不道徳で犯罪を助長するということだった。別に教科書に載せてくれと頼んだ訳でもないのに、勝手に検定されて不適格の烙印《らくいん》を押された私は、絶望して食事も喉を通らず崖の上に（セルフで）追い詰められ身投げしようとした……と、いうのはもちろん大嘘《おおうそ》で、ただひと言、「けっ」と言って、鼻先で笑ったのだった。そして、心の中で呟《つぶや》いた。小説の読めない奴《やつ》らだなあ、と。不道徳だからこそおもしろいのが文学作品じゃないか。道徳の教科書じゃあるまいし、と。

少し前に、道徳の授業に使う教科書内容にクレームが付いた。そして、教科書会社の配慮（はやりの言葉で言う忖度《そんたく》か）により、「パン屋」を「和菓子屋」に修正して無事検定を通過。そうしたら「良かったねー」ではなく「センスなし」と大ブーイングを浴びてしまったという話。

文部科学省は「伝統と文化の尊重、国や郷土を愛する態度」を学習指導要領としているらしいが、それがパン屋ではなく和菓子屋に変えた理由とは！ このスローガンめいた指導要領、結局、ラーメン屋より蕎麦《そば》屋みたいなアピールですむことだったのね。何、尊重してるんだか。

ちなみに私は道徳の授業などいらないと思う派。それより公衆道徳とマナーを教えてやって欲しい。あー、このコラムでは、人の死にまつわるあれこれを書きたかったのだが、つい学校教育の死に体を取り上げちゃった。ま、どちらの死もたいして変わりはないか。

（2017年4月24日）

従兄《いとこ》の葬儀

この間、従兄が急逝した。心臓発作を起こしたとのことだったが、家族によるとその直前までまったく何の異変もなく普通に暮らしていたらしい。健康診断でも心臓の不具合を指摘されたことは一度もなかったとか。

お酒が大好きだったので、むしろそちらの方が原因で体を壊すのではと心配していたのに、まさか心臓とは……と彼の妻は未《いま》だ信じられない、という調子で語っていた。

山田家の男子は、その従兄だけでなく、皆、酒好き。そこに名誉男子と称して私が加わり、年に一度催していた親族の旅行では、よく飲んだ。数年前の伯父の通夜では、彼ともうひとりの従兄と私の三人で、隅のテーブルに腰を落ち着けてグラスを傾けたっけ。しみじみとした献杯のつもりだったが、そこだけ新橋のガード下になってたよ、と妹に言われた。

そんなふうにいくつもの思い出深いエピソードがある従兄には、やはり最後の別れを告げに行くべきだろう。

夜は、悲しみを増幅させるので、通夜ではなく昼の告別式にうかがうことにした。

方向音痴の私を心配して妹が大丈夫？　と何度も連絡して来る。まるで、子供かぼけたおばあちゃん扱い。朝、出勤する夫と一緒に家を出るから何の心配もいらない、と告げる。

ところが、横浜の会場に向かうため、ひとり新宿駅で乗り換えようとした私は、重大なミスに気付く。開始時刻午前十時と何故《なぜ》か思い込んでいたのだが、確認したら午後一時となっている。いったい何故そんな勘違いをしたのかまったく解らない。仕方なく、いったん自宅に戻って出直した。

よし、今度は大丈夫。それなのに、戸塚で乗り換えた地下鉄は、目的地とは反対方向に走っていた……と、ずい分経《た》ってから気付いた。慌てて……再び乗り換えて……永遠に辿《たど》り着かないかもしれない恐怖。大切な時にいつもこう。一番最後に走って会場入りした私を、従兄の遺影が笑って見ていた。

（2017年5月1日）

キャバクラで夢叶《かな》う

年上、同い年、年下、とさまざまな人の死に目にあって来た。季節が巡るたびに、もうこの世にいないそれらの人々のことを思い出す。季節どころか、月が変わると誰かしらなごり惜しむ時期もあるほど多くの方々が旅立って行った。

五月、ゴールデンウィークも終わる頃、決まって記憶が甦《よみがえ》るのは、団鬼六《だんおにろく》さんである。東北が大震災にみまわれた年、雲ひとつない青空の下、葬儀は行われた。芝の増上寺に向かう途中、むせかえるような新緑をながめながら、こんなにいいお天気だと身を隠す場所もなくて照れちゃうね、団センセ、と心の中で呟いた。

私は、宇野千代さんのことは「先生」と崇《あが》め、団さんを、昔、アルバイトで渡り歩いた水商売を思い出して「センセ」と呼んだ。ちょっぴりいいなせぶってみたのだった。

ある時、西荻窪で、親しい編集者とお酒を飲んでいて、団さんの話題になった。自分はどの作品が好きだとか、いや、それよりもあっちの方が良いとか、勝手なことを言っている内に、今、お会いして、この気持を伝えたいじゃないの、という流れになってしまった。

そして、酒の酔いも手伝って、元々、団さんの担当編集者だった彼が電話をかけ、私たちは浜田山のキャバクラにすぐに来なさいと命じられたのであった。

団さんは、図々《ずうずう》しい私たちを叱るどころか、とても歓迎してくださり、店の女の子たちも集まって来て、おおいに盛り上がった。

そうしている内に、若いボーイさんがおずおずと私に一冊の文庫本を差し出して、「ぼくのバイブルです」と言いサインを求めた。私の『ぼくは勉強ができない』という小説だった。その瞬間の気持をどう説明して良いのか解らない。嬉《うれ》しくて幸せで、言葉を失った。

こういう世界のこういう場所で、まさにこういう男の子に自分の小説を読んでもらうのが夢だったんですよ、団センセ。


（２０１７年５月８日）

たましいとの逢瀬《おうせ》

死んだら無に帰すると思うことは、とても潔いし、気を楽にする。そう承知しながらも、私は、霊とか魂の存在を信じているのである。それは、信じざるを得ない体験をいくつかしているからだ。

私自身は、霊感が備わっているとは思えないのだが、その種の特殊技能が備わっている人といると、本来なら存在しないものを見たり感じたりする。暗示にかけられたんじゃないの？　と言われたりもするが、その時は口に出さずにいて、後で照らし合わせてみてびっくりということが何度もあった。誘導尋問にならないように聞いてみると、その人と同じものに遭遇しているのである。

私ひとりの時には、よく虫の知らせというのがやって来る。夢枕に立つというのもある。もう亡くなった筈《はず》の人が、その人の形見などを用いて（としか思えない）、何かの兆しを教えてくれることもある。

偶然と言われれば、本当にそうだ、と笑うしかないのだが、そういうことに左右される自分自身の生活が気に入っているのだ。ロマンティックだし。

そう言えば、私の母も昔から、よくその種のことで電話して来た。そして、大丈夫？　と必ず聞く。夢の中で、私が、ママ、喪服出してちょうだい、と言ったのだとか。だいたいは呆《あき》れて電話を切るのだが、その何回かに一度は、本当に友人知人が亡くなった直後だったりするので、不思議な気分になる。

親しくしていただいた作家の方たちも何人かは、亡くなった前後に夢の中で会いに来てくださった。

一九九三年の夏に森瑤子《もりようこ》さんが亡くなった前夜もそうだった。その時、男友達二人とバリ島に滞在していた私の美しくも奇妙な体験に関しては、別のエッセイに書いたので、ここでははぶくが、白いドレスに身を包んだ森さんは、とても清らかに見えた。そして、詠美ちゃん、私、今日、ようやく楽になれたわ、と言って、光の中で微笑《ほほえ》んだ。（2017年5月15日）

シャンパンを開けたら

この間、夫婦のちょっとした祝い事でシャンパンを開けた。その際、夫が抜きかけた栓が突然勢い良く飛んで行き、天井にぶつかった後、はね返ってどこかに行ってしまった。二人同時にしばし唖然《あぜん》としたままだったのだが、我に返った私は、つい大声を出してしまった。

「危ないなあ！　景山《かげやま》さんみたいになっちゃうとこだったじゃないのっ」

言った途端、あっと思った。今でも、こんな時には景山民夫《たみお》さんの名前がするするっと出て来るんだな、私。もう亡くなってから二十年近くも経っているのに。

夫に「景山さんみたいに」と言ったのは、彼が直木賞を受賞した時のエピソード。色川武大《いろかわたけひろ》さんの御宅で祝っていて、景山さん自らシャンパンの栓を抜こうとしていたら、それが突然飛んで彼の目を直撃したのだそうな。しばらく気を失っちゃったんだよー、と照れ臭そうに御本人がお話ししてくれたっけ。

景山さんが「幸福の科学」に入信した後、何となく疎遠になってしまっていたのだが、彼の文庫解説を私が書いたことで再び交流が出来かけた。長い感謝の手紙をいただき、直接御礼を伝えたいからごはん食べよう！　と誘ってくだすったのだった。

けれど、それが実現しない内に、景山さんは火災の事故で亡くなってしまった。私の知る一番都会的でスタイリッシュな人だった。それでいながら、素朴なハートウォーミングの領域も大切にしていらした。会えば必ずハグして、アメリカ映画の男たちみたいに、背中をぽんぽんと叩《たた》き合って、互いの創作への健闘を称《たた》え合った。

そう言えば同時に思い出した色川さんももういないんだった。成城の御自宅に初めてお邪魔した夜、同行した男友達が酔いつぶれたのを尻目に朝までお喋《しゃべ》りに付き合ってくだすった。夫のへまのおかげで、この上なくチャーミングな男性二人の思い出と共にシャンパンを味わうことが出来た。

（２０１７年５月22日）

養女のケリーちゃん

昨年、九十歳で亡くなった灘本唯人《なだもとただひと》さんと言えば、戦後日本のイラストレーターとして草分け的存在の偉大なる人物。田辺聖子《たなべせいこ》さんの本のカバーや、モダンでコケティッシュな女性の絵を誰もが一度は目にしたことがあると思う。

そんな御大……ではあるのだが、私や酔っ払い仲間たちにとっては、失礼ながら、行き着けのバーに辿り着いた時に手を合わせたくなる御地蔵様のような方であった。

六本木にあったその店の名は「ＯＰＰ（オプ）」。同じく六本木で、東京のカルチャーシーンの華やかな夜を牽引《けんいん》した「ＩＮＧＯ（インゴ）」で働いていた、私の姉のような人が開いたサロンめいた場所だった。今は、もう二つともない。

灘本さんは、いつも、奥の一番隅にひとりで座っていらした。そして、オーナーの由美ちゃんと時折談笑する。そうしている内に、私たち傍若無人な酔っ払いたちがなだれ込んで来て、灘本さんを見つけて大はしゃぎする、という流れ。私たちは、いつも、あの方の姿を拝見して、勝手になごんだ。

私の家には二枚の灘本さんの絵がある。どちらも美しく額装された存在感あるサイズだ。一枚は、店の壁に掛かっていた赤いドレスの美人画。ひょいと御自分の手で外して、私に渡してくださったのである。あなたにちょうど良くお似合いだ、とおっしゃって。

もう一枚は、突然、うちに届けられた。開けてみると、黒人の少女の絵に手紙が添えられていた。

「この娘をおたくの養女にしてもらえませんか。名前は、ケリー。うちで面倒を見ていたのですが、詠美さんとこに里子に出したい」

なんて素敵に人をびっくりさせる方なのだろう、と思った。今にも泣きそうな表情を浮かべて、よそゆきに身を包んだケリーちゃん。以来富士山と東京タワーの見える我家の特等席に陣取る、灘本さんの忘れ形見にして、私の最愛の娘である。

（2017年5月29日）

最後の文士はこの御方

「最後の文士」って誰なんだろう。私が小説家としてデビューしてから三十年以上が経つが、その間、何人の作家が亡くなった際にそう呼ばれたことか。えーい、いったい、誰が最後なんだい⁉

「最後の文士」と呼ばれるためのステレオタイプの定義はいくつかある。純文学にその身を捧《ささ》げ、人並み以上にストイック、もしくは身上をつぶしても放蕩《ほうとう》三昧……などなど。あ、貧乏、もとい、清貧てのもあったっけ。

清貧という言葉がはやった時、清い貧乏なんてあるのかなあ、と私は思った。バブル時代は、貧乏を珍重したからなあ、「一杯のかけそば」とか……なんてひねくれていた。

しかし、私は、たったひとりだけ清貧という言葉をとても高潔な意味合いで使いたい方がいた。私が思うところの明治生まれの「最後の文士」、八木義徳《やぎよしのり》さんである。八十八歳で一九九九年に亡くなって、以来、文士は消えたのである。あの方が最後。

ひょんなことから交流が出来、町田の御自宅にもうかがった。古い集合住宅だったが、隅々まで掃除の行き届いた清潔なおすまいで、私は、奥様の心づくしの手料理と共に、さまざまな興味深いお話をうかがった。

途中、席を立って御手洗《おてあらい》をお借りしたのだが、小さなサッシの窓辺の一輪挿しにてっせんの花が飾られていた。私は、その青紫色の花の美しさに不意をつかれながら、八木さんの語った奥様とのなれそめを思い出していた。彼は、とても色彩豊かなエピソードと共に、のろけたのだった。いくら貧しさを引き合いに出しても、豊饒《ほうじょう》。これが文士か、と頭《こうべ》をたれた。八木さんの作品で、『文学の鬼を志望す』というのがある。突き詰めるものを自らの文学だけに求めた鬼というのは、ずい分と穏やかで優しい顔をしているものだ、と思った。

初対面のパーティーで、この最後の文士は、私生活問題で落ち込む駆け出し作家の私の口《くち》許《もと》に、アイスクリームのスプーンを運んでくれたのだった。

（2017年6月5日）

高名にして、文学青年

私が小説家としてデビューしたのは、一九八五年に文藝賞を受賞した時のこと。以来、三十年以上、手書きでこつこつと小説を書き続けて今に至っている。

今時、手書きと言うと、まるで絶滅危惧種として扱われると、芥川賞作家の田中慎弥《たなかしんや》くんが『孤独論』という本で書いていた。確かにそうかもしれないが、良いのです！　我々は、この世からすべての電気が失われても、少しも動じずに小説を書き続けられる、決して絶滅しないタフな物書き。理解者である編集者には、そのタフ加減を共有してもらって、特別扱いに甘んじようよ、田中くん！

話は文藝賞に戻るが、この賞は一九六二年に創設された河出書房新社主催の伝統ある新人賞。私の受賞当時の選考委員は、江藤淳《えとうじゅん》、河野多恵子《こうのたえこ》、小島信夫《こじまのぶお》、野間宏《のまひろし》各氏。今思うとすごい方々だったと思う。とうがたって、今、自動的に選考委員に就いている私なんかとは格が違う。文学史の登場人物たちだ。

この四人の方々に選ばれたということが、大きな喜びと自信につながり、これまで書き続けて来られた。既にどの方も他界されたが、それぞれに印象深い思い出を残してくださった。

その何回か後の授賞式で、まだ選考委員でいらした小島さんに御挨拶をしたら、あっちで話せないか？　と会場の外のバーを指してお尋ねになる。もちろんお断りする筈もなく移動して腰を落ち着けると、いきなりこうおっしゃるのである。

「ねえ、きみ、今度の受賞作、読んだ？」

頷くや否や、続けられた。

「ぼくねえ、あれについての江藤くんの意見にどうしても納得が行かないんだよ！」

そして、とうとうその理由を述べてらした小島さん。私相手に、と困惑するのと同時に、こう来なくっちゃ、と楽しくてたまらなくなった。調子に乗って私も口をはさんだ。永遠の文学青年を心に住まわせている大作家を目の当たりにして、私の中の文学少女もわくわくしっぱなしだったのだ。

（２０１７年６月12日）

一葉の写真から

何となく遠ざけたまま、捜さないでいる一葉の写真がある。そこには、私と一緒に、かつて大変親しかった三人の男友達が写っている。「かつて」というのは、別に仲たがいしてしまったからではない。全員がもうこの世にいないからだ。

三人共、自ら命を絶った。そして、全員が私より年下。私は、順番に彼らの訃報に接し、衝撃を受け、悲しみにうちひしがれ、それでも自分なりの喪の仕事を引き受け、今、極めて静かな気持で一緒に過ごした思い出に浸ることが出来る。

そういえば、あんなおかしなことがあったっけ、などとあれこれと記憶を甦らせていると、彼らがもう死んでしまったという事実を忘れたりする。ずい分と連絡ないけど、とうっかり思ってから気付く。馬鹿だなあ、あいつら、もういないんじゃないか。

そんなふうにひとりごちると、ばつの悪い気持になり照れ笑いがこみ上げる。そうですよ、詠美さん、おれら、もうとっくに死んでますから、と彼らが噴き出すのが目に見えるよう。亡くなってしばらくは、自死を選んだ彼らに腹を立てたものだが、共に過ごした捨てがたい記憶の数々が、そんな怒りを打ち消した。

それでも、時折、ふと、もどかしさを感じて声に出して尋ねたくなる。ねえ、どうして自分で自分を殺しちゃったの？　周囲の人々を痛めつけると思い至らなかったの？　と。私は、友達のよしみで彼らのお抱え作家となり、そこに横たわるミステリーを解き明かしていかなくてはならない。

私が文藝賞を受賞した時の選考委員だった文芸評論家の江藤淳さんが自殺した時、同じく委員だった河野多恵子さんと電話で話した。すると、河野さんは、彼の死を奥さんの後追いみたいに言いたがる男の作家がいるけど違うと思う、とおっしゃった。男は、どうも自殺をロマンティックにとらえ過ぎるわね、と。

今になって江藤さんに尋ねてみたくてたまらない。

（２０１７年６月19日）

らもさんとの一期二会

中島《なかじま》らもさんにお会いしたのは一度きり……という言い方は正しくない。私たちは、一日の内に二度会って、その二度目には夜更けまで話し込んだ。一九九六年の六月、今から、ちょうど二十一年前のことになる。

記憶はあまりにも鮮明で、時の欠片《かけら》や空気の粒子のひとつひとつをピックアップして、すぐさま思い出のジグソーパズルを完成出来そうなくらいだ。

昼間は、女性ファッション誌の撮影と対談をした。そして、夕方、宇野千代先生の御通夜に出席するために、そこを後にした。そして、夜、再びらもさんと六本木の割烹《かっぽう》料理店で落ち合った。喜びと哀《かな》しみと興奮が一挙に押し寄せて来た。私にとっての怒濤《どとう》の一日だった。

らもさんの小説で、吉川英治《よしかわえいじ》文学新人賞を受賞した『今夜、すべてのバーで』という傑作があるが、これは、御自分のアルコール依存の日々をモデルにした作品である。その日も飲酒についてお話しになっていたが、ひと口もお酒を口にすることはなかった。その代わり、煙草《たばこ》をひっきりなしに吸っていて、灰皿は、あっという間に吸い殻の山になり、何度も取り替えなければならなかった。

断酒中なんだ、やっと酒止《や》められたよ、とおっしゃっていた。ものすごい熱意で創作について話し続けるので、アルコールの代わりに小説依存になりましたね、と言ったら、お互いにね、と返された。

誓いの印、と言って、入れたばかりのピアスと、丸を曲線で黒白に区切った陰陽を表わすタトゥーを見せてくれた。私なんか、ピアスの穴、八個も空いてますよ、おー、すげえ、とあまり作家同士らしくない話もした。

宇野先生の御通夜に行く、と立ち去ろうとする私に、戻って来る？　と尋ねたらもさん。後ろ髪引かれて、うん、と返事をし、夜に再会した私たちだったが、それが一期一会。いや、一期二会か。戻ってももう会えない人々がどんどん増えていく。


（2017年6月26日）

あすへの話題

モノの名前いろいろ

スーパーマーケットの生鮮食料品売り場に並んでいるプラスティックや発泡スチロールのトレイ。それらにパックされた魚や肉の下に血や水分を吸い取るためのシートが敷かれているのだが、あの名称を御存じだろうか。「ドラキュラマット」と呼ぶそうである。元々は「ドリップ吸水シート」という呼称だったのが、ある会社が商品名にして売り出したら、こちらの方が有名になったとか。と、いうようなことを、ポプラ社で出している『モノのなまえ事典』という本で知った。この本、イラストを中心とした子供向けのように見えて、実は、大人もびっくりのトリヴィアが満載なのだ。ページをめくるたびに、へー、知らなかったよ、と軽く驚くこと請け合いなのである。

他にも、ラーメン屋の取っ手の付いた麺の水切り用のザルを「てぼ」という、なんてことが書いてある。「鉄砲ザル」が変化したらしい。ラーメンの麺のことを「玉」というので、どちらも玉を入れることから、鉄砲→てぽ、になったそうな。名付け親、すごい。とんちに秀でた一休さんのようだ。

実は、私の父親もかなりユニークな名付け親として一目置かれている（山田家内で、だが）。彼が命名した門外不出の「モノの名前」は数多くあるが、そのひとつが「オバケ」。ある日、入浴していた父が大声で家族を呼んだので、皆、何事かとびっくりして駆け付けた。すると、排水口を詰まらせている髪の毛を指して怒ったのである。「こんなオバケが出るまで放っといちゃ駄目だ！」。自分では掃除しないんだよな。

（2021年7月6日）

裏・川端《かわばた》三島《みしま》対決

夫が、おもしろいもんがあったよ、と言って見せてくれたのは、ありし日の、川端康成《やすなり》、三島由紀夫《ゆきお》、伊藤整《いとうせい》による鼎談《ていだん》映像である。一九六八年、川端がノーベル賞を受賞した翌日にＮＨＫで放送されたものだ。

人が良さそうで、ちょっと地味な伊藤整が、自然と進行役になり、会話は進む。ただ漠然と見ていると、川端リスペクトの後輩二人が親し気に受賞を祝いながら、文学論を交わしているようだ。そして、どっしりと構えた川端は、余裕の笑みを浮かべて、「不思議だ」とか「拾いものだ」なんて言っている。耳が大きくて、りっぱである。

文字に起こして文芸誌にでも載せたら、あり来たりの受賞記念鼎談だ。しかーし！　夫の言うおもしろさは映像にあった。しかも、画面の隅っこに。

なんと、始まってからテーブルの下で時折、三島は貧乏ゆすりめいた動きをしていたのである。そして、そろそろ終わるか、という頃に、やはりテーブルの陰で、こっそり腕時計を見ていた！

映像はすごいね、ちょっとの隙もとらえてしまう。三島も油断したね、などと笑っていて、ふと、気が付いた。もしかしたら、あれ、わざとなんじゃないの？　川端と共に、ノーベル賞の話題がいつも付いて回った三島は、おれ、別に、興味ないのにさー、こんなとこ呼ばれちゃったよ、時間ないのに……というポーズを取りたかったのかも。時代のトリックスターという面も合わせ持った三島だもの。カメラがどこを追っているのか、なんて百も承知だったんじゃないか。福耳の文豪の謙遜、さぞかしイラッとしただろうね。

（２０２１年７月13日）

上の名前、下の名前

川端康成がノーベル賞を受賞した翌日に行われた、三島由紀夫、伊藤整との鼎談について書いていたら、いつのまにか、「川端」「三島」と名字で呼び捨てにしている自分に気が付いた。ちなみに、伊藤整は、私の脳内では常にフルネームである。「伊藤」とか呼び捨てにしても、どこの伊藤さんか解んないし。

これに関しては、昔もエッセイで取り上げたことがあるのだが、いまだ解決していない謎である。

何故、文豪には名字で呼ばれる人と下の名で呼ばれる人がいるのか。

名字で呼ばれる最後の作家は、故・中上健次さんぐらいだろうか。村上春樹《むらかみはるき》さんは、春樹と下の名前で呼ばれることもあるが、その多くは、とりわけマニアックなファンだろう。

名字で呼ばれる代表が、「川端」「三島」「太宰《だざい》」「芥川」など。下の名で呼ばれるのは「漱《そう》石《せき》」「鷗外《おうがい》」「安吾《あんご》」……といった方々。個性的な表記の方を取るのね、きっと。「楯《たて》の会」を率いた「由紀夫」とか、『堕落論』の坂口《さかぐち》さんとか、ピンと来ないし。

ずい分前のこと。女友達とバーで飲んでいたら、隣の席の男性客たちに話しかけられた。小説家だと言ったら、興味が湧いたらしく名前を尋ねられた。

「えーと、山田です」

「山田、何さん?」

「あのー、山田……山田美妙《びみょう》です」

そうですか、と美妙を知らない人との会話は終わった。風太郎《ふうたろう》にしときゃ良かったかね。

(2021年7月20日)

バター名の受難

毎朝、バターコーヒーなるものを飲んでいる。体に良い本式の作り方は、コーヒーにグラスフェッド・バターとMCTオイルを入れて攪拌《かくはん》するというものなのだが、私は、たっぷりのカフェ・オ・レにバターを落とすだけ。ハチミツや黒糖で甘味を付けると超美味……という、体に良いんだか悪いんだか解らなくしちゃった自己流。

グラスフェッド・バターというのは、牧草だけを食べて育ったケミカルフリーの牛の乳から作ったバター。手に入りにくいのだが、グルメスーパーと言われるストアに時々置いてある。

私がいつも購入していたのは、某駅構内にあるカジュアルダウンした高級スーパー。ところが、最近、乳製品の棚から姿を消してしまったのだ。いつまた入るかと毎日チェックしていたのだが、その気配なし。

で、若い店員さんに尋ねてみた。

「グラスフェッド・バターはいつ入りますか」

「はい？　何バターですか？」

バター名を何度言っても通じない。グラスフェーッ・バラーッ、と英語発音ぽく言ってみる。駄目だ。同じやり取りをくり返して、どんどん変な表情になって行く店員さん。あせる私。

「グラース・フェードオ・バタアアア！」

ついには、妙な外国人旅行者みたいに身振り手振り付きのオーバーアクションになってしまった私。

「あ、それ、ただいま入荷ストップしてます」と年配の店員さんの言葉で事なきを得たのだが。昔、相撲の千秋楽で「ヒョーショージョー」と言ってた人の気持（違う）。

（2021年7月27日）

うちのオータニサン

いただきものの大きな鉢植えが御役目を終えて枯れてしまったので、とりあえず、バルコニーの隅に置いておいた。そして、ある時思い付いて、アメリカ朝顔の種をパラパラとまいてみたのだが……ある朝、仰天！

大きな二葉が、にょきにょき生えて、その全員（？）が朝日のさす方向に体（？）を傾けていたのである。そして、その日から今に至るまで成長し続けている。

その成長のめざましさ故に、大谷翔平《おおたにしょうへい》ファンの夫が「オータニサン」と名付けた。エンジェルスの大谷さんもすごいが、うちのオータニサンもびっくりなのである。

二葉から伸びたツルは、初めの内、鉢に残っていた短い枯れ枝に巻き付いて成長して行ったのだが、やがて行き場を失《な》くした。そのアメリカ朝顔は、いわゆる緑のカーテンになるというもの。しかし、我家のバルコニーは、それに必要なネットや紐《ひも》をたらすようには造られていない。

さあ、どうする？　オータニサン！　と観察していたら、あちこちから出て来たツル同士が絡み合い、ロープのように強固な自分を作り上げ、さらにそれらはマクラメ（太い紐の編みもの）状に編まれ、空に向かって行ったのである。

そして、今、クリスマスツリーのような形状で、うちのバルコニーに新しい生態系を作り出しているのだ！　すごいよ、オータニサン‼　翔平に負けちゃいない。

葉っぱの隙間を覗《のぞ》いてみると、少女の頃に興じた手芸遊びであるリリアンの紐みたいなのが複雑に絡み合っている。生命力、強すぎて怖いです。

（２０２１年８月３日）

ＮＹ愛、きわまる

成長めざましい我家のアメリカ朝顔を「オータニサン」と名付けて御満悦の私の夫。この大谷ファンは、観客が歓喜の声をあげるたびに、身内のことのように御満悦である。

ところが、ニューヨーク・ヤンキースの本拠地では大谷の登場と共にブーイングが起こった。夫、おおいに気に食わない。

「失礼だなー。いくらホームだからって」

それを聞いて、私は笑った。

「仕方ないよ。ニューヨーカーのニューヨーク愛はとりわけすごいんだから」

そうなのだ。それは野球だけに限らない。

昔、諸事情でニューヨークに長期滞在していた時のことだ。私は、バスケットボールのマイケル・ジョーダンのシンボルマークの付いたナイキの赤いキャップをかぶって、ひとりマンハッタンを歩いていた。すると、すれ違った白人のおじいちゃんが、私を呼び止めて言うのである。

「きみのスタイルは、とってもクールだよ。でも、その帽子はこの街に相応《ふさわ》しくない」

いくら英雄とはいえ、シカゴ・ブルズの選手の帽子なんかかぶるなということなのだ。わしは、ニューヨーク・ニックスのもんしか許さーん！　ってとこだろうか。その時、スニーカーもエア・ジョーダンだったたっけ……。

あ、そういや、私、野球ファンでも何でもないのだが、ナイキのノモマックスというスニーカーを持っている。野茂英雄《のもひでお》さんがドジャースで活躍した時の限定モデルだ。某週刊誌で彼と私が顔面相似形として載っていたので嬉しくて調子に乗ってハワイで買った（↑馬鹿）。
（２０２１年8月10日）

青天の霹靂《へきれき》考

「青天の霹靂」という品種名のお米があるそうな。霹靂とは急な雷鳴のことを指す。青空にとどろくカミナリのように衝撃的な味のごはんが炊き上がるのか⁉ いったいどんな味なんだ。おいしいのか。

この言葉、本来は、予想だにしない出来事が突然起こる様子のことである。現代では良い意味、悪い意味両方で使うらしい。

ここ最近、私が仰天した青天の霹靂は、今年の七月四日のアメリカ独立記念日に、プロアイスホッケーチーム（ＮＨＬ）のゴールキーパーが、打ち上げられた花火の直撃を胸に受けて死亡した事故。屋外のジャクージにいたそうな。

このニュースを聞いた時、つくづく気の毒に思った。祝っている最中の花火で死ぬって……。お風呂で良い気分になってシャンパングラスを手にしていたかもしれないのに。無念過ぎるではないか！

私の知り合いに、病気恐怖症の人がいる。いつも自分の体の心配をしていて、ジムと病院を行ったり来たり。それでも、まだ心配な様子なので、言ってやった。

「ねえ、ジムや病院に行く途中、乗ったタクシーが事故に遭って死んじゃったらどうするの？」

彼は、あおざめて、体を震わせた。

「嫌なこと言うなあ、もう、きみとは話さない」

でも、おもしろいので「飛び降り自殺の巻きぞえになって死んだ人を目撃したおばあさんがショック死して、彼女が抱いていた犬が走り出したのを避《よ》けようとして別の車に衝突した運転手らの死」の話をしてやった。同時多発「青天の霹靂」である。（２０２１年8月17日）

オイシイ生活嫌い

「おいしい」という言葉を、食べ物以外に使う人が苦手である。いや、口に入るもの以外と言うべきか。水や空気や×××とか○○○とかはオーケーなのだし。小説の中の比喩として使われる場合も、それが気の利いたチョイスであれば歓迎だ。

私が嫌いなのは、得した！　とか、儲《もう》けた！　とか、人よりいい目を見た！　なんて時に使われるもので、これは、たいていの場合、「オイシイ」と片仮名表記される。使う人、必ず、こずるい卑しい表情を浮かべるよね。

バブルの時期に、よく言われた。

「それって、作家的にオイシくないですか？」

そのたびに、冗談じゃないよ、「オイシイ」を受け入れた段階で、それ小説家じゃないじゃん！　と心の中で毒づいた。ほら、若くて青かったから。許せる言葉とそうでないものに関して頑固だったんですね（これは、今もだが）。

八〇年代の初頭、西武百貨店のCMで「おいしい生活」という名コピーがあった。筆文字の前にウディ・アレンがちょこんと座っていて、これはチャーミングだった。「オイシイ」ではなく「おいしい」だし。

あれから約四十年、この間、文藝春秋から出ている『ウディ・アレン追放』というノンフィクションを読んだ。彼の幼児虐待疑惑を巡ってファミリーが崩壊して行く様を丹念に追ったものだ。ミア・ファロー側の主張はすさまじく、ウディ側は分が悪い。あっと言う間に、アメリカを席巻《せっけん》するキャンセルカルチャーの波にのまれるウディ。おいしくもオイシくもなくなった。

（2021年8月24日）

今度は、たべもの

前に、ポプラ社から出ている『モノのなまえ事典』がおもしろいと書いた。そうしたら、同じシリーズで『たべものびっくり事典』というのも新しく刊行されたのである。

これまたトリヴィアに満ちていて、へえ？　の連続なのである。たとえば、古代ギリシアの哲学者アリストテレスの好物が昆虫のセミだったとか。彼の動物研究書には「セミは脱皮直前の幼虫がうまい」とか、「（成虫になったセミは）最初はオスがうまいけど、交尾後は、卵がつまったメスがうまい」と書かれているそうな。ぞぞーっ、師匠のプラトン仕込みか。セミ食ってプラトニックラヴなのか。

アンデスメロンが、南米のアンデス地方とは何の関係もなく「安心ですメロン」の略であったのは前から知っていたが、マスクメロンの「マスク」が網目模様の覆面（MASK）のように見えるからではなく、じゃこう（MUSK）のような良い香りだからというのは知らなかった。

でもさ、じゃこう（麝香）って鹿のオスがメスを引き寄せる時に出す分泌物のことだよね。私なんかの若い頃、夏の海辺では、この匂いの香水（ムスク＝MUSK）がぷんぷんしていたものだ。と、するとメロンは媚薬《びやく》？

某選考会の食事のデザートに出たマスクメロンを隣の委員に食べない？　と勧めたら、嫌いなの？　と尋ねられた。

生ハムと一緒じゃないとねー、と不遜にも答える自分にはっとした。それ、前菜！　始めからやり直したかったのか、その選考会。たぶん、そうかも。

（2021年8月31日）


ナイスにしのごう！


TVでオリンピックの卓球の試合を観《み》ていたら、「しのぐ」という言葉がひんぱんに使われていることに気付いた。これはどうやら我慢するのと同義語らしい。早まった攻撃に出るなということか。ラリーの最中に、解説者が何度も「さあ、しのいで、しのいで！」とくり返した。

そして、なが～い打ち合いの果てに相手がミスをする、あるいは、ほんの一瞬のチャンスを逃さず、スマッシュを決める。やった！　とTVの前で思わず声を上げそうになった時、解説者も叫んだ。

「ナイスしのぎ!!」

ええっ⁉　と驚く私。それ、初めて聞く言い回しなんですけど……。勉強になります！　言葉に関して、すっかり、すれっからしになっちゃってる作家にとって、スポーツのTV中継は新しい風を吹き込んでくれる意外性の宝庫なのである。

元来「国、対、国」という構図が苦手なので、オリンピック自体にはほとんど興味がないのだが（すみません）、いくつかの気になる競技はあるので、世界最高のレベルを目撃するためにTVの前に陣取る。そして、新しい感動用語に出会うのである。

テニスの試合の最中には、アナウンサーが実況中、感極まった。

「有明の空に吸い込まれるようにボールが‼」

ええっ⁉　テニスボールが空に吸い込まれたら、まずいんじゃないの？　もしかしたら、野球脳のままだった？　もっと、ナイスにしのいで欲しかったなー。

夫は有明は海だろ？　と言っていたけど、それ、九州だから。

（2021年9月7日）

台所実験室

台所で、私は、時々、怪しい博士になっているのである。調味料と調味料の未知なる組み合わせによる美味を追求したり、食材の意外な調理法を発見したり。オリジナルな隠し味を試してみたり。

失敗もあれば成功もある。

この間は、はちみつの素晴しい使い方を見つけた。マガジンハウスから何年か前に出た、前田京子《まえだきょうこ》さんの『ひとさじのはちみつ』という本に影響を受けて以来、すっかり、はちみつ愛に目覚めた私。色々なところに使って楽しんでいる。

そして、発見したのだが、味噌汁《みそしる》の仕上げに、鍋にひとたらしすると、ものすごく風味が増すのである。もしかしたら、知る人ぞ知る隠し味なのかもしれないが、自分で発見したと言い張って、周囲に勧めている。

これも、ナイス！　と自分の閃《ひらめ》きを自画自讃しているのだが、ハンバーグのつなぎに使う牛乳に浸したパン粉やちぎったパンの代わりに、カロリーメイトのプレーンかチーズ味を砕いて入れるのである。これまた、ちょっと湿らせてね。非常食用のやつが賞味期限切れになりそうで、苦肉の策として思い付いたアイディアなのだが、これが大成功！　私、台所のエジソンとか呼ばれても受け入れるよ。

でも、大失敗も多々ある。一時、残った汁物を全部ゼリーにして喜んでいたのだが、ナメコの味噌汁を固めたら、本来ナメコをくるんでいるぷよぷよと相まって、二重構造の「遊星からの物体X」的な不気味な食感になった。おえ。もうやんない。

（2021年9月14日）

夢で会えたら

新型コロナの感染拡大以降、いかなる文脈においても、死を軽々しく扱うことは不謹慎で御法度だ。私が、このコラムで書いたある回も相当数のお叱りをいただいたとか。良識ない馬鹿作家でごめんなさい。

が、また書いてしまうのである。今回は、私を死ぬまで「親友」と呼んでくれた愛すべき人についてなので許して下さい。

八六年に『塀の中の懲りない面々』でデビューし、一躍ベストセラー作家となった安部《あべ》譲二《じょうじ》さんが亡くなって、ちょうど丸二年。また夢の中に会いに来てくれた。しかも、画家でエッセイストの佐野洋子《さのようこ》さんも一緒だった。

ある日、荻窪の佐野さんの御自宅でお酒と手料理を御馳走《ごちそう》になった時、女同士のお喋りの流れで彼女が打ち明けたのだった。

「私の理想の男は安部譲二なのよ」

ええっ、と突然の告白に愉快になり、私は安部さんを呼び出した。電話を切って、すぐ来るそうです、と振り返って見た佐野さんは、「ムンクの叫び」のポーズで明るく絶叫した。迎えに出た教会通りで、巨体を揺らして照れ臭そうに歩いて来る安部さんと、私の背中に身を隠そうと無駄な努力をする佐野さんは、今思い出しても、本当に可愛かった。

その御二人が、この間の夢の中で、まるで御見合いをするように、ホテルのティールームで向かい合っていた！

私はよく亡くなった人の夢を見る。夫は潜在意識故と言うが、会いに来てくれたと思う方が楽しい。佐野さんは余命を知った後で『死ぬ気まんまん』というイカス本を書いたいい女。ここで冒頭に戻って下さい。

（2021年9月21日）

魚の皮問題

これ見よがしでない美意識があちこちに反映され、控え目ながら細やかなサーヴィスを提供し、派手ではないが吟味された料理が卓に並ぶ……そんな旅館に泊まり満足感に浸る翌朝、ああっ、何故⁉︎　とがっくりすることがある。

それは、朝食。多過ぎないシンプルな和食メニュー。おなかをぐぅと鳴らしながらセッティングされるのをわくわくして待つ。と、そこに運ばれて来たのは、アジの開き。そのこんがりと焼けた筈の皮が下になっていた時の落胆と来たら……ええ、よくあることです。一流旅館の朝食でも、そうする場合が少なくないみたい。皮の部分と身の開いた部分。どちらを上にして皿にのせるのが正しいんです⁉︎

皮を下にするのが作法なのか。でもでも、そうしたら、あの香ばしい皮が台無しではないか。醬油《しょうゆ》をたらしたら、じゅっと音を立てる、焼き立てで、ぱふっと浮き上がらんばかりの焦げた皮。あのはがれかかった皮と身の間の空気がまた美味なんだよなあ。

しかし、私の独自調査による統計からすると、皮目を下にする場合が圧倒的に多いようだ。そんな馬鹿な。

川上弘美《かわかみひろみ》さんの小説に、「魚の皮の儀式」というのが登場したのを昔、読んだ。好き同士の男女が焼き魚の皮を箸ではがしながら、お互いに口に運び合うのだ。このシーン、なんともエロティックで、ぐっと来てしまったのだが、皮目を下にして皿にのせたら、「朝の魚の干物の皮儀式」が出来ないではないか。素敵な温泉旅館で、せっかく同衾《どうきん》にこぎつけた甲斐《かい》がない。

（2021年9月28日）

何様言葉遊び

「何様言葉」と名付けている言い回しがある。いや、その言葉自体や使い方が間違っている訳ではないのだが、「それ、自分で言っちゃおしまいよ」ってやつ。

八月の「フェス」と呼ばれる音楽イベントで、主催者側がルールを破ったり嘘をついたりして、新型コロナのクラスターを発生させてしまったことがあった。

もちろん非難ごうごうで、責任者は、アカウントも消して逃げてしまい、そのどうしようもないいい加減さに皆、呆れた。

私も非常に驚いたのだが、それは他の人とは違うところ。出演者のラッパーがいち早く、こんな謝罪文を出したのだ。いわく、

「これまで日本のヒップホップ界を牽引して来た自分の責任は重大で……」

とか何とか。正確ではないが。……けんいん……って⁉　と私は思ったのだ。それ、自分で自分について語る時の言葉なのか⁉　他人が誰か敬愛する人を形容する際に使うべきなのでは。以来、私の家では、何かにつけて牽引という言葉を使って「何様ごっこ」に興じている。

「我家のカレー界は私が牽引して来たね」

「我家のベランダ飲みは、おれが牽引する」

などなど。

何様、と言えば、男性作家の書く小説の中では男の主人公がホテルにチェックインする時、こう言う。

「予約していた○×だ」

……そーんな不遜な口の利き方ってないんじゃない？　と思うが、こういう男って人に対

して「何だと？」と聞き返したりもする。はっ、ラッパーっぽい？　「何様」発見道は奥が深い。牽引して行きたいです。（２０２１年10月５日）

玉子と卵

「玉子」と表記して、時々、校閲の方や担当編集者に、〈卵でなくていいですか？〉なんて疑問を呈されたりするのである。

私の場合、「玉子」は、ニワトリやウズラなどの食用のもので、「卵」は、鳥や魚や虫が産む生きものが世に出て来る前のあれである。

「卵」という漢字は、まさに象形文字といった感じで、トライポフォビア（集合体恐怖症）気味の私には、恐怖すら感じる漢字なのである。いくら玉子好きでも、絶対に食べられないよ、卵なんて。

旅先でホテルなどに泊まって、さて朝食という時にメニューを開く。そこに時々、玉子料理ではなく卵料理を見つけてしまい、理不尽にも苛立《いらだ》ちを覚えてしまったりする。虫の卵なんか食えるかーい！　と思うのである。そんな訳ないのに。

あ、でも、魚の卵が「魚卵」と表記されていても平気。これは、おいしいあのキャヴィアの仲間なんだよー、と目に言い聞かせて（？）舌鼓を打つのであるから現金だ。

まだ一人前になっていない修業中の身のことを「○○の卵」と呼ぶが、私は、プロの物書きになる前、絶対に「小説家の玉子」だったと思う。と、いうようなことを、昔、ある編集者に言ったら、「それ、小説家の名前みたいですね、何とか玉子さん、みたいな」と笑われた。

三島由紀夫はカニが大大大嫌いで、「蟹」という漢字すら見ないようにしていたらしい。河野多恵子さんの芥川賞受賞作は『蟹』。大庭《おおば》みな子《こ》さんの受賞作は『三匹の蟹』。三島さん、どっちも読めなかったでしょうね。


（2021年10月12日）

親しみやすい御方たち

「親しみやすさ」警戒警報が発令されている。しかし、それは、私自身によるものなので、誰も注意を払ってくれないのがもどかしい。

このコラムが紙面に載るのは、もう既に日本の新しい総理大臣が決まっている時。でも、書いている今現在は自民党の総裁選挙直前である。

テレビを観ていたら、候補のひとりである岸田文雄《きしだふみお》氏が、元アイドルの国会議員今井絵理《いまいえり》子《こ》氏とリモート対談していた。で、画面の前で、何度も溜息が洩《も》れてしまったのである。だって、岸田氏が「SPEED」の歌を口ずさんで見せたんだもの。そして、「親しみやすさ」全開で語るのだ。自分は「ふみきゅん」と呼ばれている、と。その前は、「キッシー」だったという。へえ。

　自民党総裁って、こういうお茶目なキャラを作らないとなれないものなの？

　近頃、感じるのだが、トップに近い男性政治家に限って、「親しみやすい」自分のテイストを公表する。スウィーツ好きとか、アイドルおたくとか。そのディテイルが、いかにも、女子供（と、若い男）の好きそうなステレオタイプ。刷り込みはいかんね。私のまわりには、ホッピーと串カツの好きな女たちでいっぱいだよ。政治家が声を大にして伝えるべきは、趣味ではなく主義ではないのか。パンケーキが、そして、あの呼び名が、どんな道を辿ったか。

　今こそ、日本の首相に必要なのは「親しみやすさ」ではなく"dignity"（ディグニティ＝威厳、気高さ）ではないのか。生意気言ってすみません。生まれて、すみません（Ⓒ太宰）。

（2021年10月19日）

独自スローライフ

何が一番苦手かというと、人からせかされたり、あせらされたりすることなのである。だから、そういう状態に自分を置かないように気をつかう。

待ち合わせの場合は余裕を持って家を出るし、原稿は、編集者を動揺させるくらいに早く渡す。待つのはまったく平気なのだが、待たせていると思うだけで、気持はやる。デビュー当時のルーズぶりはどこへやら、年齢《とし》を取って優等生になった。某新聞で連載をしていた時なんて、開始前に、ほとんど原稿は仕上がっていたほどだ。手書きなので、担当者に手間をかけさせている、という負い目もある。

こんな私の性癖は、時に人に誤解を与えてしまうことがある。それは「せっかち」だと思われること。違う！　むしろ、その逆。正反対の心持ちなのだ。何事も早目に対処すれば、空いた時間が出来る。私は、その空いた時間で、ぼおっとしながら自分を整えるのが好き。超のんびり屋なのだ。

たいていの編集者は空き時間を無駄にしない。一緒に仕事絡みの旅行をして、電車の発車時刻の二十分前にホームに着いたりすると、ものすごくすまなそうに、どうします？　と尋ねてくれる。どこかでお茶でも？　とか何とか。たった二十分なのに！　と私はびっくりするのだ。二十分なんて「ぼんやり」を楽しんでいれば、すぐではないか。

こんな私は、効率的とか能率的とかいう言葉と無縁。世の中の忙しい人から見ると腹立たしいだろうが、誰よりも早くノルマを果たした後のスローライフが生きがいなのである。そういや、夏休みの宿題も最初の一日で終わらせようとしてた。

（2021年10月26日）

恋敵はフクロウ

新型コロナの感染拡大の影響で、この一年半ほど、旅の楽しみを奪われて落胆している人も多かったと思う。

私も、数年前に夫と二人で訪れて以来、大好きになった沖縄県の宮古島に行けなくて、がっかりだった。

宮古島の某ビーチ前にフクロウの飼われている大衆居酒屋がある。入り口を入ってすぐのところに、大きな止まり木があって、そこにいるのである。このフクロウが大きい。そして、身動きをまったくしない。初めて見た時には作り物かと思った。しかし、片足がロープだったか鎖だったかでつながれているので、たぶん生きてるんだろうな、とは思っていた。でも、なんか超然としているのよ。

しかし、ある時から私たちが通ると、フクロウは動揺するようになった。それまでは、おーい！　と手を振っても、目をかっと見開いたまま威厳を崩さずにいたのに。

私は気付いた。このフクロウ、もしかしたら、夫が好きなんじゃない？　彼が一歩前に出て正面に立つと、翼を広げて、意思表示するようになっている。しかし、化粧室に向かう私が同じようにしても、無視！　それなのに、帰り際の夫には帰るなと言わんばかり。

昔、遠藤周作《えんどうしゅうさく》さんのエッセイで、留学中の無聊《ぶりょう》を慰めるために通り掛かりの動物園の檻《おり》にいる猿を毎日ながめていたら、その内、妙な動作をするようになったという。専門家に尋ねたら、それは求愛行動だと答えた……猿に恋された遠藤さんと、フクロウに見初められた我が夫……いきものがかりか。

（２０２１年11月２日）

幸せはタクシー次第

このところ、急に、スライド式のドアのタクシーが増えている気がする。私は、全然、車に詳しくないのだが、小さな家庭用ワゴンみたいなタイプ。

あれをタクシーとして使う利点とかって、どういうものなんだろうか。燃費が良いとか、小回りがきくとか、そういうこと？

と、いうのも、あの車種のタクシーに乗って、降りるのに苦労させられることが、すごく増えたのである。ドアを開くスペースがいらないせいか、ガードレールの途切れていない場所で停車されちゃう場合が何度も。横歩きで車道のはしを、歩道に上がれる場所まで移動する。一度なんて、どしゃ降りの雨の中、それやられて、川のように水の流れる側溝の中を歩く破目《はめ》に。

水に浸《つ》かって、だいなしになった新品のスニーカーを見て、溜息をつきながら、あーあ、おつり結構ですなんて言わなきゃ良かった、とぶつくさ呟いたっけ。

支払いに、交通系のカードやスマートフォンを使うことも増えたけど、短い距離だったり、親切にされたりすると、紙幣を渡して、おつりは受け取らない場合もある。だって、感謝の気持の心付けは目に見える形で渡したいんだもん。古い？

残暑の厳しいある日、おじいさんの運転手さんと暑い暑いとぼやきながら会話を交わした。楽しいひとときだったので、降りる時におつり取っといて下さいと言ったら、なんで？　と尋ねられた。うーん、暑いから？　と答えたら、運転手さんは破顔一笑。明日も暑いといいな！　と返すのだった。素敵！　古今東西、タクシードライバーは幸せな気分の鍵を握る。

（２０２１年11月９日）

タクシー運転手さんは深い

前回、古今東西、タクシー運転手さんは幸せの鍵を握っている、と書いた。下車する際に、お釣りを取っておいてと言った時のチャーミングな返し方だったり。ずい分前、神戸でも同じことを言って降りようとしたら、「嬉しいなあ、じゃ、これでビール一缶、御馳走になりますわ」と返されてまたもや嬉しくなった。人間の気分を良くしたり、不快にさせたりするのは、ほんの些細《ささい》なことに起因している。

私は、とりわけ運転手さんと会話をしたがるタイプではないのだが、長い距離を乗せてもらっている時など、おもしろい話を聞けたりする。な一るほど、と思うこともしばしばだ。さすが現場（と、いうのか？）にいる人、と感心する場合も。

運転手さんにとって、一番、迷惑なお客さんて、どんな人ですか？　と尋ねたことがある。私は、酔っ払いとか、眠りこけて起きない人、などの答えを予想したのだが、彼はこう言った。

「開けた窓を閉めないまま降りて行く人」

へえーっ!?　と私は唸《うな》ってしまったのである。リアリストだなあ、と。まだ、窓を手動のハンドルで開けていた頃のことだ。

そう言えば、昔、瀬戸内寂聴《せとうちじゃくちょう》さんの寂庵にお招《よ》ばれした時、私は、ひとりで京都駅からタクシーに乗った。「寂庵まで」と告げた私に運転手さんは言うのである。あそこは予約なしでは入れないよ、と。知っている、と答えると、今度は、諭すような口調に。

「あんたも更生して出て来てこれから世話になるクチ？」

……ええ、まあ、そんなもんです、と言っておきました。

（２０２１年11月16日）

偏愛サンドウィッチ

昔、仕事でアフリカに長期滞在していた時、よくスタッフたちと雑談に興じていた。かの地では食事の内容が限られて来るので、皆、夢見るように食べたいものについて話すようになる。だいたい日本食。私がサンドウィッチかなー、と言うと、皆、呆れていた。

コーディネーターの日本人女性は、自分がいない時の夫と息子の夕食について語った。「二人でサンドウィッチを食べるんですが、フィリング（中の具）が缶詰のベイクドビーンズなんですよ。スライスしたバナナのこともあります」

彼女の夫はイギリス人だ。そこで思い出したが、やはりイギリス人と結婚した作家の故・森瑤子さんは、エッセイで「王様のサンドウィッチ」なる食べ物についてお書きになっていた。いったい、それは何ぞや、というと、フライドポテトのサンドウィッチなのである。

食パンにバターをたっぷり塗り、そこに熱々のフライドポテトをどっさりはさむ。すると、バターは溶けてしたたる。かまわずにかぶり付いていると、ネクタイが染みだらけになる。意に介さず優雅に食べ続ける。王様だもん。染みなんて、なんぼのもんじゃい……と、これが夫、もとい王様のサンドウィッチ。

イギリス人たちの偏愛するサンドウィッチと来たら……と呆れたいところだが、アフリカで私が思い浮かべていたのは、極貧の学生時代に発明した納豆のトーストサンドである。ひき割り納豆なら、なお良し……はっ、これ、父と息子のベイクドビーンズの親戚じゃ……。豆は強し。

（2021年11月30日）

男性作家の濃い友愛

少し前に、中公文庫オリジナルとして出版された『二魂一体の友』がおもしろかった。自他共に認める大親友同士の室生犀星《むろうさいせい》と萩原朔太郎《はぎわらさくたろう》が、お互いについて書き綴《つづ》って、さまざまな紙面に載せた文章を、ぎゅっと一冊に集めたもの。まとめて読むと、濃い。濃過ぎて大丈夫か、と言いたくなる部分も。

特に、朔太郎が犀星について書くと、え？　これ、ボーイズラブ？　と読み返してしまうほど、熱い。

〈極めて稀《まれ》にみる子供らしい純一無垢《むく》な性情と、そして何よりも人間としての純潔さを、私共は互に愛し悦《よろこ》びあった。

ここに私共のはれがましい不断の交歓があった〉

愛し悦びあって……「喜ぶ」ではなく、「悦ぶ」……そんなに⁉　と言いたくなるではないか。交歓ですよ⁉

思うに、昔の文学者たちの交流は濃密だ。とりわけ、男同士。女流と呼ばれていた女の作家たちに、この相手に対する身も心も傾けた感じというのはない。やはり、中央公論新社から出ている『女流文学者会・記録』などを読むと、それを感じ取ることが出来る。もっと、ずーっと、サッパリしていてクールなのである。

佐多稲子《さたいねこ》がカフェーで働いていた時、林芙美子《はやしふみこ》が〈詩人連中〉と共に客として来店し言ったそうである。〈わたしこのひと気に入ったわ。堕落しないでね〉。格好いいよ、芙美子姐《ねえ》さん！

北杜夫《きたもりお》・辻邦生《つじくにお》の往復書簡もすごい。辻さんは北さんを〈わが宗吉〉と呼ぶ。まさにロマンティックな濃い友愛！

（２０２１年12月７日）

観音様の御利益求ム

毎年、選考委員を務めている泉鏡花文学賞授賞式に出席するため、紅葉の美しい時期に石川県の金沢市を訪れる。そして、用事が済んだ後、二、三日、滞在を延ばして、夫と街歩きを楽しむ。

昨年は、「Ｇｏ Ｔｏ トラベル」とやらの影響で、どこもかしこも人だらけだったので、早々に東京に戻って来た。兼六園なんて、ピーク時の原宿竹下通りの様相を呈していて、いわゆる「映《ば》えスポット」らしき場所には長蛇の列。新型コロナの感染拡大を後押ししていたとしか思えなかった。ホテルのロビーを居酒屋代わりにしていた行儀の悪い輩《やから》も見受けられたし。強気に出られなかった宿泊施設側もお気の毒。

あまり混んでいない今年は、加賀温泉郷の山中温泉に足を延ばしてみた。ローカル線各駅停車に乗って、てくてくと。

あいにくの雨で、温泉街を歩くことはかなわなかったが、色取り取りに染まった山の景色は美しく、私たちはこっくりとした温泉も堪能《たんのう》して帰途へ。

で、加賀温泉駅に向かうタクシーの窓から見えるものに、ギョッとしたのであった。行きには気付かなかった、それはそれは巨大な観音像。あまりにも唐突に進行方向に出現し、どんどん近付いて行く。黄金で、子を抱いている。何なんだ、あれは⁉

運転手さんの説明によると、バブルの時期に建てられたホテル跡だという。あの観音像の許《もと》で、宿泊すると子宝に恵まれるとか。でもさ、今やバブルの珍奇な遺産みたいになっちゃってるよ？　加賀温泉郷のシンボルとして何か活用しようよ。出来るよ。知らんけど（すいませんね、無責任で）。

（２０２１年12月14日）

我が家のＭＶＰ

驚異的な生命力で、ワイルドに成長して行った我が家のアメリカ朝顔を、アメリカ大リーグのスーパースターとなった大谷翔平選手にあやかって「オータニサン」と名付けたことは、前に書いた。

そして、今現在、季節は変わり、うちのオータニサンは、もういない。

秋口に入ると、少しずつ葉が色付いて散り始め、自らの力であざなえる縄のごとく太くなった蔓《つる》が段々と枯木のようになって行く……寂しいねえ……と毎日、夫婦で観察しては、わびさびの境地に至ろうとしていたのだが……ある朝、びっくり。新しい緑の葉っぱが何枚も誕生していたのである。前の葉よりは、色の薄い、いかにもフレッシュマンな感じの初々しさ。朝顔は、二度生まれるのか⁉　感動した夫は、今度は、こう名付けた。

「ニューオータニサン」

やっぱり大谷翔平にあやかっただけあったね、と喜ぶ私たちであったのだが……。長雨や強風に襲われ、その柔らかく美しい新緑は、「コタニサン」という呼び名を経て、間もなく姿を消してしまったのであった。短くも美しく萌《も》え……名残り惜しむ夫は、それでも名前を付ける。

「タニサン」

しかし、そのタニサンこと枯木も折れてバルコニーに散らばり、片付けられてしまった。後に残ったのは、ただの「サン（土の入った植木鉢）」である。さようなら、出世魚の逆バージョンみたいに名前を変えて楽しませてくれた元・オータニサン。きみが我が家のMVPさ。もちろん全員一致（二名だが）。来シーズンに期待だ。

（２０２１年12月21日）

若返り最重要の国で

「上沼恵美子《かみぬまえみこ》さんがホステスを務める料理番組が二七年の歴史に幕」という記事が出ていた。あの番組、私も時々観て、夕ごはんの参考にしたものだが、実は、父のお気に入りだったのである。

勤めていた会社を定年退職し、その後、再就職した職場も辞めて、悠々自適のリタイア生活を送って来た八十九歳。昼ごはんの続きのように、あの番組を観ている父を見て、尋ねてみた。全然、料理を作ったこともないのに、なんで、そんなに真剣に観てるの？　すると、父が答えることには。

「おいしいものの出来上がる工程を学べるじゃないか」

ほお。死ぬまで勉強ってやつ？　でも、これ、終わっちゃうかもしれないんだよ。

聞けば、視聴者の若返りをねらって番組を改編するのだとか。若返りって……若者、TVなんか、もう観ていないのでは？　NHKの紅白歌合戦も「若返り」を目指して、出演者を大幅にチェンジ。それまで何十年も「紅白」を楽しみに年を越して来た層を遠ざけることが目的なんだろう。何故かって？　老い先短い視聴者のことなんて考えていても何の得にもならないから。だから、早急に「若返り」！　人間は放っといて、とりあえず何が何でも若返り!!

この国では①若くて②健常者で③都会に住んでいて④経済力があるという条件を満たせない人間は見捨てられる運命にある。

田舎暮らしで、運転免許証も返納した父と、ITどころか私の顔も解らなくなった母は、介護する妹がいなければ生きて行けない。私もやがて、そうなるので、来年は若返りにがんばるつもり（つもりだけね）。

（２０２１年12月28日）

Ⅱ

追悼　水上勉

グッドラックホテルにて

水上勉《みずかみつとむ》さんが亡くなった日の昼頃に新聞社から電話がありコメントを求められました。山田さんにとって水上さんはどういうお方でしたか、と尋ねられて困ってしまいました。言葉に詰った私を労《いたわ》るように、記者の方は言いました。お気持は察します、と。ありがたいことです。でも、ちょっと違うんです。私が言葉に詰ったのは、本当に困ってしまったからなのです。まさか、正直に、愛すべきくそじじいでした、とも言えないし。

それから二、三日たって、集英社の村田さんと山の上ホテルのバーで、水上勉追悼という名目で閉店まで飲んだくれてしまいました。水上さんと出会うきっかけを作ってくれたのは彼女だし、京都の仕事場や北御牧《きたみまき》のおうちにうかがう時もいつも一緒だったこともあり、話は尽きることがありませんでした。

山の上ホテル！　水上さんについての思い出を語ろうとする時に、このホテルのことは欠かせません。私が文学賞を受賞した小説は、すべてここで仕上げたものなので、「グッドラックホテル」と呼んで、食事や待ち合わせなど、何かにつけて利用していました。ですから、ここを常宿にしていらした水上さんとは偶然お会いすることもたびたびでした。でも、本当に偶然だったのか？　食事を共にしていた連れが化粧室から戻って来て、水上さんがロビーでお酒を召し上がっていたよ、と言えば、忍び足で近付いて行き、「サプラーイズ!!」と背中を叩《たた》いておどかしたり、他社の編集者と打ち合わせ中だというのに、当然のように側《そば》に腰を降ろして「新しい男ができまして」と話し始めたり、そう、私は、すっかりいい気になって、意図的に偶然を必然に変えて来たように思います。そもそも、出会ったのもこのホテルでの対談。私の長編『トラッシュ』をたいそう気に入って下さった水上さんが、御自身の本の刊行に合わせて呼んで下さったのです。それを思うと、私と水上さんがひとときを共有する際には、必ずどちらかが意識的であった気がします。ものを書く人は、そのように人間関係を作ることに貪欲です。あまたある偶然を言語化するには、そういう欲が必要だからです。その代わり、捨て去ることにも貪欲です。言語化出来ないものには興味を失ってしまうからです。そこには、あまりにも温かく、そして、とてつもなく冷たいパラドックスが鎮座しています。だから、愛すべき、くそじじい。それは、まさに私の好みなのでした。

ある時、ばったりと（と、見せかけて）ロビーでお会いしてお酒を御一緒していたら、水上さんは、おっしゃいました。詠美、これから作家の部屋ってのを見てみとうないか。い、いいんですか⁉　と興奮して立ち上がる私を隣りにいた人が制して囁《ささや》きました。止《や》めといた方がいいんじゃない。けれども、私は、もう聞く耳なんて持ちゃしません。水上さんの後に続いてさっさとエレベイターに乗り込んでしまいました。どういう空間で、この人の文学が生まれるのか見てみたい。それしか考えていませんでした。そして、ドアが開けられた時、私は、部屋じゅうに散らばる原稿用紙を目にしたのでした。それらは、書かれた際の熱を蒸発させるためのように、一枚も重なることなく畳を埋め尽くしているのでした。座る場所が机の前にしかありませんでした。他者を座らせることの出来ない空間は、なんと孤独なたたずまいを持っていることでしょう。私は、その頃、志なかばにして力尽きてしまった人の死にたて続けに遭遇していましたので、その人たちを思い出して泣けて来てしまいました。水上さんは、しばらくの間、私を放っておいてくださいましたが、呆《あき》れ果てたのか背中をさすって、よーし、よし、可愛らし子やなあとおっしゃいました。それは、私の耳には、まだまだやなあ、と同じに聞こえて、情けなくて、ますます涙が止まらなくなりました。そのまま、エレベイターまで送られ、私は、皆の待つロビーに戻りました。泣きながら腰を降ろす私に誰もがぎょっとして、ひとりなど、こう言いました。何か、されたの⁉ その途端に、私は急におかしさがこみ上げて来て、後は、泣いているのか笑っているのか自分でも解《わか》らない状態でした。何かされたか……本当は、されたのかもしれません。それ以来、私の将来の夢は、愛すべきくそばあになること、になったのですから。

　思い出すと、きりがありません。京都にうかがった時に、朝から小豆を炊いて待っていてくださったこと。私は実は甘い小豆ほど苦手なものはなく、丼によそってくださったそれをざざっと一気に飲み干しました。すると、水上さんは嬉《うれ》しそうに山盛のお替りをくださいました。大ファンの母からの手紙をお渡ししたら、すぐに母宛に御本とお返事を送ってくださったこと。母は、それを長いこと床の間に飾っておりました。北御牧のおうちの前のクレソンを摘んでくださったこと。キユーピーマヨネーズと共にひなびた味を堪能いたしました。フロリダのセント・オーガスティンという街で買ったアンティークの虫眼鏡をさし上げたら、これで詠美さんの顔を最初に見ましょう、とお床の中から私にそれをかざしたこと。あの虫眼鏡で、私が見た人は、水上さんが最初で最後になりました。水上さんは、あの後、どなたをごらんになったのでしょう。もちろん、女の方でしょうね。

最後にお会いしたのは、亡くなる数ヵ月前のことでした。北御牧のおうちの近くに宿を取り、二日がかりで、勝手にお酒やおいしいものをいただき、喋《しゃべ》りまくってしまいました。調子に乗っていたら、娘さんの蕗子《ふきこ》さんに冗談めかして言われてしまいました。ようやく平和になったのに、詠美さん来たら、また作家の、あのやな味出て来ちゃったんだから。そこで私は不思議なことに、良薬は口に苦しという言葉を思い出すのです。小説家にとっての良薬は、周囲の人々の口に苦し。申し訳ないです、蕗子さん。その苦い味こそが、ある種の小説家の大好物であるのです。その味に出会えた、やはり、山の上ホテルは、私にとってのグッドラックホテルだったに違いありません。

（2004年11月）

追悼　河野多惠子

河野先生との記憶のあれこれ

棺《ひつぎ》の中の河野《こうの》さんは、寝相の良い童女のように見えた。病院で熟睡なさっていた時と、さほど変わりない。でも、もちろん寝ているのではなく、死んでいるのだ。ただし、肉体が。近しい人の死に対峙《たいじ》すると、いつも、ふたつの死について考える。肉体の死。そして、魂の死。前者は諦《あきら》めざるを得ないが、後者は残された者によって阻止出来るのではないか、と。忘れないという一点で生き続けていてくれる人が、私の心の中には、もう何人もいる。年齢《とし》を重ねるたびに人数は増えて行く。やがて、私が死ぬ時に、私が関わったその人たちは、私にとっての本当の意味で天に召されるのだろう。そして、その人たちの記憶のピースを埋め込まれた私は、肉体の死を迎えた後、誰かの心の中で、しばらくの間、生きながらえることが出来るのかもしれない。

人生をひとつの仕事に捧《ささ》げて素晴しい結果を残し、世間に影響を与えた人物が亡くなった時、「これで、ひとつの時代が終わった」という言い回しが使われる。それを耳にするたびに、ひねくれた気持でひとりごちたものだ。私の時代は終わってないもん、とか何とか。よく知らない人の死をきっかけに、ひとまとめにされてはかなわないではないか。

けれども、一月二十九日の深夜、河野さんの訃報を受け取った時に、つくづく感じたのだった。こういうことか、と。これで、私にとってのひとつの時代が、とうとう幕を閉じたのだった。

三十年前、私は、文藝賞を受賞して小説家としてのスタートを切った。その時の選考委員が、野間宏《のまひろし》さん、江藤淳《えとうじゅん》さん、小島信夫《こじまのぶお》さん、そして、河野多惠子さん。おひとりだけお元気でいらした河野さんも亡くなったのだ。あの授賞式の夜、私の肩を抱き、背中を叩いて激励してくださった方々全員が、もうこの世にいらっしゃらないのだ。あの方たちを思うだけで、私は、デビューしたての小娘の気持に戻って甘ったれることが出来たのに！　ついに、河野さんまでいなくなってしまった。なんと心許《こころもと》ないことだろう。

すっかり気落ちしながら、私は、自分にとっての「ひとつの時代の終わり」を嚙《か》み締めた。すると同時に、新しい何かを始めてはいかが、と河野さん御本人から急《せ》かされているようにも感じたのである。でも、いったい何を？　とりあえず、記憶のピースを寄せ集めるところから始めてみよう。

最後にお会いしたのは、一月十二日の成人の日だった。病室に足を踏み入れた瞬間、鼻にチューブを通して目を閉じている河野さんの姿を見ておおいに慌てた。もう意識は戻らないのか、と早合点してしまったのだ。実際には食事の後にお休みになっているだけだった。通り掛かった看護師さんに、起こして差し上げましょうか、と言われたのでお願いした。すると、彼女は私に、どういう御関係の方ですか、と尋ねるのである。不意打ちをくらったような気持になり、すっかり慌てた私は、どもりながら答えた。

「ど、ど、同業の者で……」

言った途端に、ばつが悪くてたまらなくなった。ま、いっか、三十年もやっているんだし、と自分に言い聞かせた。でも、やはり気恥しい。今、思い出しても、そう感じる。同業だって！　同業だって⁉　厚かましいったら！　いや、しかし、誇らしくもある。

その日は、発売されたばかりの私の新刊をお持ちしたのだった。谷崎潤一郎《たにざきじゅんいちろう》の『痴人の愛』をモチーフにした『賢者の愛』という長編小説だが、雑誌「婦人公論」での連載中から、河野さんは電話で感想を伝えて下さっていた。次が待ち切れないわよ、という言葉を、私は、どれほど嬉しく聞いたことか。けれど、最後の何話かを残して、電話は途絶えた。入院されたのだと編集者が知らせてくれた。

もう本が持てなくなっている河野さんの枕許で、『賢者の愛』をかざし、ようやく出ましたよ、と伝えると、ああ、これ、おもしろいのよ、いいのよねー、とおっしゃった。その後、書いて来た手紙を一枚一枚、お見せすると、ふんふんと頷《うなず》き、あ、と思いついたようにお尋ねになるのである。

「ねえ、あなたのパパ、元気？」

はい、と答えながら笑ってしまった。河野さんは、何故《なぜ》か、たった一度だけお目にかかった私の父を心にとめ置いてくだすっていた。そして、会話の途中に必ず、パパ、元気？ とおっしゃる。占いによると、あなたのパパと私は相性が良いらしいの。そう続けられた時にはこちらも呆れてしまい、ただの頑固じじいですよ、と苦笑混じりで口にした。すると、それは良いわね、といつまでも笑っていらした。あ、でも、私がこんなふうに言っていたこと、あなたのお母様には内緒よ、と付け加えて。その言葉を父には伝えた。照れながらも嬉し気だった。私よりも年下の男の方。そう河野さんに呼ばれて、いい気になっていた父も、高齢で、もう自力では歩けない。そんな父に、私はまだ、河野さんの死を告げていない。

「あったかくなったら、誰か二、三人連れて来てよ」

どなたを？ と聞く私に、そうねえ、としばらく考えた後、あなたにまかせるわ、とおっしゃった。それが最後の会話になった。

文藝賞の授賞式で初めてお会いして以来、さまざまなアドヴァイスをいただき、また、時には求められて、生意気にもこちらから意見を述べさせてもらうこともあった。はた目には親しいように映ったかもしれないが、実は長いこと、私の側の一方的な緊張が、河野さんとの間に大きな隔たりを作っていた。

その壁のようなものが、ほとび始めたのは、「文學界」で対談の連載を始めたあたりからだ。そこでは、文学をメインテーマに、毎回さまざまなことを語り合った。やがて、それは、『文学問答』という対談集にまとめられるのだが、その頃には、すっかり私の緊張は解けていた。河野さんが、私を一貫して対等の小説家として扱ってくだすったからだろう。それを感じると同時に、私の中にも、期待に応えたいという負けん気に似たものが湧いて来ていた。当時、長期滞在していた、アメリカ南部にある前夫の実家のバックヤードで、日がな一日、日本から送っておいたすべての谷崎潤一郎の本を読み返した。自他共に認める谷崎信奉者である河野さんとイーヴンに語り合いたい、と野望に似たものを抱いたのであった。

そして、私は、後に、こんなふうに言われてしまう。

「あなたは、私に対して、女友達のように、男同士のように、そうかと思うと、まるでお姉ちゃまにそうするように話すのね」

調子に乗り過ぎたか、と口をつぐむ私に、河野さんは続けた。

「でもねえ、もう私くらい長いこと書いていて、このくらいの年齢になってしまうと、誰もそんなふうに話してくれなくなるのね。だから、ちょっとだけ嬉しいのよ」

ちょっとだけですか？　という私の問いに河野さんは、けらけらと笑い続けていらした。

「私、名前を変えて新人賞に応募してみようかと思うの」

なかば、本気を声に滲《にじ》ませて、そんなことをおっしゃったこともあった。

「今さら、そんなこと思いつかなくてもよろしいのに……」

と、私が言うと、

「冗談よ」

それを聞いて吹き出すと、

「でも、半分、本気かもね」

と付け加えて、おもしろがっていらした。

長いキャリアは小説家を成熟させるが、そこに「慣れ」が入り込む危険は、いつだってある。その「慣れ」を撃退するのも、またキャリアの効用なのだが、河野さんは、常にそれを意識していらした方だと思う。

亡くなる二年ほど前だったか、突然の電話で、こうおっしゃった。

「ねえ、これから、最後に書く小説のことを考え始めようと思っているのよ。もう題名は決まっているのよ。あなた、覚えておいてね。『死後の愉しみ』っていうの。たのしむの漢字は、音楽の楽じゃなくて、愉悦の愉。どうかしら」

どうかしら、と言われても、どう答えて良いのか解らない。少し興奮した調子のまま、河野さんの話は止まらない。

「この小説のことを考えると、どきどきしちゃって。もう、全然、死ぬのなんて怖くなくなっちゃうわね」
結局、その最後の小説を読むことは叶《かな》わなかった。

亡くなるのと前後して、不思議だな、と思ったことがある。私の新刊のパブリシティに絡めて、女性誌のロングインタヴューが企画されたのだが、雑誌側から、ライフストーリーを中心に誌面を作るので、気に入りの小物や思い出の品などを何点か用意して欲しいと言われていた。

インタヴューの前日、単行本の版元である中央公論の担当者と話し合い、せっかく新刊発売に合わせているのだから、先輩の女性作家から受け継いだものを出そうということになった。そこで、私が用意したのが、河野さんから譲り受けた品々。谷崎松子《まつこ》さんからの記念の袱紗《ふくさ》（潤一郎という署名が染め抜かれている）、そして、宇野千代《うのちよ》先生からの桜の花びらが一面に散った柄の風呂敷、もうひとつは、河野さん御本人からいただいたビジューのちりばめられたイタリア製のアクセサリー時計。前のふたつは、私よりあなたが持っていた方がいいわと、後のひとつは、真面目《まじめ》な時計より、あなたには、こういうふざけたおもちゃが似合うわ、と贈ってくださった。どれも、私の大事な宝物、ということで、それらのブツ撮りをお願いするよう手配した。河野さんが亡くなったのは、その夜のことだ。

翌日は、朝から雪だった。三方が窓に囲まれた我家のリヴィングルームで、外にうっすらと積もった雪をながめながら撮影は行なわれた。私と中央公論の担当者は、信じられない思いで顔を見合わせていた。

「こんなこと、あるんですねえ」

「うん。私、河野さんが雪の中、私も呼びなさいよと、うちに、わざわざやって来たような気がしているよ。ほら、そこに座ってらっしゃる」

「あらー」

絶対、あの椅子に座っていたよ、と私は、後々、色々な人に言いふらした。不思議だなあ。でも、私は、この種の不思議に何度も遭遇しているのだ。死んだ後も魂は生き残る。そう思うことは、残された者の気持を楽にする。もっとも、私の大事な人の死において、限定だけれど。


あなたには、こういうふざけたおもちゃが似合うわ、とからかい混じりでおっしゃった河野さんだったが、実は、御本人は、カエルの小物類を集めていらした。カエルをモチーフにしたものを見るだけで楽しくなる、とおっしゃったので、私もいくつかお贈りした。バリ島の置き物、京都の焼き物、露店で見つけた安物のハンカチーフなどなど。カエルの顔をそのまま被《かぶ》るように仕立てられた帽子を送って差し上げた時は、さすがにやり過ぎか、と少し後悔したが、うちで被るのに良いわね、とさらりとおっしゃったので、こちらの方が呆気《あっけ》に取られた。

私の住んでいる吉祥寺には、カエルグッズ専門店がある。そのことをお伝えすると、あらまあ……と言ったきり、言葉を途切らせてしまわれた。感動なさってる？　とおかしくてたまらなくなった私は、笑いをこらえながら、今度、お連れしますから、と言った。店中のカエルたちに囲まれた河野さんを想像すると、楽しくてたまらなくなった。そこで、少し偉ぶりたい気持もあった。こんな店を知っている私、えっへん。しかし、そんな ちっぽけな優越感を感じることも叶わなかった。

年齢《とし》を重ねて、近しい人が亡くなるたびに、叶わなかった事柄が増えて行く。


カエルにまつわるもの以外に、私がお贈りしていたのは、大阪の「花錦戸」という料亭で売られている「まつのはこんぶ」という塩昆布だ。すっぽんで炊き上げてあり、独特の風味が病みつきになる。いただき物で味わって以来、気に入り、御礼の気持や好意を受け取っていただきたい方々に送ったりしている。

昔、河野さんがニューヨークに住み始めた時のこと。突然、国際電話をかけて来て、こうおっしゃるのである。

「あなた、ニューヨーク詳しいんでしょ？　どこかおいしいレストラン教えてくれない？」

確かに、当時、私の結婚していた男はニューヨーク出身であったが、夫婦で行くのは、ク

ラブキッズの通うバーレストランか、ブルーカラーの人々が集うダイナーのような所ばかりだったので、そう伝えると、

「なあんだ、そうなの……」

と、激しく落胆なさる。御期待に添えず申し訳ありません、と電話を切った後、思い付いて、「まつのはこんぶ」の瓶詰のセットをお送りした。日本の食品など、どこでも手に入るニューヨークだが、あれはない。絶対に喜んでくださる筈《はず》。御出身地の大阪のものでもあるし。

そして、その通りになった。

「そうなの！　これ、これなのよ、食べたかったの。こっちの味にうんざりして、もう、何を食べて良いのか解らなくなって……」

そういうことならまかせて下さい、と言わんばかりに、私は、「まつのはこんぶ」の瓶詰セットを送り続けた。帰国してからも、ずっとずっと送り続けた。

「あああっ、もうなくなりそう、と不安になると届くから、本当に助かってるのよ」

そんなふうに喜ばれたら、お送りしない訳には行かないではないか。私は、それが自分の使命であるかのように、料亭から送られて来るカタログに真剣に見入るのであった。

昨年、病室にうかがった時、車椅子に乗ってはいても、河野さんは、まだ、お元気そうにしていらした。その日は、直接「まつのはこんぶ」をお持ちして渡した。一緒にいた夫が、

箱から出して、瓶の口を緩めて差し上げると、ああ、良かった、とおっしゃった。そして、あなたにお願いがあるの、と私をごらんになるのである。

「私が死んだら、これ、棺に入れてくれない？」

絶句している私に、こう、お続けになる。

「私ねえ、毎回毎回、あなたからこれが届くたびに、ああ、良かった、今回も間に合った、とほっとするのよ。そして、後何回、この瓶を手にすることが出来るのかなあって……」

お言葉通りに、棺には、「まつのはこんぶ」の袋入りを入れて差し上げた。花に埋まった昆布の袋は、何やらユーモラスな感じを漂わせていた。こっそりと隠れた所で花より団子してるって感じ？　そんなことを思った。

健啖家《けんたんか》でいらした。『文学問答』の対談は、すべて新橋の「京味」で行われた。言わずと知れた予約の取れない名店だが、私は、縁あって、分不相応にもデビュー以来、御世話になって来たのだった。絶品の料理と絶品の言葉を堪能出来る至福。それらを味わって、ぼおっとなっている私の前で、河野さんが締めのしゃけ御飯をお茶漬にしたい、と所望なさっていた。ずい分年下の私が、胸もおなかもいっぱいになってしまい、同じものを折り詰にしてもらっているというのに。

棺に入れた「まつのはこんぶ」は、召し上がっていただけただろうか。

あの日、河野さんは、こうもおっしゃった。

「私、死にたくなくなっちゃったの。若い時から、ずっと、いつ死んでもいいと思って来て、その気持のまま最後まで行けると信じてたのに、この期に及んで、まだ死にたくないって、思い始めちゃったの。まさか、私が、こんなに未練たらしくなってしまうとは」

私は、つまらない言葉しか返せなかった。まだ、そんなことおっしゃるの、早過ぎますよ、とか何とか。河野さんに死の気配がせまって来ているのは明らかであったのに。

また、おいしいものを食べるの、御一緒して下さいよ。調子良く、そう言いかけた途端、喉が塞がれたようになった。もう、そんな機会はやって来ないのだ。「生」のありようと、食べることを始めとした、さまざまな日々の営みを結び付けてくり広げられる人間模様。そして、そこから静かにしたたり落ちる官能を描き続けた人の手は、握ると、ぱりんと粉々に砕けそうなくらいに脆《もろ》さを露呈していた。浮き上がったいくつかの血管が、私の指の熱でへこんでしまうかのように感じられた。この手には、まだしなくてはいけない仕事があるのに。これから『死後の愉しみ』に着手しなくてはならないというのに。生涯を小説の創作に捧げた、偉大なる文学少女の手。

私が、ある文学賞の候補になりながら受賞出来なかった翌日、河野さんは、私に電話をくだすった。慰めてくれるのかと思いきや、くすくすと笑って、こうおっしゃるのである。

「まあ、仕様がないわね。あなたの小説は気立てが良過ぎるのよ」

そして、御自分の言葉でさらに愉快になったらしく、笑いは止まらない。

私は、と言えば自問自答していた。気立てが良い？　誉められたのか。いや、まさか。そうではないのは解っている。これは、私に対する最高のけなし言葉だ、と受け止めた。


デビューした時から、私の先生は宇野千代先生だけだと、ふてぶてしく公言して来た。宇野先生が雑誌に連載していた「文章作法」を切り抜いて机の前に貼り、それをながめながら、文藝賞受賞作である初めての小説を書いたからだ。

ところが、ある時、お話ししていて、ごく自然に「河野先生」と呼びかけてしまった。すると、悪戯《いたずら》を見つけた先輩の女生徒のような表情を浮かべて、こう指摘なさるのである。

「あーら、あなたの先生は、宇野千代だけじゃなかったの？」

はあ、そうでした、とばつの悪い思いで返した。その時から最期まで、面と向かっての「河野先生」は封印した。でも、陰では、そう呼んでいた。だって、河野さんが先生でなかったら、いったい、私にとって、誰が先生だというのだ。


私は、この原稿のゲラ刷りをしつこくしつこく見るだろう。サインペンで手書きする私は、常に切り貼りの出来ない緊張感の中で文章を書いているから、ほとんど直しはない。それでも、何度も読み直して、句読点をあっちこっちに移動させたりして長い時間をかける。河野さんと同じだ。時々、ああ、面倒臭いと思う。些細《ささい》な一語による采配に細心の注意を払いつつ、接続詞や代名詞の重複のチェックや、句読点の移動によるニュアンスの相違について、これほどまでにこだわらなきゃならないなんて。でも、仕方ない。河野先生には、そういうふうに仕込まれた。

（2015年4月）

追悼　野坂昭如

食べてさえいれば

共に素面《しらふ》でお会いしたのは一度しかない。私が二十八歳で直木賞を受賞して数日後に行なわれた、小説雑誌の対談の時である。受賞前夜に明け方まで二人で飲み歩いて、すっかり意気投合したつもりでいた私は、あの時とは別人のように伏し目がちにぼそぼそと話す野坂《のさか》さんを前に、面食らっていた。約束が違う！　と抗議したいような気持になったが、もちろん何の約束もしてはいない。ただ、私が勝手に「兄貴」のように思い込んだだけだ。

理不尽にもつれない感じを抱いた私は尋ねた。今日は、どうしてお酒を飲まないんですか、と。すると、野坂さんは、面目ないというふうに下を向くのである。

「もしかしたら、酔っ払って何かしでかしたとか」

「うーん、いや、まあね、色々あるんですよ」

野坂さんが飲まないので、私だけ一杯やるという訳にも行かず、二人で言葉少なにごはんを食べながらの、ぎこちない対談となってしまった。

あの日、飲まなかった理由は、いまだに解らない。

私が直木賞候補になった時、野坂さんはTVレポーターの仕事をなさっていて、滞在先のホテルまでインタヴューに来てくださったのが初対面だった。私は、同居していたアフリカ系アメリカ人の恋人が逮捕されたのを、ノミネートの発表と同時にマスコミに報道されるという、何とも間の悪いことになってしまい、常に見張られ、追いかけられる立場でいた。その時の心境は、まさに「心労」と呼ぶべきもので、逃がれるために出版社が用意してくれたホテルの部屋に身を隠していたのだ。

そこに頼もしいナイトのように現われて、私を引っ張り出してくれたのが野坂さんだった。カメラがどこでどう回っていたのか忘れてしまったが、ラウンジで飲もうと誘ってくださり、私たちは、昼からどんどんジントニックのグラスを重ねた。何しろ野坂さんは、御自分のおかわりを頼むたびに私の分もオーダーしてしまうのである。飲まない訳に行かないじゃないか。すっかり酔っ払って、兄貴と妹分のような契りめいたものを交わした時、ニューオータニの庭園の緑が圧倒的な美しさで瞳になだれ込んで来たのを良く覚えている。

その夕方から、TVクルーを先に帰した野坂さんと私は、銀座をクルージングよろしく歩き回ったのだった。もう一軒付き合いなさい、はい、喜んで！　と、その年齢で、もう既に不遜さを獲得していた私だったが、生まれて初めて、誰かの腰巾着になる喜びを知ったのだった。この人が付いていていてくれれば百人力。その頃、見も知らぬ人から、あれこれと悪意に満ちたことを言われたり書かれたりして、身も心も痛め付けられていた私は、その酔いどれの兄貴が救世主のように思えた。

「この子は、明日、直木賞作家になるんだ」

野坂さんは、そう言って、行く先々のクラブで、ドン・ペリニヨンを開けて下さった。私は、と言えば、もうシャンパンというソーダには飽きましたあ、などと回らない呂律《ろれつ》で言い放つ図々《ずうずう》しさ。お目出たい二人の幸せな珍道中といった銀座徘徊《はいかい》は続いた。そうして最後に辿《たど》り着いたのが、文壇バー「まり花」。吉行淳之介《よしゆきじゅんのすけ》さんや色川武大《いろかわたけひろ》さんなどの名だたる作家の方々を始めとして、その時代のスーパースターであるスポーツ選手や俳優、クリエーターたちが集うサロンのような場所だった。そして、あろうことか私は、酔いつぶれて野坂さんの膝を枕に寝入ってしまったのだった。

その後、どのくらい時間が経《た》ったのか、夜がしらじらとして来る頃、私は、朦朧《もうろう》とした頭のまま、野坂さんにホテルまで送られたのであった。

ようやく部屋に辿り着き、忘れないでと念を押されて持たされた紙袋に気付いて開けてみた。折り詰だった。二段になったそれには、途中立ち寄った料亭「浜作」のおまかせ料理がぎっしりと詰められていた。小鉢をつ突くだけで、後は何も食べずに飲み続ける野坂さんに向かって、まるで口うるさい妹分のように生意気にたしなめたのだった。食べずに飲んでいるのは一番体に良くないんだよ、と。その、食べずに取ってあった料理が目の前にあった。

泣けて来た。そもそも「浜作」に行くことになったのは、つらいことが多過ぎて食べられないという私を野坂さんが諭したからだったのだ。人間、食べなきゃ。食べてさえいれば何とかなるんだから、と。そして、私は、何とかなった。

あの晩をきっかけに「まり花」は、私の居場所になった。さまざまな才能あふれた人々と知り合い、当時ママだった衣公子《いくこ》さんの自宅に遊びに行くようにもなった。野坂さんと会うのもその店で、私たちは、ある時は先輩後輩として、またある時は、仕様がない伯父と姪《めい》のようにして、おおいに飲んで喋った。酔い過ぎて歩けなくなった野坂さんを抱えてビルの階段を上ったこともある。いきなり、はい、と言って、ジッパー付きのマスコットをくれたので開けてみたら一万円札が入っていた。何ですか、これ、と尋ねると、御駄賃、とひと言。おじいちゃんか!?

飲み友達といったらおこがましいが、バーでしか会わない、けれども会えば、ものすごく近しい間柄になれる、そんなお付き合いだった。

楽しかった。大変なお洒落《しゃれ》さんだったので、いつも素敵なものを身に付けていらした。目を留めて誉めると、すぐに脱いだり外したりしてくれようとするので、こちらは慌てた。ある時、オーストリッチのゴージャスなコートを着ていらしたので、それ、と指を差したら、これだけはやれない！　と胸元を合わせたのがおかしかった。

そんなお付き合いを続けて解ったことがある。野坂さんという人は、いつも何かに照れている。そして、それを隠すために酒を飲み、さらに、それを白状するために小説を書いている。そう言えば、私たちは、あの対談以来、小説の話をほとんどしていない。お互い、それは「素面ごと」でしょう、と了解していたのかもしれない。

最後に直接お会いしたのは、遺作となる長編小説、『文壇』をお書きになっていた時だ。知り合ったばかりの若い編集者とお喋りをしている内に夕方になったので食事に誘った。すると、これから野坂さんの御原稿をいただきに行きます、と言う。出来てるの？ と尋ねると、そうではない、と言うので笑った。野坂さんの原稿の遅れとその逃げ切り方には数々の武勇伝がある。原稿を受け取りに来た場合は、家の玄関のインターフォンを鳴らしてくれと言い、編集者が行ってみるとインターフォン自体が外されていたとか、旅館の隣の部屋に編集者を待たせて、隣の部屋から原稿用紙の綴《と》じ目をはがす音を定間隔でテープレコーダーに録音し、それを流して本人は外出してしまったり、とどこまで本当かは不明だが、伝説は知れ渡っていたので、私は言った。

「今、行ってもらえないよ」

「そ、そうなんですか？」

「うん、私に良いアイディアがあるから、ちょっと野坂さんに電話してみ」

素直に編集者は従い、野坂さんに電話をした。そして通じたところで、私は、彼の耳許の電話を奪い取り、高い声音を作って言った。

「あの、野坂先生、先生の御原稿は、いったい、いつになったらいただけるんでしょうか」

「……きみは誰？」

「○○（目の前の担当編集者の名前）の秘書でございます。ごはん食べに行きたいので、何時にうかがったら良いのか教えていただきたいんです」

「○○に秘書がいるの⁉」

そんな訳がないじゃないか、と思って、おかしくてたまらず、私はつい吹き出してしまった。

「……いったい、誰なんだ、きみは！」

「えへへ、山田詠美です。お久し振りです。こういう機会でもないと、近頃はなかなかお話し出来ないもんね」

すると、誰が聞いているでもないだろうに、野坂さんは声を潜めておっしゃるのである。

「……そこに○○いるの？」

「はい！」

「……じゃあ、二時間ぐらいでいいや、彼、引き留めておいてくれない？」

「承知しました！」

という訳で、私と○○くんは、晴れて食事に行くことが出来た。そして、どうしても野坂さんの顔を見て、この悪戯電話の狼藉《ろうぜき》を謝りたいと思ったので、御自宅まで同行した。

門の柵の前で待っていると、原稿用紙を手にした野坂さんが出ていらした。その御顔を見て、あ、と思った。素面だ。あの対談の時と同じ、シャイでぎこちない感じ。

「まったく……きみも、何、酔狂なことをやってんだか」

うっす、と敬礼じみた手付きで同意した。そう言えば、昔、野坂さんは、大村彦次郎《おおむらひこじろう》さんたちと「酔狂連」という集まりを作って、ハプニングを演出していたんだっけ。私が、最後の最後に仲間入りを果たしたかもね、とほくそ笑んだ。得意になった。だって、妹分だもの。もちろん「妹」ではない。その存在が、どんなに重い意味を持つかは存じ上げているつもりだ。

直接お話ししたのは、その夜が最後になった。私が、申し訳なくもふざけた調子で少しばかり邪魔をした『文壇』が本になった翌年、野坂さんは脳梗塞に倒れ、長いリハビリ生活に入られることになる。

野坂さん。あの時の若い編集者は、りっぱに成長して、少しも動じずに私に急な原稿を頼んで来ましたよ。それが、この、あなたを悼む文章です。彼とは仕事を共にし、よく一緒にごはんを食べる間柄になりました。食べてさえいれば。あなたの教えに従ったおかげですよ、兄貴。

（2016年2月）

追悼　田辺聖子

大人の恋に心ほとびる

デビュー当時、好きな作家のひとりに田辺聖子《たなべせいこ》さんの名をあげると、聞いた人は皆いちように怪訝《けげん》そうな表情を浮かべて、意外ですね、と言った。でも、私は、そういう時必ず、意外と思われることの方が意外なんだがなあ、と不服に感じたものである。

まあ、こちらは、黒人男性（当時、アフリカ系という呼び方はなかった）との性愛を大胆かつ、はしたなく描いたとデビュー作で言われ、良識ある人々の眉をひそめさせていた新参者。そして、田辺聖子さんと言えば、関西の市井《しせい》の人間模様をユーモアと人情味あふれる筆致で描く人気実力共にトップを行く、押しも押されもせぬ大作家。

物珍しさだけで、私の許にインタヴューにやって来た記者たちが首を傾《かし》げるのも無理はない。しかし、当時、二十代なかばの小娘でありながら、既に不遜な態度を獲得していた私は、こうも思って、内心毒突いたのである。

解ってねえな。おせいさんの小説には「夢見小説」というジャンルがあるんだよ！　と。

まだ面識もないのに「おせいさん」呼ばわり。でも、仕方ない。この時は、ただの熱烈な読者に過ぎないのだから。同業者の仲間入りをしたなんて思ったことすらなかった。

しかし、それからまもなくお会いする機会に恵まれ、温かく接していただき、御教示をたまわり、私の「おせいさん」は「田辺先生」になった。もうただのファンではいられない。しかし、それは、私の小説家としての道のりの中で、どれほどの光栄であったか。雑誌の特集、文庫の解説、全集の冊子……私は少なくない数の田辺聖子作品とその御人柄に関する文章を書いた。常に緊張して作品に対峙して来たつもりだが、それでも、田辺さんの文体に触れながら書き進めて行くと、心がほとびる。柔らかい気持になって、やっぱ、おせいさんはいいなあ……などとひとりごちてしまうのである。

そんな思いが昂《こう》じて、一度、女性誌の特集で「おせいさんへのラブレター」というエッセイを書いたことがあった。そこで、田辺作品未経験の女性読者たちに、その魅力を余すところなく伝えたいと願って選んだのが「夢見小説」というジャンルなのである。

田辺さん御自身によって名付けられた、その「夢見小説」とは、いわゆるロマンス小説である。しかし、それは、ただ甘くふわふわしたものではない。大人の男女、あるいは大人になって行く男女による、甘苦い心の襞《ひだ》をそれ以上有り得ないほど繊細に描き尽くした世界なのである。

そして、時に激しい。その人に首ったけという切実さが心に迫って来る。身も心も相手と同じ分量で捧げ合いたい。そう願いながらも、どうして上手《うま》く行かずに心は離れて行くのか。

また、もどかしい思いに心を揺らしながらも、ようやく成就しそうになる恋の喜びも描かれる。しかし、田辺さんの「夢見小説」では、不意にそれを失う哀《かな》しみも確実に存在するのを読み手に知らせるのである。


こんな読後感を味わえるものを書きたい！　デビュー前、まだ、ひとつの小説も書き上げたことがないというのに、強烈に感じた。激しくて、甘くて、苦くて、やるせなさの漂う大人の男女の物語。たとえば、田辺聖子さんの『私的生活』のような……と、おこがましい夢を抱いた小説家志望の私だったのである。

初めて、お会いしたのは、まだ私が直木賞を受賞する前だった。女性ファッション誌の対談だったのだが、その時は、人の可愛げについてお話ししたと記憶している。

私は、ただただ、へえ、あの小説をお書きになる方は、こんなふうに男を慈しむのか……と、カモカのおっちゃんに関するエピソードに耳を傾けていた。それは、本当に、愉快で、情愛に満ちていて、けれど、時に辛辣で、何よりも、とても正確に聞こえた。

これって、もしかしたら、そのまま田辺さんの人間そのものに対する慈しみ方なんじゃない？　そんな発見をしたような気分だった。
あれから三十余年。今、私は再び「おせいさんへのラブレター」を書いているようだ。終わったら、田辺さんからいただいたカップでコーヒーを飲もうと思う。そうすれば、いつでも心はほとびる。「ほとびる」は田辺作品独特の言い回し。優しい気持になれること。さようなら、おせいさん。そして、ありがとう。

（2019年6月12日）

追悼　安部譲二

ベストフレンド4ever

奥さんの美智子《みちこ》さんから亡くなった知らせをいただき、翌日すぐに阿佐谷の御自宅にうかがった。最後に顔を見てやって、という美智子さんの声に促されて覗《のぞ》き込んだ安部《あべ》さんの顔は、すやすやと気持良く眠っているように見えた。でも、来たよーと言って頬に触れたら、とても冷たかった。やっぱり死んじゃったんだ、と思った。

実は、その二日前、私は安部さんの夢を見た。往年のハリウッドスターが運転するような派手なキャデラックに乗った彼が私の家の前に横付けして、驚くこちらに向かって笑いながら手を振るのだ。

目を覚ました私は、隣に寝ていた夫にその話をして、呟《つぶや》いた。まさか、安部さん、死んだりしないよね、と。でも、死んじゃってた。親しい人が、亡くなる前に、そんなふうにして会いに来てくれる経験を、私は、これまでにも何度かしている。そのたびに、やるせない気持で、知らせてくれてありがとうと心の中で手を合わせて、礼を言う。そして良い旅を、と。

安部譲二《じょうじ》さんが、自らの服役中の体験を元に『塀の中の懲りない面々』を書いてデビューし、一躍、時の人となったのは一九八七年。その二年前にデビューした私は、黒人との性愛を大胆に臆面もなく描いた、と文壇のビッチ扱いされていた。このお騒がせな二人なら好カードじゃないか！　と編集者が膝を打ったかどうかは定かではないが、すぐさま対談の企画が持ち込まれ、安部さんと私の対面と相成ったのである。

いや、しかし、その対談の一回目は実現しなかったのだ。当時、私は、同居していたアフリカ系男性と問題を抱えていて、あろうことか、対談当日に大喧嘩《おおげんか》。それでも時間に遅れる訳には行かないから、罵声を浴びせる男を無視して家を出ようとしたらつかまった。そして、そのまま、ずるずると引き摺《ず》られてベッドの脚に手錠でつながれてしまったのである。

うわーん、サムバディ　ヘルプミー!!　などと叫んで抵抗していた私だが、どうにもならなくて、その日、初対面となる筈の安部さんとの逢瀬《おうせ》は叶わなかった。つまり、すっぽかした。

これは、あっちゃならんこと。まーったく私の信条に反する、と猛省した私は、安部さんに長い手紙を書いた。正直に事の次第を打ち明け、ひたすら詫《わ》びた。すると、二日後、美しくラッピングされた大きな箱に入った薔薇《ばら》の花束が届いたのである。その、いかにも高価な花々の間にはカードがはさんであり、こう書かれていた。

「詠美さん、いつでもうちに逃げていらっしゃい。あなたの居場所くらいなら、いつでも確保出来ますよ、安部譲二より」

ほっとして力が抜けると同時に泣けて来た。仕切り直しとなった対談は、これ以上ないくらいに和気あいあいとした雰囲気の中で行なわれ、大成功。こうして、私と安部さんは友達になった。

あれから三十余年。何かの折りに、安部さんは、葉書やら手紙をくれたが、その書き出しには、いつも、こうあった。

「詠美さん、おれの親友」

嬉しかった。でも、同時に、私は、その言葉に、ひどく照れていたと思う。私にとっても、とてもとても大事な友。そう実感しているくせに、会えば気恥しくて、ものの解った姉御のような態度をとってしまうのだ。二十以上も年上の男なのにさ。しかも、元ヤクザにだよ? でも、この元ヤクザは、ただの元ヤクザじゃなかったんだ。私の家で手料理を振る舞い、にぎやかな宵を過ごした時には、二人で踊った。安部さんは華麗なステップで私をリードした。何たって、ロンドン育ちのお坊っちゃまだもんね。英語だってお手のもの。クィーンズイングリッシュだ。あれ？　極道だったんだよね？　と面食らう。そのチャーミングなギャップに、どれほどの女が泣かされて来たことか。

理想の男は安部譲二と打ち明けたのは、画家の故・佐野洋子《さのようこ》さん。それなら、と彼女の家に安部さんを呼び出した時は泣かんばかりの感激ぶりだった。こんな男をすぐに呼び出せる私、少しは佐野さんに尊敬されちゃったかも。役得？

安部さんに最後のお別れを告げた日、御自宅の居間で、美智子さんに、ありし日の安部さんの映像を見せてもらった。ＮＨＫの番組で、彼の父のルーツを探りにロンドンを訪れるドキュメンタリーだ。それは、彼の育ちの良さを物語るものだったが、身を持ち崩した理由についてこうも言うのだ。

「おれ、ヤクザを任侠《にんきょう》って受け取っちゃったのね」

なるほど。確かにその言葉はあなたに相応《ふさわ》しい。愛し愛され、憎み憎まれ、それでも任侠という古臭くもいとおしい矜持《きょうじ》を大事に、存分に濃く生きた。

さようなら、安部譲二さん。

あたしの親友。

（２０１９年10月23日）

パパリン・ワールドの記憶

どうも死んだ気がしないのである。誰のことかと言うと、二〇二二年一月三十一日に他界した父なのである。最後に会ったのはそのおよそ二カ月半前。師走で慌ただしさが増す時期に入っていた。

毎年、大晦日《おおみそか》には宇都宮の私の実家に夫婦で里帰りするのだが、新型コロナの蔓延《まんえん》もあり、その前年は取り止めた。

そして、その次の年もどうやら無理そうだと話し合っていたのだが……。

いや、今、行って会っておかないといけないような気がする、と何かが私に告げるのだった。この私の予感めいたものは、実によく当たるのである。ああ、あの時、お会いしておいて良かった、と親しい人の死の知らせを聞いて、何度思ったことか。

結局、コロナ禍下であろうと混み合うに違いない年末年始を避けて、少し早めに帰省したのだった。

父は元気だった。大分前から前立腺癌《がん》を患ってはいたが、高齢なので進行も遅く、日頃からの節制の効果もあり、日常生活には何の支障もなかった。九十歳にしては、ずい分、しゃんとしているね、と周囲の人たちには感心され、自身でも「老いてますますさかんなパパだよ」などと冗談を口にしていた。

でも、呆気なく死んでしまった。同居している末の妹から倒れたと連絡があってから三時間後、父は息を引き取った。

で、私は、またもや思ったのである。あの時、会っておいて良かったなあ、と。

楽しい夜だった。おおいに飲み食いして、カラオケのアプリを入れて、皆で歌って騒いだ。私たち夫婦につられて、父もワインを飲み、赤い顔をして上機嫌だった。

生きている内に見た最後の父がそんなふうだったせいか、死んでしまった実感が湧かないまま、翌日、長年、芥川賞の選考委員を御一緒した石原慎太郎《いしはらしんたろう》さんの訃報を受けた。そして、父の遺体と対面している時に、その石原さんと推した芥川賞作家の西村賢太《にしむらけんた》くんの死去を知った。そして、みんな死ぬなあと呟いた。父の横で番をしながらスマートフォンの画面を見ていたのだ。どこぞの若者のマナー違反を、まったく笑えない。

通夜、告別式、出棺、そして荼毘《だび》に付されるまで、まるで中学生の頃の朝礼の最中にいるみたいな気分でいた。涙は流したが、それは父を失った悲しみから、というより、泣きじゃくる妹や姪たちを見て、もらい泣きをしていたという方が正しい。

母の姿はなかった。「夫、命」と言えるほど、父を愛して依存して来た母だったが、既に寝たきりで、介護している妹の顔しか判別出来ない状態のため、デイサービスに預かってもらっていた。コロナの感染を危惧したこともある。

父と母は、娘から見ても呆れるくらいに仲が良くて、友人などは羨《うらや》ましがっていたが、実は私は恐ろしかった。どちらかが先に死んでしまったら、残された方は、どうなってしまうのだろうと想像するだけで泣けて来た。父の死では心から泣けない私が、彼を失った母の心情を思い浮かべるだけで、目頭を熱くしてしまうのである。もしも、先に死んだのが母だったとしても、私は残された父のために泣いただろう。

しかし、母は、今、父の死を知らないまま、にこにこして、妹の運ぶスプーンの上のゼリーを吸い取り、味わっているのである。これは、幸運なことではないのか。もしも、父の死が数年前だったら。頭の中がクリアだった母は、どんなに嘆き悲しんだか解らない。体力が余っていたら、後を追ってしまったかもしれない。

父は、とても生真面目な人だったが、その言動は、たびたび予期しない笑いを家族に運んで来た。本人には笑わせる意図など毛頭ないのだが、だからこそ余計おかしい、という類の笑い。

前に、雑誌の編集部の人たちを連れて実家に帰った時のことである。父と編集長が将棋を指し始め、私と編集部員は雑談に興じながら酒を飲んでいた。すると、勝負している二人の会話が聞こえて来た。

父は言った。

「〇〇さん、実は、私は、こう見えてナショナリストでしてね」

「本当ですか⁉」

「ええ、見て下さい。うちの電化製品は、みーんなナショナルなんですよ」

……編集長は絶句した。ここは、笑って良いところなのか。横で聞いていた人たちもどうしたものか、という表情を浮かべた。私だけがゲラゲラ笑った。パパ、うち、冷蔵庫は、日立だよ、と。彼は、話の腰を折られたと言わんばかりに不満気だった。

棺を花で埋めて行きながら、皆、父に話しかけた。パパリン、ありがとうね。パパリン、ゆっくり休んでね。パパリン、ママリンのことは心配ないからね……などというふうに。お経をあげてくださった御住職の方が、しみじみとした調子でおっしゃった。優しい声。

「パパリンと呼ばれて、とても慕われていらしたんですねえ」

はい、とありがたさと共に神妙に返事をしながら、やはり、私は、少しだけ、おかしく感じてしまったのだった。

父は、人に、こんなふうに説明していた。「英語では、おじいちゃんおばあちゃんを、グランパ、グランマなんて呼んだりするじゃないですか。山田家では、その『グラン』に当たるのが『リン』だと思っていただきたい」……えっと……と、聞かされた方は、微妙な合槌《あいづち》を打ったきり、言葉が続かない。

私が子供の頃、父が手の指を骨折して、しばらく添え木を当て、大仰に包帯を巻いていたことがある。

ある時、母の手が離せないので、私が湿布を取り替えたことがあった。小学校の三年生か四年生くらいだったか。湿布↓添木↓包帯と続く手当ては、子供の小さな手では大仕事だったが、私は苦労してやりとげた。ところが、手首のあたりで包帯を結んで、ふうとひと息ついた瞬間、父が言ったのである。

「おねいちゃん、ごめん。折ったの隣の指だった」

まさに、天然のパパリン・ワールド。

親族旅行の際、父と私と私の伯父にあたる父の兄の三人でタクシーに乗ったことがある。仲良く話していた父と伯父だったが、タクシーを降りる段になって、もめ始めた。双方、料金を自分が払うと言って譲らないのである。助手席に座っていた私が、うんざりして聞いていると、やがて父が言ったのである。

「だからあ、パパが払うと言ってるでしょ⁉」

私は後ろを振り返って笑った。

「ねえ、パパリン、いつから○○伯父ちゃまのおとうさんになったの？」

そうだそうだ、と言って勝ち誇る伯父と、間違っちゃったよー、と髪の毛の薄くなった頭を照れ臭そうに掻《か》く父。おかしい。

このように独自のおかしみ路線を進んでいた父は、実は、大変な勉強家でもあった。会社の同僚たちとの麻雀大会の前日には徹夜で指南書を読み予習復習をしてから臨んだ。後に、本番では睡眠不足がたたって大負けした、と残念そうに語った。

最後に会った時、ずい分昔に私が買ってやった英単語の本を真剣に読んでいたので尋ねると、こう答えた。

「年を取って忘れっぽくなっちゃってね。だから、もう一度記憶力を鍛えようと思ったの」

東京に戻ってすぐ、私は、シニア用の英単語の本を買い求め、父に送った。しかし、その後、学び直す力は、彼には、もうなかったようである。可哀相《かわいそう》に。あんなに勤勉である自分を心掛け、それを誇りに思っていた人だったのに。

と、ここまで書いて来て、父の死に泣けなかった私の目に、いつのまにか涙が滲んでいることに気が付いた。物書きにとってのグリーフケアとは、やはり書くことだけなのか。

いや、しかし、この期に及んでも、やはり私は父が死んだ気がしないのである。

死んだらすべてが消えてお仕舞いだという人がいる。でも、私はそう考えない。思い出し笑いと共に甦《よみがえ》る人は、きっと、いつまでも心のどこかに生きていて、私を救ってくれる。そんな気がする。

（2023年1月）

母をおくる

二〇二二年、一月に父が、十一月に母が他界した。長女の私は、一年に二度も喪主を務めることになった……と書くと何やらしっかり者のようだが、実際に両親が病を得て息を引き取るまで面倒を見たのは、宇都宮に住む妹たちと姪のひとりで、特に、一番末の妹の奮闘ぶりはすごかった。献身的な介護とはこれほど自分を捨てて引き受けるものかと頭が下がった。彼女は、毎日のように、母の写真をＬＩＮＥで送ってくれ、状況を説明してくれていた。父は、倒れてまもなく母を残して、逝ってしまった。

ここで、ひとことお断りしなくてはならないだろう。この冒頭を読んで、新年早々、人が死ぬ話なんて縁起でもない、と思っている人もいるだろうから。

実際、二年ほど前のことだったか、週に一度、新聞に連載していたコラムで、「死」に関する話を私なりのユーモアを交えて書いたところ、少なくない数のクレームが付いたという。いわく、ただでさえ、コロナによる死者が出ている時に、そんなもの読みたくない、とか、人の死を茶化すとは何事かとか、私は、別にコロナについて書いた訳ではないのだが、そう感じる人もいるのか、と面食らったのであった。文学畑の媒体では考えられないことだ。

でも、人の死って、そんなに縁起の悪いものだろうか。ユーモアやペーソスを拒絶する深刻なものでなくてはならないのだろうか。

毎年、明けて一月二日、私たち家族は、三十三歳でこの世を去った義弟の墓参りに行くのがならわしだった。

新年の墓地は、清浄な澄んだ空気に満ちている。胸いっぱいにそれを吸い込むと、御線香の匂いが鼻をくすぐる。あたりを見渡すと、何組もの家族が墓を綺麗《きれい》にして、手を合わせている。なごやかに談笑する人もいれば、跪《ひざまず》いて真摯な様子で手を合わせたままの人もいる。全体が独特の穏やかさに包まれ、そこに「縁起でもない」と言われるような不吉な感じは、まったくない。

で、私が何を訴えたいかというと、新しい年を迎えて、まださほど日にちは経っていませんが、お正月ムードも過ぎた頃だし、私の母の死について書かせてくださいよってことなのだ。平等不平等の差はあれ、これは、誰もが通る道ですし。

父に続いて母もそろそろだと思うから覚悟しておいて、と妹に言われて夏過ぎから心の準備は出来ていた。しかし、今日明日みたい、と緊急連絡が入った時には、胸の中にある濡《ぬ》れタオルをぎゅうっと絞られたようになり、目に涙が滲むのをこらえられなかった。泣きたい衝動を何度かこらえながら、新幹線に飛び乗り、一路、実家のある宇都宮へ。

これで最後なんだ、と自分に言い聞かせ、でも、百年経ったら、今、生きてる人はほとんどみんな死ぬんだもの、と変なふうに自分を慰めて、気持を落ち着かせ、いよいよ、母と対面したのだが……。


私の顔を見るなり、意識のない筈の母が、目をギロリとむいて「ああーっ」と小さく叫んだのである。

もしや、と思った私は、黒縁の眼鏡を外して大声を出した。

「ママ、おねいちゃんだよ！　パパじゃないからね！」

なーんだ、とばかりに溜息《ためいき》をついて、小さく呻《うめ》く母。私と父の顔はとても良く似ている。お迎えが来たと思ったのか。

楽しく送りたいと願う私たち家族は、母の好きな甘いものを連呼した。そのたびに母は反応して、息を吹き返したように唸《うな》る。

「あんみつ！」「うー」

「ようかん！」「うー」

「あまなっとう！」「うー、うー」

「だいふく！」「うー」

「くずきり！」「うー」

「え？　え？　舟和のあんこ玉？」「うー」

「えっと、後、何があったっけ？」

思いつかなくなった私は、かつて母がよく作ってくれた自分の好物を言った。

「ママのトンカツ！」

すると、母は、それ違う！　と言わんばかりに、激しくあえいだ。その瞬間、私も妹たちも、思わずふき出してしまい、そして、泣いた。外食嫌いの父のせいで外の料理を知らない母の揚げるトンカツは、不格好でいたいけ。かなしくて可愛くて、家族だけに解るつたないおいしさ。大好きだった。


（2023年1月8日）

Ⅲ

二十年目のほんとのこと　谷崎潤一郎賞受賞によせて

御巣鷹山《おすたかやま》に日航機が墜落したあの大事故から、今年で二十年になります。この夏、関連の特別番組がいくつもテレビで放映されたようです。私は、それらの予告を見るたびに、あの時の自分を思い出していました。後、二ヵ月もすれば、物書きとしてスタートを切ることになるのを、まったく知らなかった自分。

一九八五年の春、私は、生まれて初めて書き上げた小説を出版社の新人賞に応募しました。それまでは、どうしても受賞して今の生活から脱け出したいものだという欲を持っていたのですが、原稿が自分の手を離れた瞬間、憑《つ》きものが落ちたように、さっぱりとした心持ちになってしまいました。私に出来るのはあれだけだったのだ。それ以上の実力は今ないし、けれども、それ以下だと後悔することもない。そんなふうに感じて、心の中は、しんと鎮まり返ったのでした。駄目なら駄目で、また新しい小説を書けば良いことだ、と思いました。あの時、私は、生まれて初めて無欲ということを知ったような気がします。そして、無欲でいることが、まったく新しいかたちの欲望を生むことも。それは、外に向かう欲望ではなく、自分の内側に深く入り込もうとする種類のもの。誰に誇示するのでもなく、自分のためだけに、これからも小説を書こうと決意しました。すると精神の凪《なぎ》はやって来て、私は、平穏な毎日を送ることが出来るようになりました。

そんな夏に、あの大事故がありました。一緒に住んでいた恋人は、横田基地で通信の仕事をしていたので、その晩は、仕事先に飛んで行ったきり帰って来ませんでした。私は、彼の息子と二人きりで、ひと晩じゅう、テレビを見ていました。大惨事というのは解《わか》りましたが、はっきりと被害状況は伝わりません。乗客の名前がアナウンスされるばかりです。恋人の息子が、寝椅子の上で、私にもたれかかりながら言いました。

「ねえ、もしきみがあの飛行機に乗っていたとしたら、落ちる寸前に何考えた？」

私は、答えに困り、あなたはどうなの？　と尋ね返しました。

「ほんとのこと言いたかったなって思ったんじゃないかなあ」

誰に？　とは聞きませんでした。たぶん、仲たがいしたままの母親にだろう、と予測したからです。彼の「ほんとのこと」の内容は、今でも私には解りません。

そのまま、彼は、私の膝枕で眠ってしまいました。私は、彼の背を撫《な》でながら、本当は即座に浮かんだ答えがあったの、と呟《つぶや》きました。でも、声にはならなかった。私は、こう言いたかったのです。

「あの小説を送った後で良かったって思ったはず」

と。なんという身勝手さでしょう。五百人以上もの人々が亡くなったというのに、私は、自分の小説のために、ほっとしていたのです。それも、人の目に触れるかどうかも解らない小説のために。私は無欲な自分を手に入れるのと同時に、どうやらある種の冷たさをも獲得してしまったらしいのです。

翌日、アルバイト先に着くと、同僚の女の子が何紙もの新聞に埋もれて泣きわめいていました。つき合っていた妻子ある男性が、その飛行機に乗っていたということでした。この人にもドラマがあったのか、と不思議な気持で、その様子をながめていました。私は、彼女にいつも意地悪をされていたので、一緒に涙を流すことはありませんでした。だからと言って、いい気味だなどとも感じませんでした。ただ、こう思ったのです。ひとつの悲惨な出来事は、何百もの悲惨な出来事から成り立っている。そして、多くの人々は、その何百ものことを知らない。私は、偶然にも、そのひとつを見た。場末とも言える世界のほんの片隅で、私は、ニュースでは決して伝えられない悲劇に立ち会っている。

当時、出版社は、こぞって写真雑誌を創刊し、ブームになっていました。事故の壮絶な現場写真のために、それらの雑誌は、数多くの誌面をさきました。正視出来ないほど損傷した遺体のありさまを目の当たりにするたびに、私は絶望的な気分になりました。あれほど一所懸命に書いたのに、自分の小説が何も語っていないように思われたのです。でも、仕方がないのです。私には自分の出来ることしかまっとうし得ないのですから。

そんなふうに諦《あきら》めて二十年。今回、『風味絶佳』という作品で谷崎賞をいただき、またもや昔の恋人の息子の言葉が甦《よみがえ》ります。ほんとのこと、言いたかった。

（２００５年11月）

小説家以前の自分に　野間文芸賞受賞の言葉

先日、ある新人賞授賞式の壇上に立ち、選考委員として挨拶をしたのですが、それはそれは感慨深いものでした。何故《なぜ》なら、ちょうど二十七年前、私は、生まれて初めて書き上げた小説で、その新人賞をいただき、右も左も解らぬまま、同じ壇上に立っていたのです。その時の記憶が鮮明に甦り、もう人生の半分小説を書いて来たんだなあ、と改めて気付いて、しみじみとしてしまったのでした。

これからは、書き続ける限り、小説書きとしての人生の方が長くなって行く訳ですが、そのことを思えば思うほど、小説家以前の自分が大事に感じられてなりません。ペンと紙だけで世界が私のものになる。そう信じながらも、日々の生活に追われて、その世界とやらがなかなか姿を現わしてくれないことによる焦燥感を持て余していたあの頃。けれども、そういう日々があったからこそ、今も書き続けていられるのに違いありません。書きたいのに書けない時のパワーはすごい。ですから、私は、新しい小説に取り掛かるたびに、小説家になる直前の心持ちに自分を引き戻すことに決めたのでした。気分は、毎回デビュー作。しかしながら、もう年も食ってしまいましたので、デビュー作にして遺作かもしれないと肝に銘ずる所存です。

『ジェントルマン』というこの作品に関わってくださったすべての方々に感謝します。とりわけ、自他共に認める私の妹、武田健《たけだけん》くんに。二十七年も書いていると、小説が自分ひとりだけの手によって完成するのではないのが解ります。収穫です。

（２０１３年１月）

川端康成文学賞受賞の言葉

捻挫と思われた足の怪我《けが》が、案外と面倒臭い骨折であるのが判明し、杖《つえ》をついて歩きながら腐っていたある日、コンビニから帰って来た夫がくじに当たってビールのロング缶をもらったと喜んでいました。喜びのハードルの下がっていた私も一緒になって大喜び。そうしたら、その夕方、川端賞受賞の知らせを受けて、さらにさらに大喜び。しかし、夜になって熊本の地震のニュースが飛び込んで来て、その被害のすさまじさに息を呑《の》むばかりとなりました。TV画面を見詰めながら私が思ったのは、一寸先の闇と光のこと。そして、一寸手前にあった闇と光のこと。そのはざまに確実に存在する私にしか見えないものを、この先も言葉にして行きたいです。

（２０１６年６月）

文学賞は素敵

昨年暮れの野間《のま》文芸賞授賞式で、新人賞を受賞した清水博子《しみずひろこ》さんが、スピーチの時に、私の書いた言葉を引き合いに出していた。それによると、私は、新人賞で落選した応募者の中には、こちらの人生どうしてくれるんだというような恨みごとを書きつらねた手紙を送って来る人がいるけれども、あんたの人生なんか私は知らない、と自分が選考委員を務める新人賞の選評で書いていたそうだ。そうだ、と無責任のように言うのは、この引用が正確ではないからである。そんなふうに書いたかなあ、と思い、過去に書いた選評を読み返してみると、あらひどい、もっとはるかに辛辣だったりするのである。でも、仕方ないかもよ、などと自分を正当化したくもなる。何故なら、何人かの落選者からの恨みごとの手紙は、もう恨みごとの域ではなく、脅迫状の範疇《はんちゅう》にあるからである。ある人など、御丁寧に、ニューギニアの呪いの人形の写真を同封し、自分の夢は、末期の癌《がん》患者になった私の苦しむ様子を見届けることだなどと書いて下さった。あんたの夢なんか知らない、と返答するしかないではないか。しかし、私は、そんな優しいお返事はしないのである。今、読み返してみたら、こんなふうに書いてあった。

「悪いことは言わない、そんな手紙を書く暇があったら、次の作品にとりかかりなさい。ここで、はっきりと言わせてもらうが、こんな人は、絶対に、この新人賞は取らない。他の選考委員の方々が、何と言おうと、断固、私が、阻止する」

〈この新人賞〉は取らなかったが、後にその人は、別の新人賞を受賞したそうである。良かったね。彼のためにも、脅迫状を受け取る必要のなくなったその新人賞の選考委員の方々のためにも、本当、そう思う。

私は、今、小説現代新人賞、文學界新人賞、山本周五郎《しゅうごろう》賞、野間文芸新人賞の四つの選考委員を務めている。正直に言えば、この倍ぐらいのオファーがあり、けれども、とてもお引き受け出来るような余裕はないので、お断りした。

何故、私のところに、こんなにも選考委員になってくれという申し出が多いのか。これでもキャリアが長いから？　見る目があるから？　偉い、もしくは、偉そうだから？　面倒見が良さそうだから？　どれも、ぜーんぜん違う。理由は、ただひとつ。断わらなさそうだから。これに尽きると思う。それは、すなわち、やる人がいないから、ということでもある。そして、私の場合、いわゆる純文学系の文芸誌とエンターテインメント系の小説誌両方に書いているので、その数も多くなるのだ。

皆さん、文学賞、特に新人賞の選考委員の顔ぶれを見た時に、おや、と思ったことはありませんか？　そこには、同じ顔と同じ名前がいくつも。他の文学賞と兼任する選考委員がどれ程多いか解りますね。そう、作家には、選考委員を引き受けるタイプと引き受けないタイプがあるのだ。そして、前者は、さらに、自分から引き受けたいタイプと、言われるのなら引き受けてもいっかというタイプに分かれる。私は、前者の中の後者。断わる理由もないままに、十数年も新人賞の選考委員を務めているのである。選考委員という立場に関しては優柔不断なままなのである。毎回、今回を最後にしようと思いながら選考会にのぞんでいる。前出のような脅迫状もどきが手許《てもと》に届いたりするとなおさらである。

ああ、それなのに。今回が最後、という思いは、私に、かえって熱意を与えてしまうのである。すると、妙な意欲が湧いて来て、候補作に集中してしまう。思い入れなんかも出て来てしまう。最後だから、一所懸命やろうなどと殊勝な気持になって来る。で、終了後、気の合う選考委員とお酒を飲みながら、急に軽くなった頭の中で思う。ま、最後は、次回でいっか。いったい、いつ終わるのかなあ、と少しばかり恐怖を覚える今日この頃。こういうのを乗りかかった船というのか。まあ、私も、十七年前は、新人賞を受賞してデビューしたど新人だった訳だから、私が当時学んだことを、ど新人の皆さんに少しでも教えて差し上げられれば、と、謙虚なんだか、傲慢なんだか解らない心持ちでいるのである。はっきり言って、私ごときに左右される物書きの作品世界なんて、私の知ったこっちゃないのである。そう、はからずも、清水博子さんが言ったように、あんたの人生は私の知ったことではない、のである。

このように、久し振りに文学賞やら選考委員についてあれこれ思ったのは、この号が、直木賞受賞作家特集だと聞いたからである。担当編集者からそれを聞いても、あーそれで？とものすごく態度の悪かった私。冗談ではなく、自分が受賞したことを忘れていたのである。忘れていたというのは大袈裟《おおげさ》だが、あまりにも昔のことのようで、ここ数年思い出すこともなかったのだ。考えないようにして来た、というのもあるかもしれない。私の知り合いの男の子の中には、いまだに、私が直木賞を受賞したのを知らない人もいる。男性の作家は直木賞を受賞するともてるのかもしれないが、女がそれでもてるなんて全然ないだろうから言いたくないのだ。おまけに、私の好みの男は、そこに価値を置くような人たちではないので、聞かれることすらない。屈折しちゃってるよなあ、私、と思わないこともない。当時、あんなに嬉しかったのに。

私が受賞したのは、一九八七年。まだ昭和だ。賞金も今の半額だった。しかも、現金だった。（今も、そう？）東京會舘のティールームでもらった賞金を財布に移し替え、今晩のシャンペンのために全部使おうと思ったのを覚えている。結局、その後の支払いは、版元の出版社がしてくれて、賞って便利だなあ、と図々《ずうずう》しく思っていた。幸せだった。デビュー前は、小説を書くために水商売のバイトなどを全部止《や》めて男に養われていたので、私には、自由になるお金など一銭もなかった。夢はあったが、夢じゃドレスも買えない。もっとも、小説で食べて行けるようになったら、ドレスなんて少しも欲しくはなくなったから不思議だ。

当時の文芸ジャーナリズムは、今とは、まるで違っていた。私は、デビュー直後から、写真雑誌に追いかけられる破目《はめ》になった。アフリカ系アメリカ人の恋人と暮らしていたら、国賊と言われた。水商売や風俗で働いていた女に文学が解る訳もないとたたかれた。私は、直木賞を受賞する前、毎回、芥川賞の候補になっていたのだが、スポーツ新聞の一面にはまるで競馬の予想のように候補者の一覧表が載りオッズが付いた。そして、直木賞の候補になっている時に、恋人が犯罪を犯して逮捕された。その時、これが、甲子園だったら出場辞退するところなのに、まだ候補者のままでいると夕刊フジに書かれた。発表の当日、サンケイスポーツの女の記者が、わざわざ電話してきて、今日は、いよいよ山田さんに審判が下る日ですね、と笑った。どうだ、しつこく覚えているだろう。実は、私は、心に恨み帳を抱える女なのだ。そのページ数があまりにも膨大であるために、鍵をかけて封印せざるを得なかった人間なのだ。その手続きを経て、人を後ずさりさせる程の能天気を獲得した奴なのだ。だからなんだよ。たかが新人賞の選評でへこんだからといって筋違いの恨みごとを送って来る人たちに冷酷なのは。あんたたちなんか、私と同じ道を辿ったら絶対死んでるね。いや、まじで。

そんなどん底の私を救ってくれたのは、いまだある人たちが忌み嫌う文壇という場所だ。私は、ことさら文壇に取り込まれたくないなどとほざく、失礼、おっしゃる人々が苦手である。取り込まれちゃう程度の自分、わざわざさらけ出しちゃってどうするの？　と思う。少なくとも、私は、そこで息がつけた。それがゴシップであっても、文学のことだけを考えていられるのは素晴しい。私は、そこで、肩肘を張ることも、おかしな自己顕示をすることも、卑屈になることもなかった。パーティで野口冨士男《のぐちふじお》さんや八木義徳《やぎよしのり》さんとお喋りするのが、ただただ幸福だった。江藤淳《えとうじゅん》さんと軽口を叩《たた》き合ったり（ほら、生意気ざかりだったから）、中上健次《なかがみけんじ》さんにどつかれたり（ほら、二人共ゆずらない乱暴者だったから）することを愛した。パーティは、いつも賞がらみ。文学賞は楽しいよ。

そう思う私が、直木賞受賞のことを、ほとんど思い出そうとしなかったのは、どういう訳なのだろう。それは、思うに、あの受賞をきっかけに、創作に関するベクトルが、内に内にと向いて行ったからだろう。華やかな文学賞よりも、むしろ、その裏側にある孤独に首ったけになって行ったからに違いない。書かなきゃ何も始まらない。当り前のこのこと、デビューしてから忘れてた。直木賞を受賞したら、不思議なことに、もう一度、デビュー前の気持に戻っちゃった。遅過ぎなくて良かったな。その意味では、本当に、この賞と当時の選考委員の方々に感謝している。

さて、ど新人に戻った私の理想は、毎回、処女作にして遺作の気分で小説と対峙《たいじ》すること。そうして出来上がった作品で、いつかは芥川賞を取りたい。（なんて書くと、知らない人に本気でそう思ってると勘違いされそう。冗談ですからね。ひとりで、芥川賞、直木賞は受賞出来ません、念のため）

あ、そう言えば、しばらく前に、初めての本で直木賞を受賞した男性の作家が、二冊目までの長いブランクについてインタビューされてこう答えてた。小説とは、そんなに書くものじゃないと思うんです。おもしろーい。以来、私も、編集者の催促に同じ言葉を返してる。すると、彼らは、いちように苦笑して言う。いいえ！　書くもんです‼　ですよね、やっぱ。私も笑う。そして、前向きにしゅんとしながら、机に向かう覚悟を決めるのである。お先まっくら。でも私は暗闇が好き。

（2002年2月）

芥川賞選考会裏話★ホッピー編

二〇〇三年から芥川賞選考委員を務めています。お引き受けした当時は、三島由紀夫《みしまゆきお》につぐ最年少委員などと言われ、緊張のあまり冷汗をかきながら発言する初々しさでしたが、今では、もう古株のポジション。すっかり落ち着いて、力の抜けた心持ちで選考に集中できるようになりました。

ここで、少し、選考会裏話を。

開始時刻の三十分ほど前から、委員たちは次々と会場に到着します。そして、選考を行う大広間に隣接する控えの間で、全員がそろうのを待つのです。その際、選考で白熱するであろう候補作品の話題は自然に避けられ、ニュートラルな気分を保つため、なるべくリラックス出来る他愛のないお喋りに終始するのが常。旅や食べ物について、あるいはゴシップなど……。

このところは、毎回、何故か必ずホッピーにまつわる逸話が語られています。

きっかけは、私と、同じく選考委員の奥泉光《おくいずみひかる》の二人によるホッピー談義。私たち、どちらも、自分のホッピー愛の方がより深いと信じて譲らないのです。ナカ（焼酎）の割合はこうでなきゃ、とか、黒より金が正しいとか、実はあの気取った店の裏メニューにもある、とか、ほんと、かまびすしいにも程がある！　って感じなんです。

そんな私たちにつられる格好で他の委員たちも話に加わっていたのですが、ある時、それまで黙って聞いていた髙樹《たかぎ》のぶ子《こ》さんが尋ねたのです。

「ねぇ、そのホッピーってやつ、おいしいの？」

聞けば、博多在住の髙樹さんは、ホッピーなる飲み物を見たことも聞いたこともないのだとか。ええっ⁉　と驚いて、ここぞとばかりにその魅力を語る私たち。感心したように頷く髙樹さん。

解っていただけたようです、ええ。選考会終了後のお疲れ様会の帝国ホテルのバーで、私、ホッピー‼　と叫んでいましたから。ウェイターは目を白黒。忘れられない一夜です。

（２０２０年８月）

買えない味を知る資格

平松洋子『買えない味』

前に、男友達と昔のサスペンスドラマのＤＶＤを借りて来て一緒に観《み》ていた時のことです。ドラマが、いよいよ大詰を迎え、政財界の黒幕たちが一堂に会することになった料亭での場面で、彼が興奮して言いました。

「大物たちの化かし合いが始まるぞ！　ああ、わくわくする。な？」

その問いかけに、私はこう返しました。

「うん。あの料亭、ごはん、何が出て来るんだろう」

呆気《あっけ》に取られた男友達が、まじまじと私を見て言うことには。

「そういう観方って、ある訳？……（絶句）」

あるんです。だって、あの場面、いつまでたっても、お通ししか出て来ないんですもの。腹がへっては戦が出来ないではありませんか。

「おまえって、いつも食いもんのことばっか考えてない？」

そうなんです。私は、食べ物にまつわるあらゆることに興味津々。とりわけ、その種の文章に目がないのです。古今東西、あらゆるものを読みました。その読書歴には、ちょっぴり自信があります。そして、それによって培われた審美眼にも。世に数多く出回る食に関する文章。その中で、優れていると私が思うものは、実は、それほど多くない。自分の食通ぶりをこれでもかとひけららかしたり、お洒落なライフスタイルの中で作る気取った料理をみせびるかしたり、誰も行く機会のない土地での変わった料理を食す我身の果敢さを自慢したりする書き手が氾濫しているのには、がっかりです。そして、だいたいが、文章に品がない。味がない。風味がない。それよりも何よりも問題なのは、食を共有する人々の姿が見えて来ないこと。食べることは、皿の上だけで完結するのではないのです。それは、大袈裟に言えば、人々の人生のひとときを物語に巻き込むことなのです。

ここで、世にも美しい食に関する随筆から引用してみましょう。少し長くなりますが。

扉に閂《かんぬき》を落とすように、夏はぱたりと終わる。

あ、吹く風に秋が混じった。となればその瞬間、たとえば足先のペディキュアの色がにわかに浮き上がって映る。けれど、この数ヶ月ずっと馴染《なじ》んだ習慣にすぐさま閂を落とすわけにもゆかず、しばらく足先がもじもじ所在ない。秋の入り口、紬《つむぎ》のきものに袖を通そうかという時分になって、再び指の先は素に戻り、白い足袋のなかにおさまる。季節は巡ったのである。

ふだんはちっとも気にかけていなかったのに、いったん指に意識を集めてしまえばどきどき、うずうず、ずきずき、皮膚の内側の寝た子に揺さぶりがかかる。呼び起こされるのは、惰眠を貪っていた官能である。

そんなふうに思い出すことになったのは、桃のせいだ。

どうです。平松洋子《ひらまつようこ》さんの、それこそ「指」による文章。さきほど、あげつらった一群の正反対を行っているではありませんか。品がある。味がある。風味がある。人が見える。そして、何よりも特筆すべきは「色」がある、ということ。抑えた文章が引き出した鮮烈な桃の色。優雅に、しかし、ほとんど野蛮なくらいに唐突に読み手にぶつけられる季節の色。心の中に、ぽんと投げられた桃からしたたる蜜が目に映りませんか。そして、それは匂いすら放っていませんか。食を上等に描くというのは、こういうことを言うのです。そこで繰り広げられる情景は、お金では買えない。けれど、見る目ある人は手に入れられるのです。お金の代わりに使うべきは、その人の心持ち。形あるものにまとわり付く、姿なき贅沢。それを知る人々だけが、平松さんの言うところの〈買えない味〉を堪能する資格を与えられるのです。え？　どうやったら資格が取れるのか？　人を愛《め》で、日常をいつくしみ、この本を咀《そ》嚼《しゃく》して、食べるのです。

（２００６年９月）

活字というつまみが、酔いを脳内に広げてくれる瞬間は最高だ

昔、ひとり暮らしをしている、ある男友達の部屋を初めて訪れた時のことである。黒でまとめたスタイリッシュなインテリアを見回していると印象的な色彩が目に飛び込んで来た。それは、コーヒーテーブルの上に置かれたルービックキューブだった。その隣には、懐しの「知恵の輪」もいくつか。

こういうの好きだったっけ？　と尋ねると彼は、答えた。

「あ、それ、酒のつまみ」

へえ？　と思った。彼がひとりで酒を飲みながら、これらのレトロな、いや、歴史あるパズルに興じている姿を想像してみた。ゲーム画面を夢中で見詰めているより、はるかにセクシーだと思った。動く指先と伏目は酒のグラスと相性が良い。

では、私にとってのそれは何だろうと考えてみると、やはり本なのである。紙のページをめくるという行為。活字というつまみが、酔いを脳内に広げてくれる瞬間は最高だ。他者の言葉を借りながら、ちゃっかり心身を満たすのである。

そういう時に選ぶべき本が我を忘れるようなディープな小説ではいけない。浮世と重なる

ノンフィクションでも駄目だ。冷静な判断を求められる問題提起をテーマにしたものも。

やはり相応《ふさわ》しいのは、食べ物に関するエッセイだろう。食談は食欲のためのポルノである、と書いたのは開高健《かいこうたけし》御大だが、そんな大仰なものでなくていい。酒欲の道連れ、くらいで。

色川武大《いろかわたけひろ》さんの『喰いたい放題』というエッセイ集がある。美食とは違う、おいしいものを食べることを追求する著者の心持ちが、あっぱれでもあり、いじらしくもある。この本が書かれた頃は、もう体のあちこちを悪くしていて、いくつもの食事制限を課されている。しかし、色川さんはめげない。夢の中でしっかり食べるのだ。「紙のようなカレーの夢」という項では、一度やってみたいと思っていた乱暴な食べ方を実践する。夢の中では、何杯お代わりしても紙を食ったような感じだったとか。

実は、私は、晩年に近い色川さんのお宅に何度かうかがったことがある。初めての夜は、酔いつぶれてしまった友人たちを放ったまま、朝までお相手をした。何しろ何も知らずに連れて来られたのが色川邸だったので、幸福と興奮の極みだったのである。

「今日みたいに気分の良い日は珍しいよ」

そうおっしゃった直後に、うつらうつらとし始めて、ああ、これがナルコレプシーという御病気なのか、と私は、ただただせつない気持で見詰めていた……というのは大嘘《おおうそ》で、どこに潜んでいたのか、ひとりの男性が現われて色川さんを寝室に促すと、私に向かって、オムレツは好き？　と尋ねたのだった。ええ、まあ、と答えると、いったん席を立ち、すぐさま湯気の上がる焼き立てのオムレツを運んで来て、私の前に置いたのである。フォークではなくスプーンが添えられていた。すくって口に入れた時のとろとろの玉子の味。バターとミルクの風味。酔いをはしっこに残しながらの、天にものぼる味。

〈腹を減らして、何かが喰いたいと思っているときが天国である〉

と書いた色川さんは、こんな天国を食べ切って逝ってしまったのだな、と今も思う。私の愛する食に関する文章からは、いつも感傷という酒のつまみがこぼれ落ちる。


どうも私は「食」から、人間関係を思い出すようである。

二〇二三年から二四年にかけての年越し、私たち夫婦は浅草にいた。夕方から、山谷、吉原、三ノ輪を通って南千住まで歩き、途中、あの『あしたのジョー』の舞台になった泪橋《なみだばし》で、ジョーのマネキンと写真を撮った。彼の髪形を立体的リアルに持って行った作り手の苦労がしのばれ……と、それはどうでも良いのだ。そんな、どこを目指してたんですか、と尋ねられそうな小旅行の後、『寄せ場のグルメ』という本を読んだのだ。あ、目指してたのはここ、これだった、と嬉しくなった。著者は人物や食をテーマに取材を続けている中原一歩《なかはらいっぽ》さん。

寄せ場とは、「日雇い労働者が集まる場所」をいう。ここでは、大晦日《おおみそか》に私たちがうろついていた山谷を始めとする東京周辺の寄せ場の食と人間模様が描かれる。自分には無縁と思わないで欲しい。人々の言葉と、生きる根元としての食の生き生きとした描写と来たら！食べるという行為の普遍性を感じざるを得なかった。

読みながら、かつて遊女の投げ込み寺と呼ばれた三ノ輪の浄閑寺を思い出していた。もうずい分前のことになるが、写真家の荒木経惟《あらきのぶよし》さんの奥様の葬儀に出席したのだった。吹きすさぶ風の中、荒木さんは喪服に真紅のマフラーをかけて、棺《ひつぎ》の中の妻の顔を撮っていた。陽子からのプレゼントでね、と泣き笑いする荒木さんを抱き締めたっけ。帰り際、「砂場」で玉子とじ蕎麦《そば》を食べた。あったかかった。今、改めて『荒木経惟写真全集　3陽子』を開いてみる。やっぱり、この上なくあったかい。

つまみにしようなどと思いもせずに読んでいた本に、突然、こんな詩が登場して動揺したのである。井伏鱒二《いぶせますじ》の『荻窪風土記』にある「魚拓―農家素描―」がそれ。

明日は五郎作宅では息子の法事
長男戦死　次男戦死　三男戦死
これを纏《まと》めて供養《くよう》する
仏壇にそなえたお飾りは

どんぶりに盛りあげたこんにゃくだま
その一つ一つがてらてらに光り
その色どりに添えたのは
霜に焦《や》けた南天の葉
（後略）

食べていない筈《はず》のこんにゃくが喉に詰まった。酒のグラスと涙の滲《にじ》むこの胸苦しさもまた相性が良い。

（2024年5月）

酒とつまみを愛した人生

クレイグ・ボレス『ヘミングウェイ美食の冒険』（野間《のま》けい子《こ》訳）

原題は〝THE HEMINGWAY COOKBOOK〟。〈わたしはここで、ヘミングウェイの人生と、彼の作品に登場する人たちの人生で、もっとも重要だった料理と酒の味を伝えようとしている〉と書き出す著者は、ヘミングウェイとの出会いを、自身と同じイマジネイションを持つ作家との遭遇と言い切る心酔ぶり。そんな熱狂的読者が、ヘミングウェイのこの言葉に導かれて、料理と酒を軸としたその実人生と作品世界を写真と共に網羅して探る。

「ロマンスというのがすっかり姿を消してから、私は料理にロマンスがあることに気がついた。胃が元気なうちは、私はロマンスを追い求める」

「記憶と戦争（イタリア）」、「固定祝祭日（フランス）」、「人生は祭だ（スペイン）」……などの章立てで進む中、やはり酒飲みの気を引くのは「ワインセラー」と「バー」の章。作品の引用と解説により、ヘミングウェイが、どれほど酒とつまみを愛していたのかが解る。とにかく、何につけても酒、酒、酒、時々、チェイサーとしての食べ物がどーん！　リカーとワインに関して、考え方を一変させる液体の錬金術とか、最高度に完成された自然物とかたとえちゃって。そんなパパ・ヘミングウェイにとってのアルコールは、若い頃は良い方向に作用するばかりであったが、さらに晩年にかけては、深刻な鬱症の発作を抑えてくれる「重要な鎮痛剤」の役目を果たしたそうだ。この本のページをめくるたびに、飲酒に関する描写が、彼の作品の重要な魅力をになっているのが解る。

ちなみに、かつて自他共に認める「ビーチバム」の青春を送った私は、あちこちの南の島で、なんちゃってパパを見た。バーで隣りに立ち、ダイキュリのパパ・ダブルを頼んでやつらを振り返らせる時、私自身一度も小説で使ったことのない「女だてらに」という死語を思い出したものだ。愛すべき飲んだくれ文豪としてのパパに思いを馳《は》せるのには最適の書。

シャンパン（特にクリュッグ）、白ワイン（シャルドネ系、特にムルソー）、麦焼酎（特に、神の河《かんのこ》）、これらがテーブルドリンク。量は決まってませんが、毎日飲みます。飲み過ぎなのは知っています。

（２０１５年10月）

不便なくしては得られない効用

川上浩司《かわかみひろし》『不便益のススメ　新しいデザインを求めて』

京都大学の工学部で学び、現在も情報工学などの分野で研究を重ねる著者と私とでは何の共通点もないように思われるでしょう。しかし、ここで丁寧に噛み砕くようにして教えてくれる事柄は、驚くほど文学との親和性が高いのです。

ある日、著者が学生時代からＡＩを教わり一緒に研究をして来た師匠が、突然、「これからは不便益やでぇ」と言い出すのです。「数字で語れるような限定的なトコだけ見てていいのか？」と。著者を始めスタッフは何を言われているのか、最初は、とんと解りません。

不便益とは、不便の益のこと。英語では〝benefits of inconvenience〟。負の便益や非便益のようにネガティヴな意味で使われがちな言葉がここで変わります。いわく、〈「良いこともあるから、不便だけど我慢してね」という後ろ向きの意味ではなく、「不便だからこそ得られる益があるんだ」という前向きの気持ち〉。

簡単な例をあげれば、子供を管理しやすく安全を担保しやすい平らな幼稚園の庭より、デコボコな庭の方が、さまざまな能動的な工夫をする余地が生まれ、結果、子らは活き活きとする、とか。いわゆる「引っかかり」とか「つまずき」みたいな不便というのは、実は、人の記憶に残りやすく、記憶のトリガーになるのだそう。便利な日常で失われた道草の効用などについても書かれています。

いまだに手書きで小説を書いている私に驚いて、不便じゃないですか⁉　と尋ねる人は少なくありません。そのたびに、私は、何で？　と首を傾《かし》げてしまうのです。だって、そもそも、世界で一番ままならない不便なものをテーマに書き続けてるんじゃありませんか、と。ツールの便利さなんて、なんぼのものかい……あ、最初に読んでくれる担当編集者の苦笑いが目に見えるようですが、彼（彼女）のこうむった不便は、原稿の内容で、「益」方向に持って行くので許して欲しいです。

しびれる言葉が出て来ます。

〈プロセスを楽しみ達成感を得ることは「不便なくしては得られない効用」です。〉

幼ない頃、まだ若く貧しかった私の両親は、冷蔵庫が買えず、娘が熱を出した時に氷ではなく、アイスキャンデーを額に当てて「やはりないと不便ねえ」と嘆いていましたが、あの時にとけて口の中に流れた甘い水の効用を知っているからこそ、私は、今、小説家でいられるのです。

（2020年1月）

痴人と賢者が出会う時

それは、二〇一三年のことでした。親しい編集者たちとお酒の席で盛り上がり、つい執筆の約束をしてしまった長編について、私は、長いこと思いを馳せていました。漠然としたテーマがいくつか湧き上がるだけで、何を書いて良いのかさっぱり解らなくなり、安請け合いした自分の軽率さを後悔しても既に後の祭り。よし！　と、とうとう開き直って、自分の小説家生活三十周年の記念として、これまでつちかったものをすべて注ぎ込み、恋愛小説の極みに近付いてやる、となかば、やけっぱちの野心を燃やし始めたのでした。目指すは、人々が織りなす、この上なく美しい不道徳の世界。そうだ、どうせなら、恋心を授業料として払わせるエデュケイション小説がいい。しかも、日本ではあまり描かれて来なかった大人の女がうんと年下の男を甘い地獄に突き落としながら調教して行く物語。

そう思い付いて、私は、我意を得たり、と頷いたのでした。だいたい日本では、男が若い女に人生の贅沢を教えて行くのが世のならい。そんなステレオタイプは、私がぶち壊してやるわい、とでも言わんばかりの不遜な気持で、具体的な構想を練り始めました。すると、どうしたことでしょう。何だか体じゅうがむずむずして来たのです。

私は今、日本の小説のステレオタイプを打ち砕こうとしているのではない。そんな漠然とした取り留めのないものに挑戦しているのではない。そう感じられたのです。自分は、明らかに、誰か特定の人物、それも、とても勝ち目のなさそうな偉大な作家に喧嘩を売ろうとしている！　そう気付いたのです。

この身のほど知らずな自分の決意を認めた瞬間、固く閉じられていた新しい長編小説の扉が開きました。すると、そこには、私が、挑むべき、導かれるべき、肩を借りるべき、文豪の作品がありました。谷崎潤一郎《たにざきじゅんいちろう》の悪魔主義の頂点と言われた代表作のひとつ、そして妖婦の代名詞と呼ばれた「ナオミ」を創り上げた『痴人の愛』です。

まるで、天啓を受けたような気持になりました。この先、私は、この作品にしがみ付いては振り落とされ、出し抜こうとしてはまとわり付かれ、そして、足許をすくってやろうと企《たくら》んでは、反対に足許をすくわれる。そんなことをくり返しながら、必死に新しい小説世界を構築しながら進み、出口まで辿り着かなくてはならないに違いない。そう武者震いをするような心持ちで書き出したのが『賢者の愛』という作品でした。まさか、それが完成して一冊の本として刊行される年が、谷崎没後五十年のメモリアルイヤーになるとは、その時は思ってもみなかったことでした。呼ばれたんだ！　まったく厚かましいのはじゅうじゅう承知していますが、そんなふうに感じて悦に入ってしまったのを告白いたします。

さて、そのようにして始まった執筆。結論から言いましょう。谷崎の創り上げた「痴人」

を念頭に置きながら、私自身の「賢者」のイメージを広げて行くのが、どれほど難しいものであったか。さあ、いったい誰が真の痴人か当ててごらんと言わんばかりの自由自在、縦横無尽の言葉の奔流に押し流されそうになりながら、私は、自分自身の小説の枝葉を手放すまいと必死でした。そのさなかに感じていたのは、谷崎の官能を人間の喜悲劇に引き寄せる、あらゆる手練手管。下品《げぼん》と上品《じょうぼん》を独自に調合した新たな品格。崇拝と軽蔑をいともたやすく反転させる技巧。それらすべてが、この唯一無二の作家による手つきによってゴージャスに彩られていたのです。さすが「大谷崎」……と溜息をつくしかないではありませんか。なにしろ〈私の恋の古蹟《こせき》〉と男に言わせてしまう背中を持った女を描き切る文豪なのですから。

もう、これはかなわないや、と何度降参しかけたことか。いえ、もしかしたら、私は、最初から降参していたのかもしれません。けれども、あらかじめ降参するところから書き始めるという快楽。それを知っていて、あえて無謀にも求めたという一点で、私は、ほんの少しだけ、あの大谷崎から勝利の美酒のお裾分けに与《あずか》ったような気がするのです。

（2015年10月）

文芸な夜に辿り着く

先日、友人の出演している芝居を観に夫と新宿に出向き、そこで、ばったり会った吉本《よしもと》ばななちゃんと再会を喜び、終了後、川上弘美《かわかみひろみ》さんたちと中華料理を食べ、最終的には、私たち夫婦と親しい編集者の三人で、懐しの文壇バー「風花」に立ち寄ったら島田雅彦《しまだまさひこ》がいて、周辺の噂話《うわさばなし》に花を咲かせていたら、カウンター席に置いた亡くなって間もない西村賢太《にしむらけんた》の本をながめながら、彼を偲《しの》び酒を飲む信奉者らしき二人連れが目に入った。

……てなことを親しい人に話したら、おお、それは、ずい分と文芸な夜でしたなあ、と感心されてしまいました。

文芸な夜！　そう、私は、この一年、「私のことだま漂流記」という、文芸な夜に辿り着き、そこに身を置くことになるひとりの人間のエピソードを書き綴《つづ》って来たのです。こまっしゃくれた頭でっかちの文学少女の時代から、ひねこびた小説家という生き物として自分ワールドに君臨するまでを、佐藤春夫《さとうはるお》の「小説とは根も葉もある嘘八百」という教えに従って、与えられたこの光栄な仕事に向かい合ったのです。

およそ四十年前、まだ大学に籍を置いていた頃、私は、宇野千代《うのちよ》先生の『生きて行く私』に出会いました。

読んでびっくり！　ええっ、こんなにも大胆不敵で、チャーミングで、お人好《よ》し、不埒《ふらち》で（誉め言葉です）、たくましい女の作家がいるの⁉　と、すぐさま、ぞっこんになってしまった私。敬愛すべき女性作家に巡り合えた興奮と喜びったら、なかった。

よるべない日々を送っていた貧乏学生の私に絶大なるパワーをくれたその紙面は、ええ、この毎日新聞の日曜版でした。長い年月を経た後に、その同じ場所で、自分が連載することになるとは！　もう、これは、私なりの『生きて行く私』にトライするしかない！　と覚悟を決めたのでした。

層を成した膨大な記憶の中から、根も葉も付いたままの貴重な生きている化石を発掘しよう、と心がけました。

自分に課したのは、記憶という代物を丁寧に丁寧に扱うこと。何しろ、良くも悪くも今の自分を作り上げて来た宝物ですから、いえ、これから宝物に仕立て上げる原石ですから、ここまでつちかって来た小説家の技能を駆使し、細心の注意を払ってポリッシュするべし。そして、偽物の装飾品で飾り立てたりは決してしないこと。

一話を書き上げるごとに、そこに取り上げた挿話や逸話以外の記憶があふれて来ました。

書かずじまいになってしまった惜しい思い出も沢山あります。でも、ほら、何しろ『生きて行く私』の薫陶を受けた私ですから、生きて行く限り、どこかで披露するでしょう。

途中、自分の文学世界は、思っていた以上に、他者から与えられた故の豊かさに満ちているのだなあ、と感謝の気持が湧き、頭《こうべ》を垂れずにはおれませんでした。謙虚と傲岸不遜が交互に顔を出す。それらの手綱の取り方で、小説家のたたずまいは決まります。

連載開始をとても喜んでくれた父は、最終回まで読むことなく一月三十一日に他界しました。翌日には石原慎太郎《いしはらしんたろう》さんが亡くなったのですが、友人に父の死を知らせる際のメールに、ついつい〈父、死去。あ、石原慎太郎さんじゃないからね！〉と付け加えてしまった私。この期に及んでウケねらい……小説家の性《さが》でしょうか。

（2022年6月1日）

トウキョウに上京して

私が小説家デビューしたのは、一九八五年。二十六歳の時のこと。そこから千駄ヶ谷の河出書房新社に通う日々が始まりました。当時、同居していたアフリカ系アメリカ人のボーイフレンドは、私が出掛けるたびに、またトウキョウに行くのか、と咎《とが》め立てしていましたが無視して踊るような足取りで上京していたのでした。

上京。その頃私が住んでいた福生市も東京都内ではあるのですが、米軍横田基地近辺の人間は、都心に出ることを「トウキョウに行く」と言っていたのです。ニューヨークで、クィーンズやブロンクスなどの住人がマンハッタンに出る時、「シティに行く」と言うようなものでしょうか。

ともあれ、「上京」をくり返すことで、私の小説家人生はスタートし、そして、馴染んで行きました。東京生まれの私ですが、千駄ヶ谷に通うことで始まった「トウキョウ」の生活は、まるで未知の世界。毎日が驚きに満ちていました。そして、その拠点になったのが、まさに渋谷区千駄ヶ谷二－三二－二。

呼び出しをくらって、青梅線に乗り、立川で中央線に乗り換えるあたりで、もう気分は新進気鋭の大注目作家（笑うとこです）。ライジングスターとは私のことよ、と鼻高々でした。でも、なんで二時間近くかけて電車で通ってるのかなー、世の中、景気いいのにさ……（バブルという言葉はまだありませんでした）と、思わないでもありませんでしたが、純文学の美徳は清貧！　と言い聞かせて、駅のホームの「奥多摩そば」のスタンドで腹ごしらえをするのでした。本当は清い貧乏なんて、だいっ嫌いなんですが（いや、奥多摩そばは、おいしかったんですけどね）。

河出に辿り着くと、打ち合わせはほんの少しで、その後新宿や四谷などに出掛けては、ごはんやお酒を御馳走になるのが常でした。私は、どこに行っても新参者で、夜毎に探険ツアーに出るような心持ち。文豪や伝説の名編集者たちに出会い、そこでくり広げられるドラマ、そして会話の数々におおいに刺激を受けました。その時に得られたものは確実に創作の糧となり、今でも私を助けてくれています。そう、私の「トウキョウ人生」のすべては、千駄ヶ谷から始まった！　ハブ空港みたいなもんです。

でも、飛び立つ飛行機は、さまざまな航路を行くもの。自ら選ぶ選ばない、にかかわらず。ある夜、どのような流れだったか解りませんが、何かのパーティの後、河出を始めとする出版関係者や作家の方々が四谷の「英《ひで》」という文壇バーに集まっていました。そのごった返す店の隅で、私と来たら河出の編集者からお説教されていたのです。ちょうど、直木賞の受賞後に女流文学賞もいただいた時のこと。新人賞の選考委員の依頼も来て、私も調子に乗っていたかもしれません。目の前の人に大声でなじられたのです。

「直木賞をとって、平林《ひらばやし》たい子《こ》文学賞と女流文学賞を続けてもらって、次は選考委員？　全部、最年少から二番目なのが悔しいだと？　いい気になんな！　おまえいつからそんなに偉くなったんだ⁉」

言われた瞬間、私は、グラスの中の酒を目の前の人にぶちまけ、うるさい！　と怒鳴り返して店を走り出てしまいました。あーあ、頼んだお代わりが来たばっかりだったのに。

私の「ハブ空港」は、あの時に閉鎖されたのだなあ、と懐しく思い出します。え？　懐しいの？　と言われちゃいそうですが、ああして得意になっている私の鼻っ柱をへし折ってくださった人がいたからこそ、今も私は、至極、謙虚な心持ちで文学に向かい合えているのです。新しい作品に取り掛かるたびに「デビュー作にして遺作」に対峙するかのような緊張感を保ち続けられるのです。

あの後、仲直り出来て、本当に良かった。感謝しても、しきれませんよ、髙木有《たかぎたもつ》編集長。

あ、そう言えば、当時、墓地下のトンネルに隣接していた河出の社屋。男子トイレで小便器の前に立つと幽霊が見えるというもっぱらの噂でしたが、あれ、本当だったんでしょうか。並びのビクターの社員の人も同じことを言ってたんですが。タクシーの運転手さんも、あのあたりで、永遠に降りてくれない客を拾ったそうです。ぶるぶる。

（2024年夏季号）

その節は……

「文藝春秋」とのお付き合いは、私がデビュー作の『ベッドタイムアイズ』で芥川賞候補になった時から始まっている。一九八六年のことだ。いや、編集部との直接のやり取りはなく、選考委員の方々の選評を読んだだけ。そこからどうにか落選した理由を読み取ろうとするも困惑するばかりだった。

二回目の候補になったのは、それから半年後のことで、『ジェシーの背骨』という作品だった。その回も落選したのだが、受賞作なしのおかげで、私の作品が掲載されたのである。それを知って、皆、驚いて、親しくしていた年配の編集者の方は、いやー、受賞せずして本誌に載るとは、きみは大物になるよ、いや、もう大物か、はははは、と揶揄《やゆ》した。

それがきっかけで、月刊の「文藝春秋」を「本誌」と呼ぶのを知った。私は、好きな作家のゴシップには詳しかったが、出版業界に関しては、まるで無知だった。「文春」が「文藝春秋」の略であることや、その会社を中心に芥川賞、直木賞が運営されているというのを知ったのも、ずい分経ってからだ。

三度目に候補になったのは『蝶々《ちょうちょう》の纏足《てんそく》』という題名のもので、その半年後のこと。しかし、またもや落選。あやふやな言い回しで意味の汲《く》み取れない選評に苛々して毒づいたりした。半年に一度こういう気分を余儀なくされるので、すっかり腐ってしまった私だったが、落選の大先輩である島田雅彦を慮《おもんぱか》って、気持をしずめた。不屈の魂を持とうと思った。島田くんだってがんばってるじゃん！

で、半年後、四度目の候補になるであろうと担当編集者と勝手に予測していた『カンヴァスの柩《ひつぎ》』はそうならず、直木賞候補に上がったという連絡が来た。びっくりした。賞なんて考えもせず、私の大好きな音楽をテーマにしたラヴストーリーの短編集が選ばれたからだ。

結局、その『ソウル・ミュージック ラバーズ・オンリー』は直木賞を受賞した。そのこと自体は、大変喜ばしく光栄に感じていたが、実は、私は、その前後、私生活で散々な目に遭っていて、そこに直木賞候補の発表があり、しかも受賞したものだから、ものすごい騒ぎに巻き込まれたのである（このあたりのことは新刊『私のことだま漂流記』をお読みください。ええ、宣伝です）。賛否両論なんてもんじゃなかった。

私は、すっかり人間不信になってしまった。そんな中、小説家デビューのずい分前に「平凡パンチ」誌上で掲載された私のヌード写真を再びグラビアに載せるという連絡があった。私は、大学中退後、そういう仕事で糊口《ここう》をしのいでいたのである。

話を聞いた時、冗談じゃないと思った。実は、あの仕事、コーディネーターをやっていたTという人物がギャラを持ち逃げして、私には一銭も入らなかったのだ。何度、催促しても言い訳をして逃げ回るばかりで、困窮した私は、どれほど苦しい生活を強いられたことか。そんなふうに裏切る人間はいっぱいいた。けれど、私が直木賞を受賞した途端に手の平を返すのだった。どうしても載せるという編集部に、私は、「直木賞受賞記念」のような文言だけは絶対に入れないでくれと頼んだ。私は、もう地味に小説だけを書いて行きたいのだ、と。必死の私の願いは聞き入れられ、本意でないにせよ、仕方ないと諦めもついた。

しかし、発売された「平凡パンチ」のグラビアには、しっかり「直木賞ヌード」のタイトルが付いていた。誰かが、同じことをしたら、私だって思うだろう。何、このお調子もんの女。ばっかじゃないの⁉

その「ばっかじゃないの」を払拭するためか、村上龍《むらかみりゅう》、中上健次両氏による私へのオマージュが添えられていた。きーっ、誰がこのあんちゃんたちに「存在感」を誉めてくれって頼んだよ？　私が誉められたいのは小説なんだよーっ‼　と怒った私は、友人と版元のマガジンハウスに乗り込んで、関係者にコーヒーをぶっかけて溜飲《りゅういん》を下げて来た……というような顚末《てんまつ》を、この「文藝春秋」本誌の月間日記に書かせてもらったのである。

あーっ、せいせいした！　カ、イ、カ、ン‼　と思っていたら、父がそれを読んでいて、すごく叱られた。なんでそんなにお転婆なの⁉　だって。転がる婆さんのまま、私はとうとう芥川賞選考委員になってしまいました。心づかいに満ちた温かな選評が評判です（伝聞）。

（２０２３年１月）

Ⅳ

芥川賞選評

第129回

作品自体がパッケージングされたひとつのゲームのような『夏休み』。そのほころびからこぼれ落ちるものにおかしみを感じないでもないけれど、〈ママはすごい。本当にこの人はすごい。〉って……良かったですね。でも、あなた、おいくつ?

おいくつでも良い!! なんたって、冒頭がサルトルの引用だ! と言いたくなるのは『遮光』。そのだいそれた心意気、買いましょう。一ページに〈私〉という主語が平均十五個。それが三人称のように使われていて心惹《ひ》かれる。ただし最後が残念だ。遮光カーテン開けて主人公を、どん底に突き落としてやれば良かったのに。指くわえたら、本当にイモ虫だった、とかさ。(安易ですいません)

安易と言えば、安易に片付け過ぎてしまったのが『お縫い子テルミー』だ。せっかく、こんなにもキュートでりりしい主人公を作り上げたのだから、もっと活躍させて、テルミーの手練手管を見せて欲しかったたな。ガールパワーここにありって感じで。

反対に、ガールパワーのなさが格好良いのが『イッツ・オンリー・トーク』である。点在する人間関係が魅力的にやさぐれている。空気が乾いているのを感じて、自らの内側の湿り具合に気付くような作品。うそぶく程に真摯というような文章は、次回作に期待を抱かせる。ぐれてない主人公にも出会いたい。

ぐれるって難しいよね、と頷いてしまう『ハリガネムシ』は、人の内なるさまざまな感情を翻弄しながら、言葉でひとつにまとめ上げることに成功した作品だと思う。暴力を描写して暴力にならず、セックスを続けてセックスにならず、ただただハリガネムシの生態系の中で、人々は泣いたり笑ったり。読み手もだ。

（2003年9月）

第130回

『海の仙人』。〈そんな詩みたいな暮らしがしてみたいわ〉と、女が言う。本当に主人公の男の暮らしは、そこはかとなく寂しさの漂う詩のようで、それにつき合うのは、心地良くやるせなく……と思っていたら、話が進むにつれて、その詩は、どんどん過剰になって行き、とうとう最後には、冬のソナタ？

『生まれる森』。素直だ。好感が持てる、と称すべきなのだろう。でも、文学に好感なんて、そんなに必要か？　好感を持たせるものは、概してお行儀が良い。そして、お行儀が良いものは、退屈と紙一重。この作品は、その中間にいる。品を保ちながら、もう少し行儀を悪くしてみよう。と言っても、これは、主人公の行状を、ではない。念のため。

『蹴りたい背中』。もどかしい気持、というのを言葉にするのは難しい。その難しいことに作品全体を使ってトライしているような健気《けなげ》さに心魅《ひ》かれた。その健気さに安易な好感度のつけ入る隙がないからだ。でも、共感は呼ぶ。

『蛇にピアス』。良識あると自認する人々（物書きの天敵ですな）の眉をひそめさせるアイテムに満ちたエピソードの裏側に、世にも古風でピュアな物語が見えて来る。小説という手段を必要としている作者のコアな部分が見えるようだ。ラストが甘いようにも思うけど。

『ぐるぐるまわるすべり台』。自分なりのリアリティを追いかける際の道草具合が、ものすごくキュートだ。と、思ったのは私だけ……（泣）。


（２００４年３月）

第１３１回

『勤労感謝の日』。今回の候補作品は、誰か、あるいは、何かの面倒を引き受けているものがほとんど。その中にあって、これだけは、主人公が自分自身を引き受けていて潔い。この作者の持ち味は存分に出ているけれども、短か過ぎる。お楽しみはこれから、という所で終わっちゃってる。

『弔いのあと』。老いも若きも、死人までもが、みーんな良い人。良い人たちばかりの共同体は、そこはかとなく恐しいものだが、それを意識して書いたのではなさそうで、そこが一番、恐しい。貧しいインドネシア系の子供たちをあっさり引き取るのを良しとする善良ぶりに誰も疑問を抱かない。おおこわ。ホラーですよ、これ。

『日曜農園』。これは、前に上げた作品と違って、そこはかとなく恐しいものに自覚を持って取り組んでいる所が良い。その結果、暗いユーモアがにじみ出ている。しかしながら、あまりにも、文章や構成が整理されておらず散漫な印象を受ける。

『オテル・モル』。前半のホテルの説明が長過ぎて退屈だ。前作のりりしい雰囲気に好感を持っていたので残念。眠りというものをそつなくパッケージ化したのに、ラッピングに失敗したという感じ。覚醒顔と誘眠顔が生きて来ない。

『介護入門』。麻呂顔なのに、ラップもどきをやっちゃってるのが玉にキズの非常にまっとうな小説。主人公の息苦しさが良く描かれていて心に痛い。でも、朋輩にニガーなんてルビ振るのはお止《や》めなさい。田舎臭いから。

『好き好き大好き超愛してる。』。たくらみも過ぎるとほとんどフツーに見える見本。そして、そのほとんどフツーが成功した稀有《けう》な例。この愛すべき現代のメタモルフォセスを推せる機会に恵まれて嬉《うれ》しかった。と、同時にほとんどの選考委員がこの作品に強い嫌悪を抱いているので驚いた……って、驚いてる場合じゃないんだが。あっさり却下されちまったよ。

（２００４年９月）

第１３２回

『人のセックスを笑うな』。〈布団の国の王様とお姫さまの気分で眠った。〉そうなのだ、この不思議ちゃんたちは。笑うな、と言われても……はなから笑えないんですけど。

『不在の姉』。意味不明の比喩多発。〈ふぐりの裏側についた蛭のような人物〉とか。ぬくぬくして、あったかそうですが。

『メロウ１９８３』。一寸の一九八三年にも五分の魂な作品。読み終わって全体を見渡すとかなり良い感じながら、細部には少し古いものは一番古臭いと言いたくなる描写が点在している。

『目をとじるまでの短かい間』。病人は病人のように、医者は医者のように、子供は子供のように描かれていて何の驚きもない。花も花のように象徴的だ。

『漢方小説』。手馴《てな》れていてテンポも良い。登場人物も生き生きしている。ただし、漢方を抜いた部分が散漫に思える。次回に期待。それにしても、三十過ぎた女が方言ではないら抜き言葉を使うのって……？　……古文？

『野ブタ。をプロデュース』。これは、また、なんと古風な王道を行くエンポリオ人間失格。会話の味つけが、かもし出す愉快さと言ったら！　内輪の記号に、もう少し普遍性を持たせたら、もっといい。

『グランド・フィナーレ』。微妙な境界線がいくつも交錯し、大きな境界線を作り出した丹念な作品。乱暴で繊細。惨めで不遜。欠点はあるけれども筆力を感じて、祝、受賞。

（2005年3月）

第133回

近頃、妙齢の男子による「オカンの物語」が増えている、ような気がする。そしてそれは決して「母親の物語」ではない。

『小鳥の母』。オカンの物語、その1。もしかしたら作者は、同じような体験をしたのか。それでなきゃここまでの感傷全開に平然としていられる筈《はず》はない。

『無花果カレーライス』。オカンの物語、その2。〈脳髄に向けて咲き乱れる、発狂の花〉……だって。うー、気恥しいぞ。可愛気《かわいげ》はあるけれども。最後の一行はいらん。

『この人と結婚するかも』。〈脱兎のごとく走り去った〉……だって。ああああ。どうして、こんなにも女性誌の記事っぽいのだろう。この人の文章はジャンルが違う。

『マルコの夢』。おもしろくなるまでに枚数があり過ぎる。お縫い子テルミーは、いったいどこに？　お待ち申し上げてます。

『さよなら　アメリカ』。この作品の一番の欠点は、つまんないことだ。〈袋族〉のアイデアを吉村萬壱《よしむらまんいち》くんが料理したら、どれほどおもしろくなることか（余計なお世話だが）。

『恋蜘蛛《ぐも》』。恋と蜘蛛（の巣）の組み合わせは当り前過ぎる。幽霊と墓場みたいなもんだろう。あるいは妊娠と嘔吐《おうと》とか？

『土の中の子供』。不感症の原因が死産。いかにも若い男子が考えそうなことですな。ほんとは主人公が下手なのかもよ。でも、小説を構築しようとしている作品はこれだけ。

今回、私はひとつも丸をつけませんでした。

（２００５年９月）

第１３４回

『vanity』。どうせなら、もっとあざといまでに虚飾《ヴァニティ》を極めて欲しかった。

『クワイエットルームにようこそ』。ウィノナ・ライダー主演の映画「17歳のカルテ」の日本版ノヴェライズとしては上出来だが。

『ボギー、愛しているか』。二人の男たちの内に死んでなお生きている筈のボギーが、本当に死んでしまったようだ。

『沖で待つ』。友人でもなく、恋人でもなく、同僚。その関係に横たわる茫漠《ぼうばく》とした空気を正確に描くことに成功している。この作者の新人賞受賞の時も選考委員として携わり、積極的に推した覚えがあるので感慨深い。

『銀色の翼』。誰にも似ていないひとつの夫婦のありようが、丁寧に丹念に書かれている。夫と妻が、近付けば近付くほど、もの哀《がな》しさが増して行く心に残る作品。オルモスト ゼアという印象。次作に期待する。

『どうで死ぬ身の一踊り』。笑った！ 死語のこれでもかという連発、あまりにも古い文学臭。それもここまで極めればかえって新しい。他人を笑う小説の多い昨今、自分を笑うのは稀少《きしょう》価値。もちろん、作者は、そんなことには無自覚だろう。笑われるなんて不本意だろう。意識せずに天然の心持ちで、自らを笑い者に出来る人は、天才、もしくは、ばかたれと呼ばれるが、この作者は天才ではない。かと言って、ただのばかたれでもない。愛すべき文学ばかたれである。主人公が心酔する作家の魅力に具体性があれば、もっと良かった。

（２００６年３月）

第１３５回

何度か候補になっている作者の過去の作品を持ち出して議論の俎上《そじょう》に載せることは不毛であると、ある選考委員の方がおっしゃいました。確かに、不毛かもしれません。しかし、選考委員は、その何度か候補になった作者の必然的フォロワーになる訳です。今、現在に至るまで、どのように進化して来たか、そして、この先、どのようにアプローチが変化するのか、そこには可能性があるのか否かを話題にするのは決して無駄なこととは思いません。もちろん、軸となる目の前に置かれた現在の作品に評価すべき点があることが前提ですが。ま、選考会は文学談議の場ではない、と言われてしまえば、ぐうの音も出ないんですけどね。同じレヴェルの作品が並んだ場合、私は、未来を感じさせてくれるものを選びたいです（ただの文学ミーハーのたわ言ですが）。

ひとつの作品について話し合っていた時に、私が、この作者、ねらいに入ってません？と生意気を申し上げましたところ、ある選考委員の方が、ねらって何が悪い、とおっしゃいました。はー、なるほど、と目から鱗《うろこ》が落ちました。そうだよなー、ねらわれてなんぼだよなー、と思ったのでした。だって、小説に携わる誰もがねらいたくなる賞なんて、格好良いではないですか。相変わらず、いかすこと言う姐《ねえ》さんだなー、と感心してしまいました（って、どなただか解《わか》っちゃいますね）。

さて、今回の候補作品、内容を無視してシャッフルしてみると、登場するのは、心を病んだ人、物書き志望、あるいは売れない物書き、出版社勤務、がほとんどです。私は、やだなー、こんな人々だけで構築されている世界なんてさー、とうんざりしました。

その中で、最後まで残った二編が、『八月の路上に捨てる』と、『ナンバーワン・コンストラクション』。前者は、その完成度において、後者は、これだけが映像化を断固拒否する活字でしか成り立たない小説作品であることにおいて評価しました。

（２００６年９月）

第136回

『図書準備室』。読み進めて行く内に、暗く、しつこいふざけ方に引き込まれ、この作品を推しても良いかもーとついうっかり思ってしまったが、鶏小屋のエピソードにさしかかったあたりから、もう、げんなり。戦争か私刑《リンチ》か、どちらかにして下さーい!! 両方使うなら、もっと整理して下さーい!!

『その街の今は』。登場人物の会話を読めば読むほど、大阪という街を好ましく感じ、地の文を読めば読むほど、大阪という街への興味を失う。関西弁は七難隠すということか。書かんとするイメージは明確に伝わって来るのだが。

『ひとり日和』。大人の域に一歩踏み出す手前のエアポケットのような日々が淡々と描かれ……いや淡々とし過ぎて、思わず縁側でお茶を飲みながら、そのまま寝てしまいそう……日常に疲れた殿方にお勧め。私には、いささか退屈。

『家族の肖像』。夫婦間に生まれるひずみのようなものを丹念に描いていて安定した印象。妻の困惑にもリアリティがある。でも、何だって、こんなにも使い古された題名を付けてしまうのだろう。

『植物診断室』。温室のような診断室の茫漠とした色彩の中に、現実を写し出すドローイングが、くっきりと映える。久々に、大人の男の人が書いた小説を読んだ気がした……のだが、まるを付けたのは私だけ。『家族の肖像』とは仲の悪い親戚みたいなどと感じ、二作授賞もありかと思いきや……。

（２００７年３月）

第１３７回

『アウラ　アウラ』。〈私が鬼よ〉とか〈明けない夜は決してないのよ、と赤ん坊にささやくと、空にむかって両腕を伸ばし、明けの明星を掌で摑まえる〉とか、大仰な言いまわしが多過ぎる。想像妊娠って、そんなに御大層なものなの？

『オブ・ザ・ベースボール』。秀才さんが思いつく気の利いたユーモアは、なぜか冗漫に語られ失速するのが常。元飲み屋のホステスとはいえ、にこやかに合槌《あいづち》を打ち続けるのは不可能だった。

『グレート生活アドベンチャー』。主人公が十代だったら、ラジオ体操からやり直さんかい、と叱咤《しった》したいところだが、三十代なので、良い感じのトホホ感が漂っている。でもやっぱりラジオ体操はした方が良いと思う。

『主題歌』。かわいい女の子たちが、かわいく集い、かわいい会話を交わしながら、かわいく女子飲みをする、かわいい物語だが、ちっともかわいくないやさぐれた読み手（おれ）には、あまり伝わるものがなかった。

『わたくし率イン歯ー、または世界』。言葉の扱いとスピード感が、とってもチャーミングなので、こんな題名ではったりかますことはない。いじめに持って行くラストは疑問。『アサッテの人』。選考委員になって以来、初めて候補作を読んで吹き出した。それも何度も。愉快で、馬鹿馬鹿しく、やがて哀しいゲームに身を投じた気持。この受賞が、作者の〈アサッテ〉になってくれたら、嬉しいな。

（2007年9月）

第138回

『切れた鎖』。くどい筆致に彩られた華麗ならざる一族の物語。過去と現在、母と娘などの書き分けが上手《うま》く出来ていないので、誰が誰だかさっぱり解らなくなる。

『空で歌う』。〈静かにゆれる海の上で巨大な船体が、民衆を見渡す権力者を思わせる悠然とした動きで左回りに動き始めた〉……って、これ、単なるフェリーでしょ？　スモールワールドの住人から見るとフェリーもこんな？

『カツラ美容室別室』。カツラ美容室のカツラさんがカツラをかぶっているという冒頭。これって、つかみ？　それとも笑うとこ？　全然、乗れないんですけど。主人公の他人への接し方はチャーミングだが。

『カソウスキの行方』。仮想好き、イコール、カソウスキ。本来、漢字、平仮名で表記する言葉を片仮名にして雰囲気を持たせるやり方は、もう、ちょっと古い。そして、ちょっと古いものは、一番、古臭い。内容も追従。

『小銭をかぞえる』。相変わらず、卑屈さと厚かましさのコントラストが抜群。ただし、そう感じるのは、この作者の小説を読み続けて来た故。いちげんさんの読者を意識すべし。

『ワンちゃん』。候補作の主人公の中で、一番応援したくなる〈ワンちゃん〉。でも、つたない。たどたどしさを魅力に導くのは、技巧を凝らしてこそ。そして、マスコミにひと言。文学は政治を題材に出来るが、政治は、文学を包容し得ない。選考と政治は無縁なり。

『乳と卵』。饒舌《じょうぜつ》に語りながら無駄口は叩《たた》いていない。容《い》れ物としての女性の体の中に調合された感情を描いて、滑稽にして哀切。受賞作にと、即決した。

（2008年3月）

第139回

『月食の日』。意図的に視点をころころ変えるのなら、もう少し文章力を付けてからにしないと、読み手には、誰が誰だかさっぱり解らない。ちょい役の隣人にフルネームなんか、いらない。

『ｃｔの深い川の町』。フリルの制服を着たタクシー社員同様、本文にも無駄なフリルが多過ぎる。章タイトルの思わせぶりとか。セッちゃんは、いい。

『婚礼、葬礼、その他』。作者は特別に思っているかもしれないが、これは、そこらで良くある話。すったもんだよりも、むしろ題名にある「その他」に重点を置いたら、本当の特別な小説になった。

『走ル』。こういうのを、青春の輝きとみずみずしさに満ちている、と評する親切な大人に、私はなりたい……なりたいのだが、長過ぎて、お疲れさまと言うしかない。自転車で青森まで行っちゃう主人公は偉いが、突き当たり（稚内《わっかない》）まで行った「ハチミツとクローバー」の竹本くんの方が、もっと偉くて魅力的だ。

『眼と太陽』。後半の先輩の語りの部分は長過ぎる。カフカエスク？　私は、むしろそこを抜かした部分に魅かれた。登場人物たちのそれぞれの時間軸が、薄紙に重ねたグラフのように思えた。時々、ものすごく、美しい。

『時が滲む朝』。前作同様、この作者は応援したくなる人間を描くのが上手い人だ。しかし、女の子の瞳に〈泉にたゆたう大粒の葡萄〉などという大時代的な比喩を使われては困る。この、ページをめくらずにはいられないリーダブルな価値は、どちらかと言えば、直木賞向きかと思う。

『マイクロバス』。言葉による濃密なトリックアートを目の当たりにしたような読後感。けれども、そう感じて推したのは私だけ。やはり、猛暑には、くど過ぎたか。（２００８年９月）

第140回

『神様のいない日本シリーズ』。ドラマティックな仕掛けが過ぎて大失敗している。しかし、ドアの向こう側に、実は息子がいなかったとしたら、大成功だったような気もする。いずれにせよ、問題なのは、お祖父《じい》さんではなく、お父さん、あなたですから。

『不正な処理』。ミイラ取りがミイラに、ならぬ、イヌ取りがイヌに、というお話。小説の中の無駄死には、時に価値を与えられるが、この場合、いくらなんでも無駄死に過ぎる。あ、イヌ死にか。

『手』。〈四半世紀も私にくっ付いたまま離れない指が、今日もキーボードを叩く〉という書き出しからして何やら自意識過剰のにおいがぷんぷんするような。主人公が好きなのは「ただのおじさん」ではなく、「都合の良いおじさん」。書かれるべきは「都合の悪いおじさん」なのに。

『女の庭』。この作者は、自分にとっての重要な観念的課題に、毎回、真摯に挑戦しているように思われる。しかしながら、今回は、主題が練られていないのか、妙に文学少女然としたまま。〈尊い哀しみには寿命がある〉とか〈哀しみは女たちの性器〉とか。てれるじゃありませんか。

『潰玉』。フェティッシュな欲望を、ありがちなトラウマと切り離したところは良かった。

そこと外の世界をつなぐ仕事に関する記述が不気味にリアル。少しのユーモアさえあれば。『ポトスライムの舟』。行間を読ませようなどという洒落臭《しゃらくさ》さはみじんもなく、書かれるべきことが切れ良く正確に書かれている。目新しい風俗など何も描写されていないのに、今の時代を感じさせる。と、同時に普遍性もまた獲得し得た上等な仕事。『蟹《かに》工船』より、こっちでしょう。

（２００９年３月）

第１４１回

『よもぎ学園高等学校蹴球部』。〈興味が皆無の人達には十中八九通じないであろう。しかし馬鹿にする事、侮蔑する事だけは止めて頂きたい〉。はい！　もちろんです。でも、サッカーがこんなにもつまらないスポーツだとは知りませんでした。ごめんなさい。

『白い紙』。未来ある若者が、お国のために戦争に志願せざるを得ない悲劇は、語り継がれるべきでしょうけど、文章がたどたどし過ぎて、既視感ゼロ。故に説得力もゼロ。壺井栄《つぼいさかえ》とか読めば良いのに。

『まずいスープ』。風変わりな人々が数珠繋《つな》ぎのように、わらわらと登場して来て、その中から、やはり風変わりな父親を見つける「ウォーリーをさがせ」な物語。いい味出してます。しかし、冗漫。途中で飽きちゃった。

『あの子の考えることは変』。加速度の付いた会話のやり取りがおもしろかった。しかし、それは目で読むおもしろさではなく、耳で聞くおもしろさのような気がする。読んだ側《そば》から言葉が消えて行ってしまい、印象に残らない。日田の気持の悪さは秀逸だが、境界例の不思議ちゃんの話には、もう辟易《へきえき》。

『いけにえ』。読んでいる内に、こちらまで美術館の片隅から動けなくなりそうな重苦しい空気に満ちている。悪魔が登場するまでが長過ぎて、その重苦しさに息が詰まりそう。もっと短かくするための的確な言葉はいくつもある筈だ。そうしたら花の不気味さも生きる。

『終の住処』。過去が、まるでゾンビのように立ち上がり、絡まり、蠢《うごめ》いて、主人公を終の住処に追い詰めて行くようで恐しかった。けれど、その合間合間の太陽の描写が綺麗《きれい》な息つぎになっている。大人の企《たくら》みの交錯するこの作品以外に私の推すべきものはなかった。

（2009年9月）

第142回

『ミート・ザ・ビート』。〈大雨が、駅舎の屋根やアスファルトに降り注ぎ、厳かな音を立てている（中略）雨音のシンフォニーに彼は虚脱感さえ覚えた〉……あ、ほーんと？ 読む側としては、〈雨音のシンフォニー〉と書いてしまうセンスに虚脱感を覚えましたよ。この作者が、「文学的」描写と思い込んでいる箇所は、すべて、おおいなる勘違い。どこぞの編集者に入れ知恵されたのではないかと勘ぐりたくもなって来る。全部外すべき。あ、それだと〈すべてのものが、無に返〉っちゃうか。

『犬はいつも足元にいて』。読み進めて行く内に、登場人物の誰もが〈犬〉的要素を持ち、腐肉に引き寄せられて、地面を掘り続けているような、そんな感じにとらわれる。全体に漂う不穏さが綺麗に統一されているのは比喩が上手いからかもしれない。でもねえ……〈フィリピンのジャングル〉なんか出して来ちゃうところが、これまた勘違いに「文学的」だなあと感じたのでした。そして、物議を醸した共作云々より、受賞作に値しないということの方が重要だ、などとも思ったりしたのです。

『ボーダー&レス』。「アイデン&ティティ」みたいな題名ってどうなの？ でも、主人公の頼りない、けれども確固たるNGとOKのはざまにある価値観のラインを、丁寧に描いている。登場するエピソードが、アイディアに満ちていて、おもしろかった。しかしながら、若い世代の新しい在日の価値観を提示したとまでは思わない。〈ただ自分の塗られた色を見つめ続けるソンウの孤独〉などと思ってしまう日本人の主人公はステレオタイプで、またもや、手っ取り早く「文学的」だなあ、と呆気《あっけ》に取られたのでした。何なの？ 若い作者に蔓延《まんえん》するこのクイッキーな「文学的」シンドロームは？

『老人賭博』。やっぱりなあ、こう来なくっちゃ！ これこそ年の功ですよ、このくどさ。

いや、選考に年齢は関係ないのですが、洒落臭い「文学的」描写に対する含羞のようなものが匂うところにキャリアを感じます（何のキャリアかは解んないけど）。哀しくてやり切れないあまりに笑っちゃう。私には、この作品が一番おもしろかった。でも、芥川賞より、むしろ直木賞？

『ビッチマグネット』。安達哲《あだちてつ》の漫画の「バカ姉弟」が、舞城《まいじょう》版倫理社会の教科書を読みながら成長すると、こうなるのではないか。〈人間のゼロは骨なのだ〉と彼女なりの真理を見つけた、このお姉ちゃんの骨に付けた肉と物語の続きを読みたい。この作品は壮大な物語の助走のように思えてならない。

（２０１０年３月）

第１４３回

『拍動』。描写が、いちいちくど過ぎる。〈色気たっぷりの茶色い艶を放つおでんの卵のつるんとした表面に箸をぐさっと刺し、その弾力を確かめてから、舌の上で転がし、汁の染み込み具合を味わいたい〉……って……さっさと食べないと、おでん、冷めちゃうよ。あと、〈垂れた目尻の曲線に合わせ、大粒の涙が遠慮無く軌道に乗り、頬を下り始めた〉とか。才能あり過ぎだよ、この涙。それと、このテーマを扱うにしては、登場人物の誰もが、あまりにナイーヴ（英語本来の意味で）。

『うちに帰ろう』。珠玉の短編？　まごころの掌編？（笑）今、話題のイクメンくんががんばるハートウォーミングなちょっと良い話だが、他愛なさ過ぎる。「オール讀物」の育児小説特集に載れば、白一点で目立つかもしれない。そんな特集が組まれるかどうかは知らないけど。もしくは「ひよこクラブ」の文芸特集（これも、組まれるかどうかは不明）。お母さん方に、うけるだろう。

『自由高さH』。文章は上手いと思うし、ばねのような人間模様のコラージュの妙もある。しかしながら、読み進めても読み進めても、惹き付けられるところがない。読者に親切であれ、なんて、もちろん言うつもりはない。けれども、柿渋にもばね業界にも縁のない私のような人間にも、最低限の興味は持たせて欲しかった。会話の工夫で出来たのではないか。

『ハルツームにわたしはいない』。自分の立ち位置が、きちんと定まっている作者だと感じた。だからこそ、視点を前後左右に変えて、場所を描くことが出来る。そして、目が良いと思った。それらを有効なツールとして街を移動している。けれども、仲間内の会話が、そこに寄り添っていない気がする。結果、不揃《ふぞろ》いな印象が残る。

『その暁のぬるさ』。この作品の素敵なところは、主人公の大いなる思い込みの愉快さ。それが徐々に現実と絡み合い侵食されて行くさまが、おかしいやら不気味やら、でとても興味深かった。ただ、古典作品の題名は出した方が良かったように思う。その方が下世話で、格調高さを笑える。

『乙女の密告』。〈スピーチでは自分の一番大事な言葉に出会えるねん。それは忘れるっていう作業でしか出会えへん言葉やねん〉。前半の、この二つの文だけで、受賞作に相応《ふさわ》しいのでは？　と嬉しくなってしまった。久し振りに、言葉が一番！　の小説を読んだ気持。机上の空論ならぬ机上の暴論が、あちこちに出現して、おもしろくって仕方なかった。小説の世界だけに存在するユーモアは稀少価値。

（２０１０年９月）

第１４４回

『あぶらびれ』。少しも興味が持てないアトラクションの説明書を延々と読まされているような気分でいたところ、後半に突如出現する元旅館の女将《おかみ》が妙に色っぽい調子で退屈に風穴を開け、ああっ、今頃、おもしろくなり始めるのか、と期待に胸を膨らませかけたら、ワンピースをたくし上げて終わっちゃった。都合の良い女を都合良く登場させるだけなんて吝嗇《りんしょく》に過ぎるではないか。ちゃんとその後の詳細を述べなさい。〈決してテレビドラマに出てくるような女優にはいないタイプの美人〉って、……どんな女なんだ⁉

『第三紀層の魚』。父を病気で、祖父を自殺で亡くしている少年が曽祖父の看護を手伝い、その死に遭遇しながら見詰める日々の流れを魚釣りのエピソードを交えながら詩情豊かに描く……と紹介してしまうと、ステレオタイプのハートウォーミングストーリーのように思われそうだが、四代に渡ってつなぎ止められて来た「負け戦の勲章」が苦い魅力を付け加えている。最後に、チヌではなく大きなコチを釣って泣いてしまう少年の涙の出所がいじらしい。しかし、曽祖父の遺体に日の丸をかけるのはやり過ぎだろう。

『母子寮前』。大切な人に忍び寄る死を見詰めざるを得なくなった時、本当に意味のあるものと実はそうではなかったものが姿を現す。それらふたつのはざまに立ったことのある人にとっては身につまされる作品だと思う。親の死に目を描く小説は、ちまたにはびこる「泣ける話」と紙一重になりがちだが、ここでは執念にも似た丹念さがそれを遠ざけている。大嫌いな父親の行状をあげつらえばあげつらうほど、主人公が彼に似て来るような気がして、興味深かった。

『きことわ』。小説を書くということは、茫漠としたかたまりに、それしかない言葉を与え続けて埋め尽くすことなんだなー、と久々に思い出したような気がする。ここには作者の選び抜いた言葉だけが掲げられていて、読み手の無責任な口出しを許さない。だからこそ、無抵抗のまま作品世界に引っ張り込まれる心地良さに身をまかせられる。後ろ髪を引かれる事柄について書かれた小説は数多くあれど、後ろ髪を引くものそのものを主にした小説は、私の知る限り、ほとんどない。

『苦役列車』。正当にやさぐれているのを正確に描写しているのに、「そば」ではなく「おそば」、「刺身」ではなく「お刺身」、「おれ」ではなく「ぼく」。あまりにもキュート。この愛すべきろくでなしの苦役が芥川賞につながったかと思うと愉快でたまらない。私小説が、実は最高に巧妙に仕組まれたただならぬフィクションであると証明したような作品。

丸を付けた二作品ともが受賞して本当に嬉しい。

（2011年3月）

第145回

『甘露』。〈顔中を覆う皺や一張羅の縮緬の襞が細かく克明な影を生み、朝の内に母が磨きあげたシルバーカーの無表情な直線との対比が、白砂利の上で匂やかな現実感を放っている〉……？　〈鼻腔に重量のある空気の塊をねじ込まれたような圧迫感を伴う臭い〉……？？　どうにもこうにも擁護しようのない理解不能の比喩や描写が続出。これだけグロテスクなエピソードを扱うなら、もっと文章力を身に付けないと。あなたが純文学らしいと思っているものは、おおいなる錯覚。

『ぬるい毒』。〈想像よりもずっと、魅力の塊のような男だった〉……へえ？　その塊の内訳を述べてみたまえ。こちらには、その概容すら伝わって来ないんですけど。と思っていたら、次の文が〈それも万人に伝わるような、分かりやすい魅力ではなかった〉だって⁉　万人のひとりですみませんね。万人とは違う自意識をここまで持て余す主人公は、良くも悪くも強い印象を与える筈。ところが、この小説に生息するのは、ただのいっちゃってるお姉ちゃん。

つき合いきれない。

『あめりかむら』。全体的に、うすーい感じ。このうすさが、主人公の背後にある死の気配をしんと落ち着かせるためには功を奏し、けれども、知人の男の自殺と彼女をつなげるためには、信憑性《しんぴょうせい》をいちじるしく奪う。〈戸田君。大阪はね、たくさんのひとが肉を食らい、骨をしゃぶり生きているよ〉とまで感じるのに、このうすさ。そして、何故《なぜ》、アメリカ村？東京でも、皆、肉食って骨しゃぶってるよ？

『ニキの屈辱』。男と女の距離が縮まって行く時に生じる他愛もないやり取りや会話が、いじらしくて可愛らしい。しかしながら、それらに写真家魂のようなものが滲むと、途端にあらが見えて、可愛らしさを通り越してつたなく、ちゃちになる。写真家って、こんなもん？それにしても、いまだ小説の中では、エキセントリックな女が幅をきかせている不思議よ……（溜息）。

『これはペンです』。文章から理系特有の難解さを剝ぎ取ってみると、そこには、極めてシンプルなユーモアで組み立てられた物語が現れる。最後の一片を残したパズルのように後を引く終わり方。〈わたしの中の女の子について記す道具を探しはじめる〉であろう続きが読みたい。

『ぴんぞろ』。的確な言葉を丁寧に選んで、好きでたまらない人間を真面目に描けば、おのずと場所も物語も付いて来るという小説の当り前に、久々に出会った気がする。この作者の小説世界の住人とならやって行けそうだなーという、今回は、そのシンパシー故に票を投じた次第。ひとりよがりで下手なセンス・オブ・ワンダーより、はるかに良い。とは言え、今回は、低調でした。がっかり。

（２０１１年９月）

第１４６回

『七月のばか』。何しろ、いらない描写が多過ぎる。たとえば、冒頭のコップの水面に浮いた小蜘蛛の部分。あるいは、暑い日の庭園のベンチで、いかに蚊に刺されたかという説明。〈蚊が視界に入り（中略）すぐにかゆみがやってきて、了介は爪を立てて患部を掻いた。皮膚が桃色に広がり、やがて痛みを伴い、血がにじみ出てきた。掻くのをやめて、皮膚を爪で押すと、爪の痕が十字に深く貼りつき、ようやくかゆみは消えた。〉……こういうつまらない文章につき合わされる読者の身にもなって欲しい。この種のパートが満載のＳＯ　ＷＨＡＴ小説。

『きなりの雲』。好感度の高そうな人物ばかりが登場するけれども、その中の誰にも引き付けられない。それどころか、主人公の別れた恋人と妻の若い恋人を間にはさんだ夫婦たちに至っては、いい気なもんだと舌打ちをしたくなるくらいに憎たらしい。何なのだろう、こういう人々を相手にしながら到達する主人公の肯定感。あー、マジで苛々《いらいら》する……もっと覇気を……もっと覇気を……と、いや、もしかすると、それを避けたこの長丁場と編み物という題材はベストマッチなのかも。ロハスってやつ?

『まちなか』。〈(前略)ヤキトリ屋、ヤキソバ屋、ヤキニク屋、ヤキメシ屋、ヤキモノ屋など、ありとあらゆる店が揃っている〉まちなか……駄洒落……なのか。作者がユーモアと思っているらしいものが少しも功を奏していない。読み進む内に、何とも言えない徒労感を覚える。しかしながら、そういった部分をあえて無視してみると、リーダブルな本領が姿を現わして来て、決して悪くない。この主人公のような男が実在していたら、苦笑しながらも応援してしまうかもしれない。けれども、小説の中の住人である限り、肩入れするには何かが足りない。この作者は、媒体の種類など選ばずに、どんどんがしがし書きまくるべきだろう。そうしたら、読者をものに出来る。

『道化師の蝶』。この小説の向こうに、知的好奇心を刺激する興味深い世界が広がっているのが、はっきりと解る。それなのに、この文章にブロックされてしまい、それは容易に公開されない。〈着想を捕える網〉をもっと読者に安売りして欲しい。

『共喰い』。この作者の文章には遠近法があると感心した。しかし、それは、世にも気の滅入る3D。それなのに、何故だろう。時折、乱暴になすり付けられたように見える、実は計算されたであろう色彩が点在して、グロテスクなエピソードを美しく詩的に反転させる。でも、最後の一行はどうなんだろう。息子のおまえになんぞ生理用品の心配をされる筋合いは

ねえ！（獄中のお母さんを代弁してみました）
（2012年3月）

第147回

『短篇五芒星』。まず思うのは、これは、候補作の対象にならないのではないかということ。この題名の許《もと》に五つのショートストーリーが集結し、ひとつの作品を形作っている……とは、私には、とても思えない。「四点リレー」という短編がつり合いを取ってひとつの世界を形作っている……という親切な読み方をするには無理がある。よって、五つの個別な短編として一度に読んだが、どれも受賞作の水準に達しているとは思えなかった。ひとつでもそういうものがあれば、それのみを候補にするべきだし、そうでないのなら、すべてを候補にするべきではなかっただろう。ひと山いくらな感じが残る。この作者のために別な作品を候補にした方が良かったと思う（たとえば、『ビッチマグネット』のようなもの）。それにしても、方言ではない箇所なのに多用される「ら抜き言葉」。あー、うっとうしい。

『河童日誌』。せっかく、男が河童を身籠ったというのに、ぜーんぜんおもしろくない残念な小説……じゃなかった、日誌。山場もなく意味もなく落ちもなく……はっ、これって新種の「やおい」なのか⁉ と、いうより、純文学って、元々そう思われてる⁉ いや、それでも別に良いのだが、読み手のことも考えて欲しい。別に、河童を何かのメタファーにしろなんで野暮を言う気はないが、もう少し気を引く存在にして欲しかった。それと、〈森の奥の魔女のような顔で、笑った〉麻宮さん。読者は、その魔女を知らないのである。『ギッちょん』。小説でしかあり得ないたくらみに満ちているのは認めるが、それも過ぎたるは及ばざるがごとし、だろう。時間軸をいじくり過ぎて、私には、主人公が変な人に見える。もしかしたら、病気かも解んないから病院行った方が良いよ、と勧めたくなるくらい。これほど、凝った構成にするのなら、そんなふうに感じさせないくらいに用意周到でなければ。『ひっ』。ケアレスミスは許されないし、悦に入ってる感が漂うなんて、もってのほか。

候補作品に間に合わせようとあせって書きませんでしたか？　味のある風変わりな人物を慌てて配置した感じ。それ故、予定調和なちょっと良い話のレベルで終わっている。この作者は、もっと長いものをじっくり書いて、直木賞候補になるべき。

『冥土めぐり』。何とも言えない心寂《うらさび》しい背景が登場人物すべての輪郭を引き立てる。特に観念的な言葉を失い、自身を言語化出来なくなった夫と、その夫をいつくしむように描写する主人公がいとおしい。ラストの方の海の場面で、二人のヒアアフターが広がるのを感じ、圧倒された。

（２０１２年９月）

第１４８回

『肉骨茶』。読み終えた後に呟《つぶや》いたのは、「で？」のひと言。散々、食欲を失《な》くしながらも読み進める努力をしたというのに、こんなＳＯ ＷＨＡＴ話につき合わされていたのかという徒労感が押し寄せる。拒食という使い古されたモチーフを選びながらも、独自の奇譚《きたん》に持って行くのに必要なのは、徹底したリアリティ、もしくは、そんなものをこれまた徹底的に無視した虚構性のパワー。ここでは、そのどちらも中途半端で、読み手は、ただ、マレーシアに行くことがあっても肉骨茶（バクテー）だけは注文するまい、と思うのみである。

『関東平野』。今、放射能を重要なファクターに選んで展開させた小説を読む時、こんなことを思う。これを、この間の震災前に読んだら、どのように感じただろうか、と。大きく印象が異なるであろうことを踏まえた上で、それでも素晴しいと言えるものが、どれだけあるだろう。自己表現（これ、小説においてはけないなし用語ね）のために、圧倒的な現実を利用してはいけないよ。むしろ、小説の方から奉仕するべきね。いっそ、傑作ＳＦ映画の「第９地区」みたいなものに仕立て上げれば良かったのに……なんて、それは無理か。同じ人類立入り禁止区域を描くにしても、あちらは、知性とアイロニーの元手をかけている。

『ａｂさんご』。〈へやの中のへやのようなやわらかい檻〉が蚊帳《かや》のことで、〈天からふるものをしのぐどうぐ〉は傘の意味？　こういう言い回しを絶対に使わない（いや、使えない）

と心がけて小説を書いて来た者としては、読む間じゅう、ずっと背中がくすぐったくてならなかった。正直、私には、ぴんと来ない作品で、何かジャンル違いのような印象は否めなかったし、漂うひとりうっとり感も気になった。選考の途中、前衛という言葉が出たが、その言葉を使うなら、私には昔の前衛に思える。洗練という言葉も出たが、私には、むしろ「トッポい」感じ。この言葉、生まれて初めて使ったが。

『獅子渡り鼻』。時々、もう少し文章を整理して書いてくれないかなー、と苛々した。〈尊にこうはっきり文治が見えるのだとしたら、周囲の風景が、命のあるなしを問わずこの土地の風景を織りなすすべてが、己の存在の輪郭や濃度を、かりにあるかなきかのごくわずかずつだとしても、文治に譲り渡して（以下略）〉……延々と続き過ぎだって！　後半のバスの中のシーンを軸にして構築し直したら、緊張感のある良い作品になったと思う。

『美味しいシャワーヘッド』。この作者は、どうでも良さげなエピソードで、読み手の心をきゅっとつかむのが上手だなあ、といつも思う。そして、とってもモラリスト。主人公だけが使い方を知るおかしくって少し悲しい、魅力的なシャワーヘッドのカタログだ。

（２０１３年３月）

第１４９回

『すっぽん心中』。〈物凄くスタイルが良くて、年齢は三〇歳くらいだろうか、若くして金を持っているマダム風だった〉……へえ？　物凄くスタイルが……へえ？　マダム風ねえ……。せっかく自分だけの小説世界を作って行く冒頭で、いったい何故に、こんなにも怠惰なやり方で女を描写するのか。私には、まったく理解出来ない。ここには、そうした手抜きの文章がいくつもあって呆気に取られる。手抜きと平易は全然違う。後者で人を引き付けるには、うんと集中力がいるのだ。

『想像ラジオ』。〈つまり、悲しみがマスメディア。テレビラジオ新聞インターネットが生きている人たちにあるなら、我々には悲しみがあるじゃないか、と〉。なるほどー、良いこと言うなー、さすがＤＪアーク、とは思いつつも、人間の死　イコール　悲しみ、とはならない場合もある筈だ。悲しみがマスメディアになった瞬間に切り捨てられるものについても言及して欲しかった。〈ただ黙って今生きてる人の手伝いが出来ればいい〉とか〈亡くなった人のコトバが聴こえるかどうかなんて（中略）死者を侮辱してる〉なあんて若者に言わせないで、さ。とは言え、この軽くも感じられるスタイルを取ったのは、死者を悼む人間の知恵だなあ、と感心した。しかしながら、やり過ぎの感もあり、死者のための鎮魂歌が鎮魂歌のための死者方向に重心を傾けたようで気になった。

『砂漠ダンス』。万華鏡に〈わたし〉というひと粒を落とし込んで、ぐるぐる回しながら覗《のぞ》き込んだような奇妙な魅力があると感じた。でも、残念なことに、〈わたし〉以外のエピソードの欠片《かけら》に魅力がないから、いくら回してみても、おもしろい絵が見られない。

『爪と目』。韓国ホラー映画の「箪笥《たんす》」を思わせる不気味なおもしろさ。どうせなら、もっとサイコホラー寄りに徹して、小説にしか出来ない技を駆使して展開させていたら、映画を連想させることなどない、言葉による、そこはかとない恐怖に覆われた魅力が出たと思う。

『すなまわり』。新人の才能のひとつに、まだ誰もが手を付けていない世界を描くこと、というのがある。もちろん、そこに、文章力を始めとしたさまざまなものが付いて来なければお話にならないが、この作者は、私の考えるレベルをクリアしている。見たものを見たように、感じたことを感じただけ過不足なく書けるのは、りっぱ。主人公の行司ぶりを見物に来た両親が言う。

〈「(前略)おまえ、たばこ臭いねえ。すごく匂うよ」〉と、母親。次に、〈「頑張ってやってるのか」〉と、父親。その二人の会話の間に、主人公は無言のまま、こういう一文が地で入る。〈実家の庭には草花が豊富で、春にはツバキ、秋には金木犀《きんもくせい》の香りが登校時にしたのを覚えている〉。やるね、と思った。だから受賞作に推した。

(2013年9月)

第150回

『さようなら、オレンジ』。感動作、に見える。けれども、読み進める内に幾度となく既視感に襲われる。思い出されるのは、たとえば、リー・ダニエルズ監督が「プレシャス」という題名で映画化したサファイアの『プッシュ』。貧しいスラムで字も読めないまま育ったアフリカ系の少女が友や先生たちに導かれて、詩としての言葉を獲得して人前で発表するに至る。稚拙でありながら心揺さぶるという意味では、圧巻。そして、また、たとえば、これもまた映画化されたキャスリン・ストケット作の『ザ・ヘルプ』。ここでは、公民権運動前の時代に、過酷な労働条件を受け入れざるを得なかった黒人メイドたちのために、作家志望の若い白人女性が立ち上がる。私は、私の友達のことを書く、と決意して。どちらも文句なしの感動作だが、そういった感動作を想起させる感動作は、私にとっての感動作ではないのであった。

『LIFE』。この王国の主は、おいたわしくもあり、あっぱれでもあり、読む側としては、どうにかつつがなく王位継承をすますことを願い、そして、また王国の繁栄に期待するものである……が、男の駄目駄目なヤンキー感を出すためなのか、彼の言葉づかいがあまりにも大時代的。〈……すっか〉とか〈……でもドロンしづれえな〉とか。〈……あんがとござます〉って……わざとなのだろうが、鼻白むことこの上ないので止めた方が良い。彼の言葉に、もっと無知故の魅力があったなら、ずっと評価は上がったと思う。馬鹿の口の利き方はこんなもん、と見くびってはいかんよ。

『鼻に挟み撃ち』。亡くなった作家、そして、眠っている名作に命を与えて目覚めさせるという役割をになう小説というのは確かにあって、しかしながら、それに成功している作品は数少ない。この場合、あやういところを行ったり来たりしている印象を受ける。それは、そのまま〈私〉と〈わたし〉のバランスの悪さ。まるで、作者のシャイネスが故意にそうさせているかのよう。〈私〉は〈わたし〉を、そして、〈わたし〉は〈私〉を、一所懸命にはぐらかしている感じ。もっと身も蓋もなく二つをさらけ出して衝突させてみても良いと思う。〈アドリブ〉も〈アミダクジ式〉も使わずに〈魂が「あくがれ」る〉小説が書けるくらいの蓄積は、この作者に確実にあると思う。私は、そこに、彼の小説家としての役割を見ている。

『穴』。今回、一番、おもしろく読んだのがこれ。ファンタスティックな風景のあちこちに読み手を躓《つまず》かせる硬い石が散らばっているみたい。転びそうになって、ふと現実に引き戻されるような隅に置けない仕掛け。それらによって、読者は、この作品世界を二重に楽しめる。

薄気味悪くも目を離せない人々が沢山登場する。姑《しゅうとめ》も義祖父も世羅さんも、もちろん、義兄も。でも、私には、常に携帯電話を見ている、そして〈陶器の人形のよう〉に眠る主人公の夫が一番怖い。この夫婦の生活ぶりやふとした時に交わされる他愛のない会話は、どのエピソードよりも生活感をかもし出すものである筈なのに、読み進めていると、どんどんこちらの方が現実味を失って奇譚めいて来るから不思議。なかなか抜け出せない魅力ある世界が構築されていて、そこは、狭いけれども言葉の密度が、うんと濃い。

『コルバトントリ』。これも、また作者によって構築された独特の魅力漂うワールド。チャーミングな言葉の行きから黄泉《よみ》の国の物語として、私は読んだ。〈月の番をしているおじさん〉を始めとしたいじらしい人々がいっぱいで胸に残る。ただし、コルバトントリの意味を本文中に埋め込む親切さがあっても良かったと思う。

『穴』とこの作品の二つの世界は、ネガとポジのようにも感じられ、両方に心惹かれて、どちらにも丸を付けた。

（２０１４年３月）

第１５１回

この賞の選考委員の中には、先の震災、原発をテーマ、モティーフにした作品を検閲する者がいる。そんなもっともらしい言説があるのを知って呆《あき》れるやら、おかしいやら。私たちは、小説の質に言及する仕事しかしない。していない。この先、それ以外をする気もないので、ここでお断りしておく。まったく徒労感とはこのことだ……と、いう訳で。

『マダム・キュリーと朝食を』。放射能という、人類が作り出した故に与えられた最大の課題を、時にガーリーに、時にスノビッシュにコーティングして差し出して見せた意欲作……

ではあるのだが、何しろ無駄に長い。かつ、そのコーティング自体が思わせぶりで、悦に入ってしまっている上に、不親切。効き目があるのかないのか、まったく解らない糖衣錠のようなおはなし。一行改行で持たせられる程、一文一文に詩的センスがあるとも思えないが、やってる。はて。

『吾輩ハ猫ニナル』。何というナイスアイディアか、とわくわくしながら読み始めて、たちどころに意気消沈。〈抗《アンチ》ね……。忽然《ふい》に自分は何だか厠所《うんち》へ行きたくなった。〉……中国人読者相手なら、この種の駄洒落が許されるとでも？　こら!!　〈日本語を学ぶ中国人を読者に想定した小説〉を書くという設定なら、日本語を読む日本人読者にもリスペクトをね。特にメイドカフェで猫化するくだり。この見せ場こそ、ばしっと日本語のクールさを見せてやりなさい。

『メタモルフォシス』。熱烈に推す委員もいて、全体的に評価は高かったが、私には、変態さん（お客さんの意味。それ以上でも以下でもない）プレイのコースメニューの列挙にしか思えなかった。〈奴隷のリテラシー〉とか〈同じ道の求道者〉などという言葉がいくつか登場して、マゾヒストとしての生真面目ぶりが際立つがそこにプラス何かがいるような。たとえば日本式に、もう少しだけ後ろ暗くなってくんないかなーなどと残念に感じた。

『どろにやいと』。いつもながら、とんまな人々を描くのが本当に上手なんだなあ、と感心した。でも、この「いつもながら」というのが注意ポイントで、これが「真骨頂」と呼ばれるまでに成熟するのか、あるいは「マンネリ」に堕して片付けられるのか、非常に微妙なところ。前者を予見させる何かが欲しかった。

『春の庭』。場面転換に数行を開ける場合、よほどの力がなくては、つたなさと手抜きを露呈させてしまう。この作品では、場面の最後のパラグラフの一、二行が次に続く行間に実にうまく機能している。焦点である〈春の庭〉に重なるいくつもの人生の瞬間を、その行間が印象的なフレームのように正確に縁取っているのである。〈時折、屋根や木の枝から雪が落ちる音が聞こえた。音が重さそのものだった。白い結晶の塊は、温度を吸い取っていった。〉

極めて目の良い小説家による、たいそう美しい縁取りではないか。目の良い書き手には、本来見えないものも映し出せる。いえ、映ってしまうので、文字として現像してしまうのである。柴崎《しばさき》さんは、そういう稀《まれ》な小説書きに思える。

（2014年9月）

第152回

『惑星』。〈だが進歩させるほどに、逃げ場は塞がれていき、出口であると思っていたものが、憧憬を持ち続けられるかもしれないと思っていたものが、既存のものと同じだけ味気ない、何らの外部性も持たない、ただの現実の付属物にすぎないと思うに至る〉……長くなってしまったが、この一文が本作の特長を良く表わしていると感じたので引用した。何でもあり、が小説文章の懐の深さであるとはいえ、これ、何言いたいのかさっぱり解んない。……ねえ、もっと簡単に書けないの？　そんなにもったいぶるほど、アイディア満載の作品とはとても思えないけど？

『九年前の祈り』。男のいいとこ、まるでなし。何度も〈引きちぎられたミミズ〉と表現される幼ない息子や、その父親など、主人公と関わり合うすべての男たちが、「男目線からのステレオタイプ」のように私には思える。その分、女たちの存在感はすごいが、その存在感が私には「作者のひいき目」のように感じられてしまうの。〈発酵しつつあった恋に酩酊していたのだ（中略）あれは発酵でなく腐敗だった〉……ああ、そうだったんですか、と鼻白むしかないが、この作者は、あくまで女の味方のように、彼女を生まれ変わらせる。その静かな再生の気配に寄り添えるのか、否か。私は残念ながら後者だった。

『ヌエのいた家』。これは、前に候補となった母親の死を描いた作品と合わせて読まれるべきだろう。あの、あらがうことの出来ないもの哀しさ漂う物語と一緒でなければ〈ヌエ〉への嫌悪に接する読者はとまどうばかり。と、言うことは、この作品は、不完全であると思わざるを得ない。それにしても、妻の苦労が滲み出ていて痛々しい。縁の下にいる陰の主人公。

『影媛』。あー、もう、こんなしち面倒臭いアプローチして……とうんざりしかけたが、どんどんおもしろくなって、止められなかったくらい。文章自体が、コスプレしているかのような楽しさに満ちていた。と、同時に、いくつかの場面がとてもセクシーだ。滝で放られた桃を鬹《かじ》るところとか。ちょっとハーレクイン的だったけど、ぞくぞくした。
『指の骨』。ここには、いくつもの死がありそれは戦争という極限状況において描かれるが、決して戦争を利用していない。小説言語のセンスとしか呼べないものを駆使出来ているので、その必要がないのである。戦争をこれっぽっちも讃美することなく、そこに広がる情景を言葉の力だけで哀しく美しく描いた。うかつな箇所や欠点も多々あれど、久々に才能というものを感じて、この作品を推した。水木《みずき》しげる氏へのオマージュめいた部分は気になったが。

（2015年3月）

第153回

『夏の裁断』。主人公の若い女性作家と〈瞳の奥に妙な影を映し〉て〈女好きする笑みを浮かべ〉た男性編集者の出会い、そして、そのやり取り……これが私にとっては、まるで、ホラーかSFか島耕作か……と呆気にとられる代物なのだ。おまえ呼ばわりしたかと思うと、優しい人に小説は書けない筈なのに、あなたが書けるのは何故？　というようなことを問いかけてみせる……いい年齢《とし》してツンデレなのか、この男……他にも気恥しい台詞《せりふ》が満載。ちりばめられた比喩も大仰。〈なけなしの平静がぼろぼろとひび割れた心臓から剝がれていく〉とか。冷静になろう！

『MとΣ』。素晴しい着眼点！　我ながら冴《さえ》てるぅ！　と書いている本人は膝を打ったかもしれないが、読んでいるこちらが言いたくなったのは、こう。ねえ、たまたまなんじゃなーい？　マンデラ解放にしても、マイク・タイソンの日本でのファイトにしても、知り得ることを書き得るようにしか小説の中に落とし込んでいないので、取って付けたよう。つなぎを入れ忘れた、あるいは、こね方の足りないハンバーグ種みたい。焼いても旨《うま》くないってこと。

『ジミ・ヘンドリクス・エクスペリエンス』。題名がこれなら、もっと名は体を表わすような試みであって欲しかった。ジミ・ヘン成分少な過ぎ。でも、普通言葉にしないものをあえてしようとする気構えが良い。時々、はっとするようなクールな一文もあるし。〈その時肌と思ったものすべて、目も耳も鼻も肌になる〉とか。それにしても、近頃、時間フリークな小説が多いね。多いと特別感もない。

『朝顔の日』。病室の白い壁が、さまざまな色で、時に淡く時に鮮烈に染め上げられて行くかのよう。この作者は、死と隣り合わせの静謐《せいひつ》を美しく描く印象派。けれども今回に限ってはこの時代を選んだのが失敗だったと思う。別の委員が指摘したケアレスミスも目立ったし、何しろ、この舞台設定、ディテイル、テーマ、すべてにおいて勝る先達の優れた作品が少なからず存在している。

『スクラップ・アンド・ビルド』。そして、またビルド・アンド・スクラップでもある、この作品の中に埋め込まれたセオリー。それは、主人公の浅はかで姑息《こそく》なアフォリズムをまといながら、その実、生き延びるのに必要な知恵とユーモアを芯に持つ。介護小説ではないが、高齢化社会の今、読まれるべき。参考にはならなくとも、ある種の光明はさす。

『火花』。ウェル・ダン。これ以上寝かせたら、文学臭過多になるぎりぎりのところで抑えて、まさに読み頃。〈劇場の歴史分の笑い声が、この薄汚れた壁には吸収されていて、お客さんが笑うと、壁も一緒になって笑うのだ〉。ここ、泣けて来たよ。きっと、この作者の心身にも数多くの大事なものが吸収されているんでしょうね。

（2015年9月）

第154回

『ホモサピエンスの瞬間』。「食の軍師」（泉昌之《いずみまさゆき》の傑作漫画。小さな食卓に着いた主人公の頭の中で諸葛亮孔明《しょかつりょうこうめい》が大仰な食の戦をくり広げる）ならぬ「治療の軍師」のつもりか。実験小説まで行き着けず、実験の段階で終わってしまっている。こういうのは、独自のナンセンス加減によるおもしろさがないと。悦に入った作者の得意顔が目に見えるよう。残念ながら全然おもしろくないよ。

『シェア』。この作品の良いところは、読みやすいこと。取り上げたトピックスはキャッチーでもある。しかし、これではエロのない「黒い報告書」。小説とはとても言えない。だいたい〈元ダンナ〉の会社の株をなかなか手放そうとしない主人公の気持が、まるで解らない。

〈人間は哺乳類であって、だからもう鰓《えら》呼吸はしないだろう？　きっとそういう感じのことだ〉……って、どういう感じ？　〈そういう感じ〉であやふやにしていたら、いつまでたっても小説以前だ。

『家へ』。あえて主語を入れないスタイルが成功しているとは思えない。登場人物の輪郭が浮き上がって来ないので、誰が話をしているのかが時々解らなくなる。いや、解るのだが、彼らの声に耳を傾ける気が失《う》せてしまうのである。そして、クライマックスの火事に行くまでが長過ぎた。もっと早く燃やしても良いと思った。芸術はバクハツなんですし。あ、彫刻か。

『異郷の友人』。いかすアイディアがいくつも出て来る。〈生まれなおし〉とか〈国生み〉とか〈おみくじプログラム〉とか〈教祖の三種の神器〉とか〈迷子安心サービス〉とか……すごーい！　知識も豊富っぽいし、頭のいい人が書いた小説なんだなーっ。でも、そんな頭のいい人が、何故それらの締めに津波を使ってしまうのか。大津波の後、〈僕〉は、休息するらしいのですが、いとうせいこう作『想像ラジオ』のＤＪの意識に寄り添ってお手伝いをした方が良いと思います。

『死んでいない者』。はっとする描写やチャーミングなフレーズがいくつもある。〈地図を見るのは記憶を殺すこと〉とか。ちびっこのおちんちんを〈ぷりっと張った魚の心臓〉にたとえたりとか。数多い親族の人間模様にはさみ込まれる〈はっちゃん〉の登場場面が、何とも味わい深いので、もっと増やして欲しかった。それにしても未成年がこんなに酒飲んで良いの？　私に言われたかないだろうけど。

『異類婚姻譚』。少なからぬ既婚者の背筋を寒くさせたであろう、夫婦あるあるエピソードの数々。これまでの作品のお騒がせドラマクィーンが引っ掻き回す印象とうって変わって、何とも言えないおかしみと薄気味悪さと静かな哀しみのようなものが小説を魅力的にまとめ上げている。


（２０１６年３月）

第１５５回

『短冊流し』。瀕死《ひんし》の状態の幼ない娘に寄り添い続ける父親の傍観ぶりが、どうにも物足りない。できることは寝顔を見ることとだけと思いながらも〈時々、自分の感情を紙に描いてしまいたい気持にもなる〉のなら、逃げずにそうしてもらいたかった。その上で、あえて消してしまったって良かったのではないか。高いハードルをはなから見放すことと、跳んで倒しながらも前に向かうことの、どちらが小説にとって大切なのかを、もう一度考える必要があるだろう。感心するフレーズもある。〈芽を出さずに、土の中でひっそりと、何かを待っている種〉とか。

『美しい距離』。こちらは瀕死の妻に寄り添い、最期を見取り、その後を歩いて行く夫の物語が丁寧に描かれる。瀕死ブームなのか。「穏やかな尊厳ある死」のような〈ステレオタイプの言葉に洗脳されてたまるもんか〉と主人公は思う。に、しては〈すべての人の身体が死に向かっている（中略）誰にでも余命がある。永遠の生はなく、あるのは残された時間だけだ〉なんて、ステレオタイプの文があちこちに登場する。〈感受性の問題〉と何度か主人公はとらえる。そっか、じゃあ、こちらとしては口出し出来ないね、と読み手は、すごすごと引き下がるしかない。あと「〜してあげる」という言い回しが頻出するのが気になった。身内なのに。地の文なのに。

『ジニのパズル』。ここにも、のっけから〈感受性〉という言葉が出て来るよ。今度は感受性ばやり？　そして、文章が荒過ぎる。特に比喩。どうして、こんなにも大仰な擬人化？〈雨の雫が窓ガラスに体当たりするようにぶつかって、無念だ、と嘆きながら流れ落ちていった〉だって……！　わはははは、滑稽過ぎるよ。〈チップスの死骸〉とかさ。ポテト（コーン？）チップスは死にません！　しけるだけ。と、欠点は山程あるのだ。しかし、パワーもすごくある。書かざるを得ない作者の熱が伝わって来る。もっと書き慣れて、より良い形で読み手を圧倒して欲しい。次作に期待。

『あひる』。淡々とした描写の中に、そこはかとない恐ろしさがある。あひるが弟の赤ちゃんのメタファー？　と思ってしまうのは深読み？　そんなふうに勝手に結末以降を想像してみると……怖いです。そして、その余地をこちらに与えてくれる小説の整え方、すごく上手です。

『コンビニ人間』。コンビニという小さな箱とその周辺。そんなタイニーワールドを描いただけなのに、この作品には小説のおもしろさのすべてが、ぎゅっと凝縮されて詰まっている。十数年選考委員をやって来たが、候補作を読んでこんなに笑ったのは滅多にない。そして、その笑いは何とも味わい深いアイロニーを含む。村田さん、本当におめでとう。

（２０１６年９月）

第１５６回

『キャピタル』。その多くは男の作家によって書かれたものだが、時折、ある種の小説世界の中には不思議な男性登場人物が棲息《せいそく》している。彼らは、たいていホテルのチェックインカウンターでこうのたまうのである。「予約していた〇〇だ」……ぷ、そんな横柄な物言いってあり？　と読むたびに私などは吹き出してしまうのだが、この作品にもそういう「何様!?」な男が登場する訳よ。かぎかっこの中では口語体で喋《しゃべ》ってよ、お願い。上から目線の面倒臭い人たちにうんざり。

『縫わんばならん』。長過ぎる。作者が思っているほど、この一族の話はおもしろくない。短編として切り取ったら悪くない、と思わせるエピソードもあったが、書き手の意識がそこに行くこともなく、ただただ冗漫に続く。いったい、どこにポイントを置きたかったのか。

方言？　小説の中で方言がきらめくためには、それに馴染《なじ》みのない読者への細心の注意を払った演出がなされていなくてはならない。方言を書くだけで、小説のチャームが底上げされることはない。そして、田舎の葬儀はよほどの企みと力量をもって描けなければ退屈な他人事のままだ。

『ビニール傘』。題名が効いていないない感じ。もっと、そこに向けてエピソードが束ねられていたら、短編小説としての魅力が出て来たように思う。小説の短かさにおいて、思わせぶりは邪魔になる。〈コンビニで買った五百円のビニール傘の、透明な膜が俺たちを包む〉……へえ、あれ、膜なんだ。〈若い女〉、〈黒髪の女〉、ただの〈女〉、〈彼女〉……誰が誰だか解んないよ！　ただ、このはきだめ感は悪くない。もう少しだけ、すり切れた魅力が出ていればなあ、と感じた。シャビーな情景で読者を引き付けておくのは難しいのだ。

『カブールの園』。候補作の中で、もっともまとまっていて破綻がない。時々、上手だなあ、と感心する箇所もある。たとえば、こんなとこ。主人公が車から降りて深呼吸をするシーンで、何の脈絡もなくこう書く。〈駐車場のコンクリートに、蝗虫《ばった》が一匹だけ止まっていた〉、あるいは、カートを押す母親を描写しながら、ぽんと〈道に蝸牛《かたつむり》がいた〉と一文を置く。クールだね。でも、何だろう、そつがなさ過ぎて物足りない。〈マイノリティがどう生きるかは、当の本人がきめるということだ〉……そうだけど。でも、それ、もっとずっと大変なことじゃない？

『しんせかい』。シンプル　イズ　ベスト。その美点を充分に生かしていて、だからこそ、ここぞというところで文章が光輝く。〈それでもこの星はものすごい速度で太陽のまわりを回っていたから、熱と光の最も届かぬ位置から抜け出して、春が来た〉……ただの文字の羅列が作者の采配次第で新品に生まれ変わる見本。お見事。

（２０１７年3月）

第１５７回

『真ん中の子どもたち』。作者にとっての大切なテーマを扱ったのは解るが、何しろ長過ぎる。後半、主人公が男友達と寝るあたりから始めても良かったのでは。〈洩れる声がことばにならずに音でしかない段階に留まっていることを堪能する〉あたりはすごく良い。ここに、充分に咀嚼《そしゃく》した上でテーマを溶け込ませて行けば、小説として完成されたかも。前半は、料理以前の原材料という感じ。中国語で、漢字表記だから物語に埋め込まれているように一見思えるが、これが、あまり馴染みのない言語、たとえば、ブルガリア語とか、アラビア語とか、ズールー語とか（……は、ないか）だったりしたら、まるで語学のテキスト。

『四時過ぎの船』。登場人物が皆いじらしい。ただし主人公以外。モラトリアムにある閉塞感が今ひとつ伝わって来ない。目の見えない兄や幼馴染みの卓也の方がはるかに〈やぜらしかもの〉を抱えているのに、やぜらしくなく、好感がもてる（使い方正しくないかも）。その〈やぜらしかもの〉をひとつずつ捨てて行った祖母と、この先も〈やぜらしかもの〉をひとつずつ拾って行くであろう自分を交互に配して、やがてすれ違うというアイディアが、あまり上手く機能していない。もっと強い印象を残せなければ意味がない。このまま、同じ土地を同じ言葉で書き綴《つづ》って、サーガなんかにされちゃったら退屈の連鎖になってしまう。どうか早目の対処を！

『星の子』。高田《たかだ》かやの傑作コミックエッセイ「さよなら、カルト村。」を思い起こさせる可愛らしさと、そこはかとない恐ろしさを同時に感じずにはいられない。親を思う子供の純情の外側で、さまざまな不穏なものが蠢いている。十代の頃に観《み》たドリフターズの番組では、危険がせまるのに気付かない志村けんに業を煮やした観客の子供たちが「志村！　後ろ後ろ！」と叫ぶのがならわしだったが、そんな気分になった。ちーちゃん、星！　星！　って。ラストで父と母に両側から強く抱き締められた主人公は否定出来ない枷《かせ》をはめられたようにも思える。今回は受賞を逃がしたが、この先も目の離せない作品を書き続ける人だと確信している。

『影裏』。釣りの話かと思えば、ＬＧＢＴの元恋人のエピソードがあり、友人日浅と映画「ブロークバック・マウンテン」のような成り行きになるかと思えば、震災が彼を奪った……かと思ったらその父親から息子の正体が語られる。ぽつりぽつりと置かれた描写をつなぐのは、主人公の背後にまとわりつく彼の存在。まるで、きらきらと輝く接着剤のような言葉で小説をまとめ上げて行く。うまいなー。日浅のお父さん、相当息子を愛しているね。背徳的な意味で。

（２０１７年９月）

第１５８回

『愛が挟み撃ち』。男（ゲイ）→男（ヘテロ）→女（ヘテロ）……と来て、また始めに戻る愛の一方通行トライアングル。あんまり嫌な人間ばかり登場するので、かえって私の与《あず》り知《か》らぬリアリティがあるのかと思いつつ興味深く読んで行ったのだが、最後に思わず叫んでしまいましたよ。真面目にやれーっ！　この作者にとっては不妊治療も愉快犯的ネタのひとつなんでしょうね。でも、それは、ユーモアが世界を救うということとは全然違う。そもそも、こんなトリッキーなやり方しなくても三人で子供を作る方法ありますよ。教えてやろうか？

『ディレイ・エフェクト』。アイディアもおもしろいし、文章もシンプルですんなりその世界に入って行ける。物語の住人になってやきもきすることも怯《おび》えることも出来る。作者が伝えたいことは、きちんとこちらにも伝わる。でも、何故だろう。全然もの足りない。小説に必要な大事な無駄という要素がない。こぢんまりとした良い話で終わってしまった感じ。題名も、そのまんま過ぎて、そそられない。もっとじっくり作り込んでみてはどうか。

『雪子さんの足音』。丁寧に丹念に描いた何とも言えない薄気味悪さから目を離せなかった。主人公、雪子さん、小野田さん、この三人の奏でる不協和音が、いつのまにか不気味なケミストリーを起こして溶け合って行くさまが興味深かった。そして、それを引き立てているのが時間経過の描写や比喩の上手さ。緻密で豊かな色彩に満ちている。願わくば、この不穏な感じを最後の方でピークに持って来て欲しかった。主人公、めちゃめちゃふてえ小僧じゃないですか。大人になって、感傷を身に付けたそれなりにいい男みたいになっているのがずるいよね。ここで単なる思い出話みたいになってしまった。

『百年泥』。これは、まず題名に引き付けられた。そして、そのままインドの洪水の泥に搦《から》め捕られたような気持で読み進めた。まず、主人公の女の口調がいい。話すように書きながらも、書き言葉でないと成立しない文体の勝利。年季入ってんなー、この人、と思った。外国に住む日本人を描いた、よくあるエトランジェ系自分捜しではなく、かの地の、文字通り泥の中から引っ張り上げた自身のピースが存在感のあるコラージュを完成させた。労作にして傑作。

『おらおらでひとりいぐも』。チャーミングな東北弁でやり取りされる七十四歳桃子さんの「脳内ポイズンベリー」。昔行ったことのあるアメリカ南部の田舎町のひなびたジュークジョイント、そこで聴いたブルースの掛け合いを思い出した。ファンキーで力強く、そして、どこか哀しい。もはやこれは東北弁であって東北弁ではないね。若竹《わかたけ》節と言えるかも。野蛮で

（2018年3月）

秀逸。

第159回

『美しい顔』。東北の震災をテーマにしたノンフィクション作品や被災者の手記の盗用、剽《ひょう》窃《せつ》にあたるのではないかと物議を醸したこの候補作。本当にそうなのかと、初出の編集部が未掲載であったとする参考文献を読んでみた。で、出版社が言うように、確かに盗用にはあたらないのだろうなあ、とは思った。……が、じゃあ法律的に問題がなければそれで良いのか、というとそうではないだろう。だいたい資料に寄り掛かり過ぎなんだよ！　もっと、図々《ずうずう》しく取り込んで、大胆に咀嚼して、自分の唾液を塗りたくった言葉をぺっと吐き出す、くらいの厚かましさがなければ。何とも素直というか、うかつというか……。そして、事実を物語に巻き込んで行くような筆力があるのに、冒頭の比喩や結末に向かう流れが驚くほど凡庸なのが気に掛かる。こういうところこそ、作者のオリジナリティの見せどころではないか。実力はあると信じているので次作に期待。外野につべこべ言わせないような力強い作品を望む。仕切り直しだね。

『しき』。愛らしい少年たちが魅力的。しかし、あまりにも長過ぎる。そして、アフォリズムめいた箇所が多過ぎる。その大半が、こんな小僧どもに言われたかないよ、という代物。

存在の耐えられないポエム感というか。意識的なひら仮名の多用が、それに拍車を掛けている。やり過ぎて無垢《むく》というより無知に見える。〈ノスタルジーをふくむ男子のよるべないきもち〉という一文が出て来る。ねえ、照れないの？　そういう言い回しなしにそういう〈きもち〉を描いて欲しかったな。そんな中、杉尾少年だけがきらめいていて心魅かれた。

『風下の朱』。印象的な表現を求め過ぎたのか、凝り過ぎて意味が解らなくなってしまったような一文がところどころにある。〈骨になるというただ一つの望みを頼りに、永遠の不動に身を沈めたようだった〉とか、〈押し黙り、影を受け入れ、淡く残った最後の色を恥じるように振り捨てていた〉とか。女の〈瘴気〉や〈ソフト臭さ〉を持ち出す侑希美さんの病み方が、興味深くも痛々しい。ソフトボールの上野由岐子《うえのゆきこ》投手に会うべきだと思う（余計なお世話ですが）。

『もう「はい」としか言えない』。唯一の大人たちの物語、と期待して読んだら、これが一番（年食った）子供らしい話だった。手練《てだ》れの技による愉快なトンデモ体験記として楽しく読めたが、最後は結局、妻と話したいと思う主人公。だったら、最初から話しなよ、と力が抜けた。

『送り火』。ここでは全然愛らしくない少年たちが、それぞれのファイトクラブでくすぶっている。この作者は、どんな「穢《けが》れ」を描いても、そこに澄んだ空気を運んで来る。陰惨なエピソードの合間にある、自然、人間、食べ物……などなど、それらの色彩や匂いが印象的でぐっと来る。完成度に感嘆しながら、受賞作に推した。

（2018年9月）

第160回

『平成くん、さようなら』。死をこのような形で取り上げるのなら、もっと徹底的に軽々しく扱って欲しかった。そうしたら、そこから独自のリアルが顔を出したかもしれない。でも、ここでは、父はカルト宗教に関わった犯罪者、母は自殺、本人は失明の危機という三重苦。で、安楽死願望？　マジですか？　この作者は、発表の翌朝、TVのワイドショーで、「純文学にはうじうじする主人公が多いけど、自分の作品は自己肯定だから駄目だった」というような落選の弁を述べていたが、これまたマジですか？　自己肯定ではなく自己過信の間違いではないのか。そして、小説を腐らせるのは、まさにその自己過信なのだが……やれやれ……平成くん、さようなら。

『戦場のレビヤタン』。石油精製施設周辺の埃《ほこり》っぽい感じがよく伝わって来て上手い。でも、それは、小説の上手さとは別物のような気がする。ところどころに大仰な一文が見得を切るように表われる。〈ただ、死だけは確かに在る。救済としての死が。〉……って……〈傭兵〉さん、あなたはいったい誰なんです⁉　そんなこと言ってる間に撃たれちゃうよ⁉

『ジャップ・ン・ロール・ヒーロー』。ナイスアイディアの中で、「ヘドウィグ・アンド・アングリーインチ」のような物語が展開されるのかとわくわくしていたら全然違ってガックリ。壮大なようでいて、結構せこいこの話。もっとおもしろくなる余地はいくらでもある。途中、スラップスティックの様相を呈して来たあたりから、アイディア倒れになってしまった。残念。

『居た場所』。女の居た場所に男が追い付き、二人の場所が重なり合い、そして、またずれて……そうやって微生物さながらに発酵して行く関係が何ともいじらしい。ラストの〈優しい言葉〉に関する記述が読む側をじんわりと温める。その読後感の良さ。もう少し、背景の事情説明が欲しかった。

『1R1分34秒』。文章全体から、この作者、そして登場人物たちの「引くに引けない感じ」が漂って来て胸にせまる。途中、いくつもしびれるフレーズが出て来て、思わず拍手したくなった。〈ボクサーでしかありえない情緒がそこにある〉とか。読み進めれば進めるほど登場人物二人の味方になれる。

『ニムロッド』。ここには小説のおもしろさすべてが詰まっている。それらしい表現などひとつも使っていないのに、何故だろう、すごくエロティックな空気に作品全体が包まれているように感じた。途中〈小学生の頃、登校してすぐに育てていた朝顔を見に行く時のような、子供じみた好奇心〉とある。私も、そんな気持になって読み進めた。わくわくした。

受賞作となった二作を推した。まるで異なる二作品に共通しているのは、小説に対峙する誠実さと、その際の孤独を引き受けているのがうかがえること。全然、うじうじなんかしてないからねっ！

（２０１９年３月）

第１６１回

『百の夜は跳ねて』。いくつも列記されている参考文献の中に、書籍化されていない小説作品があるのを知った。小説の参考文献に、古典でもない小説作品とは、これいかに。そういうのってありな訳？　と思ったので、その木村友祐《きむらゆうすけ》作『天空の絵描きたち』を読んでみた。そして、びっくり！　極めてシンプルで、奇をてらわない正攻法。候補作よりはるかにおもしろい……どうなってんの？　候補作に関しては、前作よりも内面が丁寧に描かれていて豊か、という書評をどこかで目にしたが当然だろう。だって、きちんとした下地が既にあるんだからさ。いや、しかし、だからといって、候補作が真似《まね》や剽窃に当たる訳ではない。もちろん、オマージュでもない。ここにあるのは、もっと、ずっとずっと巧妙な、何か。それについて考えると哀しくなって来る。『天空の絵描きたち』の書籍化を望む。

『ラッコの家』。方言を多用し過ぎて、効果的な域をはるかに越えている。なかなか作品世界に入って行けなくて、前半は意味を汲《く》み取るのにも難儀した。カヨコとかタツコとかケイコとか、誰が誰やら解らなくなってしまい、しまいには、コストコまで女の名前に思えて来た。しかし、後半、タツコひとりの描写になると、俄然《がぜん》、味わいを増す。冷静な地の文あってこそ、方言はエキゾティックな魅力を獲得するのではないか。

『五つ数えれば三日月が』。胸に秘めていた長年の想い人《おもびと》への抑えた気持が流れ出て止められなかったのか、あまりにも大仰な比喩が目立つ。〈初春の午後の陽射しは気怠《けだる》げに窓ガラスから室内に滲み込み、彼女を金色に染め上げた〉とか。もう少し油を差した言い回しで彼女を描写出来ていたら、主人公のせつない気持が自然と引き立っただろう。ラストでは、思わず応援したくなってしまった。作中の食べ物もおいしそう。〈羊肉泡饃《ヤンローパウモー》〉とか。涙袋に目を止めるセンスも良い。

『カム・ギャザー・ラウンド・ピープル』。変態〈お腹なめおやじ〉に本当はなめられているのに〈なめられていないほうの女子〉に分類されてしまった少女の受難は、大人になる過程でも続く。主人公が止めることないその歩みを、真摯に描いていると感じた。自分なりのリリーフを求め続ける彼女が健気でいじらしい。せっかくのボブ・ディランをもっと活用しても良かったかもしれない。

『むらさきのスカートの女』。読みながら〈むらさきのスカートの女〉を追っている内に補色の〈黄色いカーディガンの女〉がページを横切って行く。その二人の女にまどわされる小説の楽しみ。少しも大仰でない独特の言葉で、そこはかとない恐怖、そして、おかしみの点在する世界に読み手を引き摺《ず》り込む手管は見事だと舌を巻いた。

（２０１９年９月）

第162回

『幼な子の聖戦』。たった数行の間に、〈肛門をさらした無名のおれ〉〈「身から出た錆」ならぬ「股間から出た錆」〉〈「自業自得」ならぬ「股間自得」〉〈おれの股間がもたらしたもの〉、なんて文言が続く。ウォシュレットでいかに肛門の襞《ひだ》を洗うかで、やはり数行を費やす。しつこいよ、肛門期の子供か。〈幼な子〉と幼稚な大人は全然違うし、下卑ているということと下卑た人間を描くことも違う。この作品は、がんばってはったりかまして下卑ている。

『最高の任務』。主人公の女が作者の頭の中で組み立てられたまま、ぎくしゃくと油を差されないで動いている感じ。特に、家族と乗った列車の中で、粘着質の性的視線を送る中年男を翻弄して窮地に追いやる場面にはうんざり。これ、おとり捜査じゃん！　なんて嫌な女だ。もっと小気味良くこらしめる術《すべ》などいくらでもあるのに。〈眉間にたまった涙感を息へ逃がしたら声が震えた〉、〈滲んだ涙を暮れの空に吸わせる〉、〈声帯が素敵にりぼん結びされている〉……えーっと、これ、文学的な表現ってやつ？　いちいち自意識過剰。

『音に聞く』。書き言葉のように喋る人たち。あ、書いてんのか。〈一音一音の滑らかな断面は、個々に宝石のようなまばゆい銀白色の反射を生じ、窓から差し入る夕方の光は鐘の音に含まれている無数の淡い余韻で彩られ、透徹した幻想が窓を隔てた戸外の冷気に漲っていった〉……いったい、どんな鐘の音なんだ!?　手書きの私がこれを書き写していると、まるで苦行だ。そういう箇所はいくつもあり、一見、流麗に見える文章が実は貧弱で空疎なのを露呈してしまっている。十の比喩を一に減らして、もっとシンプルで確実な、肉体からの言語で書いてもらいたい。

『背高泡立草』。同じ場所に確実に存在する異なった時の流れを交錯させるのは、この作者の真骨頂だろう。今回は、そこに、さまざまなドラマをはさみ込み厚みが出た。それらはもう過去に置き去りにされた物語だが、読み手の心には現代の情景の補色のように残像を残す。もっと、現代と過去を結ぶキイワードのような言葉（たとえば、ヨシジュウ、ジュウザブロのような）を出しても良かったかもしれない。正直、毎回この一族の物語を読むたびに、また付き合うのか、と感じていたが、今回、また出会えた！　と思えたのは収穫だった。

『デッドライン』。性愛にいちいち哲学を持ち出す面倒臭い男だなあ、と思うことも含めて、リアリティに満ちていると感心した。「女性になりたいわけじゃない」という言葉を何人のゲイの友人の口から聞いたことだろう。そして、その昔、何故か入れたパリのハッテン系のクラブで私も同じことを思った。「もったいない。バカじゃないのか。抱かれればいいのに。いい女に」。つまり、これは、セクシャルヒーリングを巡る普遍的な青春小説なのである。妙なことに北杜夫《きたもりお》氏の『どくとるマンボウ青春記』を思い出した。青春は可愛い。

（２０２０年３月）

第163回

『アウア・エイジ（Our Age）』。「バグダッド・カフェ」「ギルバート・グレイプ」「ベティ・ブルー」などなど。これらの映画の共通点は「塔」だと、遠い目をしたその女は言う。でも、私には、九〇年代前半あたりに数多く棲息していた、エキセントリックぶりっこの困ったちゃん女があげる共通フェイヴァリット・フィルムに思える。途中、死んだその女の抱えていた謎（そうだ！　この種の女は必ず謎めいた過去を抱えている）を主人公の男が追うあたりは少しおもしろい。でも、最後にまさかの語呂合わせめいたポジティヴ・シンキング……あー、もう!!

『アキちゃん』。ラストまで読んで、大変良く出来ました、と小さく拍手。大学で、ばったり再会した元同級生と「荒城の月」を口ずさみ、〈「昔の光　今いずこ」を重ね合わせて、安直でうすっぺらい物思いにふけったわけではない。それをしたのはもっとあとのことだ。〉うんうん、解ったよ。でも、小説って〈それ〉を手間暇かけて引っ張り出し、修復するものだと思う。その時、〈それ〉は別に描かれなくたって良いのだ。しかし確実に存在させなくてはならない。その面倒を引き受けることに意識的にならないと、他愛のない素人仕事のまだ。

『赤い砂を蹴る』。作者が太宰治《だざいおさむ》の孫であるとか、津島佑子《つしまゆうこ》氏の娘さんであるとかの報道を知らずに読んだ時には、こう思った。もったいない、と。作者だけにしか経験出来ない記憶を沢山持っていそうなのに、全然、芯の部分にタッチ出来ていないような隔靴掻痒《かっかそうよう》感。わざわざ、ブラジルを舞台にした甲斐《かい》がないよ、と。そして、作者の出自を知った後は、こう思ったのである。ますます、もったいなーい！　もったいないのも高じると、もったいぶっている状態に近くなる。開き直って、向き合わなくてはならない喪の仕事を自分なりにディープにまっとうすべきだろう。幼ない我が子を亡くしたのをテーマにしたあなたのお母さんの作品には、多くの読者が既に絶大なる敬意を払っているのだ。今度は、自身の番と覚悟を決めるべきだろう。

『首里の馬』。この作者の小説には、いくつもの世界がパラレルに存在していて、それをつなぐ鍵となるものが、今回は沖縄の宮古馬。その馬に乗った作者の視点が物語を牽引《けんいん》し、文学にしか出来ない冒険に読者を誘《いざな》ってくれる。マイクロＳＤカードと骨を結び付けるところなど、心地良く感傷的だ。

『破局』。ほとんどゾンビ化している人間たちによる群像劇、と読んだのは、私だけだったようだ（ほら、走ってタックルするのは、ラグビーかアメフトかゾンビだし）。そんな勝手な読み方をしたせいか、私にとって一番おもしろかったのが、これ。途中、身も蓋もない下品な表現がいくつも出て来る。けれど、少しもみすぼらしくない。この作者は、きっと、手練れに見えない手練れになる。

（２０２０年９月）

第164回

驚いた。候補になった五作品の内、四つが少女を主人公にしたり、重要なモチーフとして使ったりしている。偶然なのか、はやりの「この御時世」ってやつなのか。それとも……考えていると暗澹《あんたん》たる気持になって来るので、さっさと選評に移ろう。

『小隊』。この作品だけ気の毒な少女が出て来ない。〈憤懣と憎悪とその他雑多な想念に押しつぶされそう〉な男たちの戦闘の描写が、これでもかと続く。軍事系マニアでない読み手には、とてもつらい。映画「プライベート・ライアン」の一番埃っぽい戦闘シーンを切り取ったような退屈さ。冒頭に登場するグラマーでエッチなお姉さんを、もっと活躍させて欲しかったです。

『コンジュジ』。主人公が少女から大人になる長い時の流れの中で、すがるように恋をして心のよりどころとするイギリスの伝説的ロッカーの生涯が、さまざまな形で描かれる。それは、主人公にとって生きるために重要な資料となるのであるが、これ、私などの年代からすると、東郷《とうごう》かおる子《こ》編集長時代の「ミュージック・ライフ」に重なってしまい、ものすごい既視感に襲われてしまうのだ。つまり、ステレオタイプ。どうせなら、もっとそれを突き詰めて「ミーハーは素敵な合言葉（東郷さんの御言葉）」というところまで行けたら、主人公の深刻な状況と悲痛な叫びがもっと浮き上がったかもしれない。

『旅する練習』。ここに登場する少女の言動は、もうとうに死語となった「元気印」という言葉を思い起こさせる。八〇年代後半、朝日ジャーナルとか読むおじさん（叔父さんではない）が大好きだった「元気印」の女の子たち。そして、そこに、これまた彼らの好みだった傷付きやすい困ったちゃんの女を絡ませる。そして、結末は……私には、たくらみが過ぎてあざとく思える。本当に練れたたくらみは、小説世界の深いところに身を隠して、ほとんど存在しないように見えるものだけど？

『母影』。今回、取り扱い注意の少女ばっかり登場で辟易したのだが、この作品もそのひとつ。男の書き手がそういう少女を描くと、自らの求めるイメージを投影し過ぎる。自分の好みの傷付きように沿って、彼女らを傷付かせるのだ。年若い女の子をコントロールし過ぎ。むしろ、私は、少女のお母さんを主に書いてもらいたかった。時々、登場するきらめくようなピュアな言葉は、欠落を抱えた母親をいたいけにひき立てるだろう。

『推し、燃ゆ』。今回、出会った何人かの少女の中で、この〈あかりちゃん〉だけが、私にとって生きていた。確かな文学体験に裏打ちされた文章は、若い書き手にありがちな、雰囲気で誤魔化すところがみじんもない。完成度は高いが、このまま固まらずに、どんどん色々な雑誌で書いて世界を広げて欲しい。

に、しても、次は、大人同士の話が読みたいです。

（2021年3月）

第165回

『氷柱の声』。大震災という誰もが知る悲劇を、ステレオタイプに陥らないように描こうとすればするほど、避けていた筈の「絆《きずな》」や「希望」に近付いてしまう不思議。主人公が滝の絵を描いていた筈なのに、何故か読み手には、それが、がれきの下から芽生えた朝露をたたえた双葉の作品と重なって見えて来る。あれれ？　と思っていたら、十年後には桜の絵を描いて誉められて泣く……震災をモチーフに使った成長物語……だったのか。

『水たまりで息をする』。何しろ長過ぎる。ずうっと水浸しになっている、この奇妙な夫婦の話をもっとタイトな感じにまとめたら、不気味な、けれども目を離せない魅力の漂う短編が三つ四つ出て来そうだ。夫と妻が互いの何かを食い合うことで愛し合うような、そこはかとない恐ろしさを感じた。

『彼岸花が咲く島』。前半の三人の少年少女たちのパワーに満ちた言語が交錯するさまを彼岸花が彩るあたり、小説世界を構築する意欲に満ちていて素晴しい。このまま進んで、灰谷《はいたに》健次郎《けんじろう》の訳したマイケル・ドリスの『朝の少女』のように終わったりしたらせつないなあ、などと思っていたら、後からびっくり仰天。語られる島の歴史が、あまりにもマン・ヘイター的なのだ。〈男がいつでも好きな時に女を殴ったり、犯したり、殺したりできるんだ。オカスってどういう意味かって？　そりゃ、無理やり子供を生ませるっちゅう意味さ。〉……

ふう。もしもそこに真実が含まれていたとしても、私は、そう出来なかった男を捜し出して描くことが小説の仕事だと思っている。そして、こういう重要な一文の主語が「男」という普通名詞であってはならない。

『貝に続く場所にて』。小説でしか出来ないやり方で、死者への鎮魂を描こうとするのは、りっぱ。しかし、作者が「文学的」と信じている言い回しが読んでいて照れ笑いを誘う。〈意味の解けた物の塊の映像が別に浮かびあがり、歯痛を真似て疼き出した〉とか。うぷぷ……全然、意味解んないよ！

『オーバーヒート』。昔から「哲学書を読む娼婦」は文学に愛されて来たが、「娼婦の振る舞いをする哲学者」は嫌われるらしいのだ。〇を付けたのが私だけだったのは何とも残念だが、ひとつだけ言いたいのは、この作品で語られる「男」が普通名詞のそれではないということ。それは、すね毛を覗かせている育ちの悪そうないい男であり、共にお祭りに行きたかった切れ長の目の晴人であり、絢爛《けんらん》な過去の刺青を消し切れなかった大地であり、そして言うまでもなく、アイロニーが滲み出る年齢になった〈僕〉である。テーマや描き方が古いという指摘もあったが、チャーミングなあばずれの行状に古いも新しいもあるものか。

（２０２１年９月）

第１６６回

『オン・ザ・プラネット』。良くも悪くも若者の特権に満ちている。誰もが決して突出することなく（つまり、責任や使命感から、あらかじめ解放されて）、ロードムーヴィーやロードノヴェルの主人公になれる御年頃たち。絶対にグループ行動するんだよなあ……このガ……もとい若者たちは。とうの昔に、ピュアもすれっからしも通り越して来ちゃった年寄からすると、気恥ずかしく、むず痒く、しっかりしろ！　眠ったら死ぬぞ！　と肩を揺さぶりたくなる。若い人たちに八〇年代ブームが来てるというけれど、これも、死をアクセントに使うあたりが、ディテイルと相まって八〇年代っぽい。意味あり気で意味のない問答も。

『皆のあらばしり』。栃木県の高校生のあり得ない話し方と、関東の人間の神経を逆撫《さかな》でするこてこての関西弁のやり取りが、あまりにも不自然……と言いがかりを付けようとしたら、最後の種明かしで、読み手は、まあ！　そうだったのね！　と納得する……と思ったら大間違いなのである。こういう仕掛け、いらないから。むしろ、このエンディングから始めてしまう潔さがあっても良かったと思う。あそこから展開する小説なんて馬鹿みたいでおもしろいよ。それだったら、栃木弁なしの高校生も、こてこての関西弁のおっさんも大歓迎だ。

『Schoolgirl』。すごくおもしろい小説世界の、まだ導入部という感じがする。これは、先の二作と違って、もっともっと仕掛けに仕掛けて欲しい。そして、あの太宰治の作品の中でも、もっとも気持の悪い（当社比）『女生徒』のはるかに上を行く気持悪さを獲得して欲しい。昔の小説を自分の作品世界に組み込むということは、敬意を持って、それを蹂躙《じゅうりん》する覚悟が必要である。ちょっと及び腰だったかも。なお、他の選考委員が指摘した新しいトライアルのようなものは感じなかった。田山花袋《たやまかたい》の『蒲団《ふとん》』を上手い具合に取り込んだ中島京子《なかじまきょうこ》さんの『ＦＵＴＯＮ』のような先行作品もあるし。現代的な母と娘の関係があるという視点もしかり。これって、個別案件だし。

『我が友、スミス』。小気味良い語り口で読ませる。でも、なんか引っ掛かりがないなー、と感じていた時に、たまたま、ビキニアスリートの一日を追ったドキュメントを観た。彼女の生活は、まさに、この小説の主人公と同じで、すべてが筋肉のためにある。しかし、映像の中の生身の女性は、体に必要な栄養とは別に、ランチにおはぎ四個を食べて至福を味わうのである。その食べっぷりの見事さを見て、あ、この小説にも、おはぎ的なものがあればなあ、と惜しい気持になった。

『ブラックボックス』。新しい古いと論じられる類の小説ではないと思う。「青春の殺人者」的要素を持った小説は、いつの時代でも生まれ続ける。なかなか来ない刑期満了の人生の息苦しさを描いたこの作品に最終的に◯を付けた。

（２０２２年３月）

第167回

今回、芥川賞候補者五人全員が女性、そして、直木賞受賞者も女性だったことで、ある種のメディアは「世相」とか「時代」とかに絡めて、あらかじめ報道内容を決めていたらしい。記者会見で最後に質問したTVの報道番組の記者は、選考委員から番組の作った解答を引き出そうと必死だった。その番組スタッフは、選考会前日になってから連絡して来て、資料を送れと要求していたという。と、いうことは、候補作を読まないまま質疑応答にのぞんだってこと？　候補作発表から選考会まで一ヵ月もあったというのに丸投げ？　唖然《あぜん》呆然である。TVの劣化が囁《ささや》かれて久しいが、まさか、ここまでとは……。

ジェンダーフリーとか、多様性とか、女性の社会進出とかと結び付けて、お手軽にアップ・トゥ・デイト感を出そうとしたのだろうが、小説家の感じ取る世相は作者個人のもの。言うまでもなく、今回の女性候補者たちは「男女機会均等法枠」で選ばれたのではなく、小説作品の質が高いから最終的に残ったのである。小説の出来に「均等」なんてないよ！　そこ、ヨロシク。

『家庭用安心坑夫』。〈彼女の三十余年の人生において、まちがいなく、もっとも主体的な一日〉は、おかしくてチャーミングで、そして、不気味な時間が交錯し、引き付けられながら読んだ。しかし、ちょっと凝り過ぎでは？　ツトムとサナが上手く嚙《か》み合ってない気が。

『ギフテッド』。題材、テーマ、文章力、どれも、まさに「ギフテッド」ではあるのだが、描写が説明文のようになりがちだ。十行の説明を、たった一行で表わすのを「小説」という。もっと、つたなく書いてみては？〈最後の詩〉のように。

『N／A』。正しいことの正しくなさ。ずれの恐ろしさ。偏見のなさの厚かましさ。それらに傷付けられながらも一所懸命に紋切り型から逃れようとする主人公がいじらしい。大切に一文を重ねて行っているのが解る。でも、時々出現する御丁寧で大仰な比喩が興を削《そ》ぐ。〈金切り声を上げて扉が開いた〉とか。それらを一度全部取ってみたら、いっきに洗練されると思う。小説における洗練とは野蛮さに磨きをかけることだ。

『おいしいごはんが食べられますように』。私を含む多くの女性が天敵と恐れる「猛禽《もうきん》（Ⓒ瀧波《たきなみ》ユカリさん）」登場！　彼女のそら恐ろしさが、これでもか、と描かれる。思わず上手い！　と唸《うな》った。でも、少しだけエッセイ漫画的既視感があるのが残念。

『あくてえ』。これまでも老人介護の作品はいくつかあり、受賞もしているが、皆、ポップな方向に逃げている。しかし、これは、ガッツリ向い合っているところを評価して〇を付けた。世界平和より、今、こちらを訴えたい人は多い。どうせなら、作家になるところまで書き切って欲しかったよ。

もしも、来年、候補作全部が男性作家によるものだったら「世相」と「時代」に逆行していると責められるのだろうか？　でも、誰が誰を？

（２０２２年９月）

第168回

『ジャクソンひとり』。トリッキーな設定で人々の心の内なる差別意識をあぶり出す、アメリカの黒人監督ジョーダン・ピールを思わせるユニークなアイディア。惹き付けられるが、文章と構成が恐ろしいほど荒けずり。「荒けずり」は、若いほんの一時期だけに与えられる誉め言葉。これからは、細心の注意を払って、吟味された野蛮さを獲得して行って欲しい。次のステップに期待。あ、ちなみに私は、アメリカで「アーユー　ヨーコ・オノ？」と聞かれたことが何度かあり、そのたびに、年、違う！　と全力で否定していました。

『開墾地』。大長編の導入部で終わっている気がした。この作品の向こう側に一歩踏み出せば、言語と言語の間にある言葉にならないものの深みある世界が広がっている筈だ。ラッセル少年が肌で感じ取って来たものは、どんなに世の中に便利なツールが出現しても、言葉を扱う限り、極めて大事なものだ。それを作者だけの言語世界を駆使して小説に仕立てて欲しい。

『グレイスレス』。前の候補作品との比較など詮ない、とは思いつつも、一読して、ああ、そっち方向に行っちゃったか、と口惜しく感じた。ブルジョア的な祖母と母の描写とAV業界の人々のありようとが上手くつながっていないし、そのせいか、主人公を始めとした登場人物の女たちが、くすんでしまって背景から浮き上がって来ない。どんなに長いセンテンスで主人公の「化粧師」が語っても、ドラマ「全裸監督」の伊藤沙莉《いとうさいり》演じるヘアメイクの女の魅力全開の五分間には及ばない。つまり「持って行かれる」か否かということだ。これだけの筆力があるのに、本当にもったいないない。作者の内なる上品と下品の定義を、一度ぶち壊して再構築してみたらどうだろう。そうすれば、グレイスのなさに価値が宿る。

『この世の喜びよ』。私の読み方と他の選考委員のそれはずい分と違ったようだ。私は、この作品に、そこはかとない恐ろしさを感じたのだった。喪中の女の喪がようやく明けて、そこに福音が待ち受ける。けれど、それを一方的に伝えられるフードコートの少女は、どんな気持なんだろう。平易でありながら選び抜かれた言葉が、いっきに不穏さを増す瞬間。狭い世界。逃げ場はもうない。ねえ、これ「喜びホラー」とでも言うべき作品なんじゃない?

しかも、A級。やっぱり誤読?

『荒地の家族』。震災を便利づかいしていない誠実さを感じた。そして、同時に、小説のセオリーを知り尽くした書き手だと思った。普通、そういう人はあざとさを感じさせてしまうものだが、この作者は違う。ずるもはったりもない。にもかかわらず、悲痛な日常を書いてなお、小説としておもしろいのである。頭、まっ白になった「逆」浦島太郎に幸あれ、と心から思った。

（2023年3月）

第169回

このところ何度となく、「芥川賞選考会は、他のジャンルから出て来た候補者には授賞しないと決めたようだ」という当て推量めいた文言を目にしたのだが……いいえ、そんなこと全然ありません！　元来、この賞は、「若者」「よそ者」「バカ者」にたいそう優しい。でも、それだって、作品の出来次第……っていうか、はあ？　いったい誰に向かってモノ言ってんの？　って感じ。

『それは誠』。中学の頃、庄司薫《しょうじかおる》の『赤頭巾ちゃん気をつけて』を読んで、ケッと思ったひねくれた私。それから半世紀を経て、全然変わらずにひねくれたままの自分に気付かされた。修学旅行のグループ編成ではじかれてしまった時の気分をいまだ持ち続けているいじけた私には、この作品の良さがどうしても解らないのである。吃音《きつおん》の扱いも気になったし。

『エレクトリック』。これまで、この作者の良さは「知性と野性はあざなえる縄の如《ごと》し」とでも形容したくなるような言葉から滲み出る冷気と熱気のもつれ具合にあったと思う。今回は、それらがほどけて点になってしまった印象。フィラメントがブチブチ切れていて、肝心のエレクトリック仕様な要素はつながらず、よって明かりも灯《とも》せない。一度、セクシュアリティから離れてみても良いかもしれない。あるいは、もっと、とことん突き詰めてみるとか。何か中途半端な感じがして、残念だった。

『##NAME##』。今の時代にしか存在しない、ある種限られた世界のキラキラしいディテイルと、消費されては生まれる言葉がちりばめられていて、読んでいてとても楽しめた。ところが、新しいものに、これほど彩られたこの小説、何だか古い感じがするのである。この「古さ」は、本来、「普遍」に通じるもので、それはまた「不変」を勝ち得ることも出来る。そこに行くスキルを磨くには、紋切り型の言い回しを止めること。

『ハンチバック』。障害者に受賞させて話題作りする芥川賞……みたいな文言をあちこちで目にしたが……はあ？　いったい誰に向か……（以下略）。文学的に稀有なTPOに恵まれたのはもちろん、長いこと読み続け、そして書き続けて来た人だけが到達出来た傑作だと思う。文章（特に比喩）がソリッドで最高。このチャーミングな悪態をもっとずっと読んでいたかった。〈読書文化のマチズモ〉のくだりは痛快。ちなみにそう見られがちな私は、ただの紙偏愛者。これはフェティシズムである。

『我が手の太陽』。余計な主語がない。悦に入ったメタファーもない。私は、この種の仕事に関してまるで無知なのだが、作業する現場、集中する作業員の手許までが、はっきりと見える気がした。正確な描写で現実にないものを正確に浮き彫りにしたと感心した。

『ハンチバック』とこの作品二つに丸を付けた。

（２０２３年９月）

第170回

『Blue』。時々、どうにもこうにも我慢出来ないムズムズする文章が出現して、うわーっと叫び出したくなる。〈春のひだまりの中の泉のような、やわらかくきらきらとした声だった〉とか。SNSの文言もポエム率、高し。そして時々、会話の中で発言の主が誰が誰だか解らなくなる。他者との差異をまずジェンダーありきでとらえ過ぎて、登場人物それぞれの個別の本質をつかんで書き分けていないからではないか。に、しても、ブルーって言葉、どんな表記にしても取り扱い注意だよね。

『アイスネルワイゼン』。一読して、うわーっ、もう、どいつもこいつも！　とぼやきたくなった。主人公は、三十二才。この子供っぽさは、病んでいるせいなのか。ピュアだからなのか。美容院の予約を取るより、病院の予約を取った方がいいよ（はっ、意図せず駄洒落に⁉）。〈ママのみれる目ください。スイチは、がまんします〉と目の見えなくなったお母さんのために、そんな願いを書く子供。そして、それをわざわざ口に出して、子の母に伝える主人公。さらに、うわーっ、である。

『迷彩色の男』。一行ごとの改行。数行ごとの行間アキ。この種のスタイルが効果的に働くのは、その余白を言葉で埋め尽くす気概があってこそ。雰囲気作りや、イン・ザ・ムードの演出のために空白を利用してはならない。行間を生かすためには、高度な技巧がいるのだ。

一九八〇年公開の映画「クルージング」では、アル・パチーノ演じる主人公の警官が、殺人事件の捜査のために、ハードゲイ専門のファックバーをクルージングして、ミイラ取りがミイラになってしまう。こちらは行間なしの傑作。なんか、それ、思い出した。

『猿の戴冠式』。この作者独特の変なセンスに満ちていて、おもしろかった。スピード感もあるし……と思っていたら、後半、そのスピードが出過ぎたのか、ランナーズハイ状態になってしまった。落ち着いて書こう！　と読んでいるこちらがペースメーカーじみた気分に。しかし、そんな読み手を置いてけぼりにして、小説はラストスパートへ。あえて、逆走してみても良かったと思う。〈ありがとう〉〈どういたしまして〉となり合う瞬間は快感だったが。

『東京都同情塔』。硬質でＡＩっぽい文章が続く中、時折、叙情的なパートが魅力的に浮き上がる。〈葉の一枚一枚の音が、翻訳されるのを待っている秘密のメッセージに聞こえる〉とか。世界的建築家のサラ・マキナさん、哀しくて憐《あわ》れでチャーミング。東京都知事にも読んでもらいたいこの発想。同情塔へのパス、欲しいです。

（２０２４年3月）

第１７１回

選考会直前に、文芸評論家の栗原裕一郎氏が週刊新潮のコラムで、こんなことを書いていた。授賞に主催者側の思惑が入り込んでいるとして、〈「今回は誰某シフトだ」といった下馬評がまことしやかに流れたりする。（中略）何人かの作家の傍証じみた発言もあったりして、あながち根も葉もない話ではない〉……ねえ、あのさ、その作家って誰と誰？　知らないのって私だけ？　シフトって言葉、まったく文学にそぐわないよ。センスない。ばか、ばか、F××K！

『いなくなくならなくならないで』。『ダメじゃないんじゃないんじゃない』という本を読んだばかりのせいか、イラッとした。この種の題名が増殖しないことを祈る。漫才ネタ的な？だそう。でも、内容は笑いとは無縁。時々、印象的なフレーズが登場する。〈人生の取り分〉とか。部屋の奥のシダの緑が、そこはかとない不気味さをもって読み手を侵食する。この作者には読者を自分の世界に連れて行く力がある。

『転の声』。もちは餅屋ってやつ？　こちらの知らない情報がきっちり詰まっていて、しかも、そのエネルギーがいっきに発動されているようで、とても、おもしろく読んだ。饒舌で、時にふざけた語り口の中に、はっとするアフォリズムが埋め込まれている。〈本当の緊張というのは、大観衆を前にしてではなく、居るべき所に人がおらず、そのせいでぽっかり空いた穴の前でするものだ〉とか。やるな、と思った。

『海岸通り』。過不足ない、ちょうど良い塩梅のセンティメントが全編を覆っている。偽ものバス停、サトウさん、マリアさん、ウガンダの仲間たち、そして、海岸通り……人々の名前やディテイルのひとつひとつがいとおしい。これが、もう少し凝縮されて、短編小説集に入れられていたら、しみじみと良いものを読んだと思っただろう。少し冗漫なところがあった。

『サンショウウオの四十九日』。ものすごく難しい設定にチャレンジしていて、読み進めながら大丈夫なのかな？　と思っていたら、概ね大丈夫だった。ひとつの体に二人いる結合双生児のそれぞれの視点のあわいから、ファンタジーと現実の重なりが見える。それ以外の文章に雑なところも散見するが、当事者性とは、あらかじめ別の所から始めたこのトライアルに拍手を送りたい。

『バリ山行』。登場人物二人の六甲山バリエーション登山に、必死に付いて行くような気持で一気読みした。岩の苔を覆う水からあおい匂いが漂って来るような描写。奇をてらったりしない正攻法の書き方にしびれた。いけすかない服部課長が落ちぶれてくれたようで、快哉。

二つのまったく違うアプローチによる傑作を世に知らしめるお手伝いが出来て、大変光栄です（時々、殊勝）。

（２０２４年９月）

V

私的関係

荒木経惟『私写真』

荒木《あらき》さんは、いつも明るい調子で写真を撮る。冗談ばかり言っているので、いったい、いつシャッターを押したのかが解《わか》らない。あっと言う間に意外な表情を撮られていたりする。あの飄飄《ひょうひょう》としたたたずまいとあの荒木経惟以外の何者でもない風貌で彼が作り上げるシューティングの雰囲気は独特だ。その時、彼は、いつも笑いを誘うように茶化した言いまわしを使うが、それが被写体の屈託のない笑いにつながるかと言うと、必ずしもそうではない。明るさの後ろには、いつも影がある。彼の背後に広がるネガティヴな遠景を、ふとした拍子に見てしまい、被写体は、ある瞬間に困惑する。私は、荒木さんの写真がいつも、その一瞬をとらえているように思えてならない。それが、人物であっても、動物であっても、風景であっても。

荒木さんと出会ったのは、私が作家デビューするずい分前。中目黒に住んで、夜ごと遊びくるっていた頃のことだから、もう十二、三年程、たつだろうか。女友達に呼び出されて新宿のDUGという店の地下に行った。荒木経惟《のぶよし》がいるというので半分は興味本位だった。女友達は、その日、荒木さんのモデルの仕事をしたのだと言った。で、カメラマンの人、荒木さんって言うんだけど知ってる？　彼女は呼び出しの電話で、私にそう尋ねた。もちろんだ、と私は思った。

その頃の私の生活は、なかなかにハードコアだった。すべてはソウルミュージックのためにあった。平日は銀座のクラブで働き、夜は、赤坂のハーレムやムゲンに通い、その後は朝まで六本木のソウルエンバシィで踊る。そして、通勤する人々をながめながら、ソウルのかかるバーで、その長い夜をしめくくる。週末は、それが、横須賀や横田基地の周辺に場所が変わった。ソウルミュージックに関するすべてに興味があった。当然、周囲の友人たちも、同じように日々を過ごすタイプの人間たちばかりだった。Ｐ－ファンク、と言っただけで、すべてが通じてしまうような解りやすい人間関係。私たちは、内輪だけの記号で生きていた。しかし、私は、その記号以外のものを持っているのを彼らに隠していた。それが、文学や絵画や写真、映画などのいわゆるアートと呼ばれるものへの憧憬だった。口に出したら、笑われそうな気がした。友人たちが、黒人男性について語る時、私の頭の中には、ボールドウィンが浮かんだりしたが、彼女たちはボールドウィンが何者であるかも知らなかった。赤坂のディスコから家に戻るやいなや、机に向かって本を読んでいるなんて、死んでも言えなかった。芸術なんていうしんきくさいもんは知らない、そう言い切れる友人たちを私は心から羨《うらや》ましがっていたのだ。

女友達にとっては、一緒に仕事をした愉快なカメラマンである荒木さんは、だから、私にとっては違った。DUGの階段を降りて行きながら、ジントニックのグラスを手にした彼を初めて見た時、なんだか、それまで周囲に隠し続けて来た記号がそこに存在しているような気がして、不思議な気分になったのを覚えている。彼は、その頃の私の生活の大半を形造っていた要素、ソウルミュージック、ブラックイングリッシュ、ブラザー、シスターなどというものとは、まったく別な次元に存在していたが、確かに、私が、求めていたもののひとつの形を示していた。私が、本当に欲しいのは、今のこの生活じゃないんだ。私は、ジンで、したたか酔っ払いながら、そんなふうに思った。作家になった今、この時の思いに名をつけることが出来る。それは、焦燥というのだ。荒木さん自身は、まったく身に覚えのないことであろうが、彼は確実に私の焦燥感をあおってくれた。私が作家になる前に出会ったたったひとりの、自分の手で自分にだけしかない手段を使い自分を表現する人だったのである。今、考えると、私も相当図々《ずうずう》しい小娘だった。荒木経惟に向かって、いいよね、自由にやれちゃって、などと思い口惜《くや》しがっていたのだから。

それ以来、私の派手ではすっぱな外見が珍しかったのか、荒木さんは、私を何かの折りに呼んでくださるようになった。少女の写真を撮っていたので、十歳ぐらいだった私の妹を紹介したこともある。上野の幽霊の出そうな旅館で妹はアンティークの着物を着せられ、ぼんやりした面持ちをしながら写真を撮られていたが、私は、頬杖《ほおづ》えをついて、その様子を観察していた。時間の流れに従って妹の表情が変化して行くのが良く解った。被写体と荒木さんのカメラの距離が見る間に縮まって行くのがはっきりと感じられた。何故《なぜ》だろう、と私は思った。場所を移動する訳でもなく大胆なポーズを取らせる訳でもないのに。

その理由が解ったのは、後に、自分自身が、写真を撮られてからである。私は、ずっと、作家になる前、何度も荒木さんに写真を撮られたように思っていたが、良く考えてみると、シューティングという形を取ったのは二回だけであった。一度目は、新宿のラブホテルの屋上で、体にホースを巻き付けて、二度目は、やはり新宿だが、こちらは高層ホテルの一室、売春婦の格好をして来てくれと言われたので、ガーターベルトでストッキングスを吊り、チューブドレスを着ておもむいた。どちらの撮影の時も、荒木さんは良く喋《しゃべ》った。連発される冗談。しかし、この人は、こういう場所で、何故こんなことを口にするのだろう、とこちらに思わせるような類の冗談だ。そのため、撮影の最中に何度か、私は、目で問いかけるように荒木さんを見詰め返したのを覚えている。思うに、被写体は、その時点で、ただの撮られる人ではなくなり、心のベクトルは、撮る人である荒木さんの方向に向かうのではないだろうか。

人が人と関係を持つとは、そういうことから端を発する。問いかけが重なれば重なる程、二人をつなぐ線は密度を濃くして、当人同士が、それを自覚した時に、物理的なものを通り越して距離は縮む。私は、荒木さんの反射神経が、このことを熟知しているように思う。自分に対する興味が他者から与えられたと感じる時、人は、独特の表情を浮かべるものである。

それが、抽象的で確実に言葉として表わせない場合に、それを捜し出そうとするべくその他者をもう一度見る。それが、問いかけの表情になる訳だが、カメラから出た関心が対象にぶつかり、それが化学反応のようなものを起こしつつ、もう一度カメラにはね返る、その時に、荒木さんはシャッターを切り、落とし前をつける。その瞬間においては用なしとなった被写体は、脱力と共に恍惚《こうこつ》を覚えるのだが、ご存じのように恍惚というのは後を引く。で、二度、三度とシュートされる訳だが、そのたびごとに、我々が言うところの文体の無駄は剝ぎ落とされ、推敲され、フィルムの中には、荒木経惟の私写真が、こっそりと現像を待つだけになる。

荒木さんは、自分の作品を私写真と呼んでいるが、私が、説明を加えさせていただくのなら、私的関係を表現した写真だと思う。彼は、決して写実主義ではない。風景ですら、私的関係を結んだのだと語りかけるように思う。それも、一方的な荒木さん側からの関係ではなく、対象のリアクションまでも許容した時に初めて公に出来るような親密な関係。事件も時間もないところで、そんな関係を作るには、とてつもない集中力がいる。そして、その集中力が紙の上で溶けて失くなるように見える時、初めて荒木経惟の作品が出来上がるように思う。

文学には私小説というジャンルがあるが、荒木さんが自ら呼ぶところの私写真は、私小説とは意を異にしている。私小説に同時進行はあり得ない。作家の私小説は自分の体験を文体というふるいにかけ濾過《ろか》させることから作業を始める。つまり、感情とペンは、作家の資質が両立を拒むのである。しかし、写真の場合、常に、その両立を課せられる。作家が時間を故意にかけるのとは反対に、写真家は、瞬発力を導引して、その瞬間にかける。それを思うと、何故、荒木さんが、いつも緊張しているのかが良く解る。他人に対して緊張する自意識よりも、目に見えないある一瞬のために緊張するのは、身を削って行く思いだろうと想像するのである。

ところで、この間、久し振りに、荒木さんと長い時間、話をする機会を持てた。二人の編集者の方たちも、ご一緒して食事をいただいたのだが、私にとっては、十数年前にフラッシュバックしたようなひとときだった。

「山田詠美はねえ、なんかのパーティをやった時に来てくれたんだけど、上半身裸で、黒人の彼氏と踊ってくれちゃって……それが上手《うま》い人で……なんとかかんとか」

確か、それは青山のクーリーズ・クリークだったと思う。私は、荒木さんの話で、あの頃のことを思い出したが、不思議と赤面したりしないのだった。何故だろう。私は、その時、あの頃から荒木さんの私写真に組み込まれていた自分に気付いた。そして、それが何だか好ましいことに思えて来る。私は、あの頃の瞬発力を今でも持続させている荒木さんに敬意を払っているのだった。大人になって、少しばかり世の中を知った私には、初対面の、いいよね、自由にやれちゃって、などという思いは欠片《かけら》もない。私的な自由を作品に昇華することが、どれくらい、自らにストイシズムを課しているかが痛い程、今は理解出来るからである。

（1994年2月）

夫婦は不思議

小池真理子・藤田宜永『夫婦公論』

先程、アメリカにいる夫から電話があった。彼の両親の健康問題やら、彼自身の仕事や進学問題などの諸事情で、私たちは、ここのところ離れて暮らしているのだが、電話で話すのは、いつも、そういった必要事項に関してではない。今日の話題は、香港《ホンコン》出身の俳優、チョウ・ユンファに関してであった。毎晩、やはり香港出身の映画監督であるジョン・ウーの特集をやっているので、それをチェックしているとのこと。昔、私が「男たちの挽歌」シリーズに熱狂していたので、それが何故であるのかをようやく知りたくなった、と彼は言う。うーん、今さら言われても。私が騒いでいた時から今に至るまで七、八年の時差がある。それでも、わざわざアメリカからそんな電話をしてくる彼の存在は、つくづくありがたい。夫婦って不思議だな、と思う。結婚生活十年にして、ますますそう感じる。一緒にいるとささいなことで口喧嘩《くちげんか》ばかりしているくせに、離れた途端に相手の不在に困惑してしまう。心もとないというか、手持ち無沙汰《ぶさた》というか。恋人とも友人とも肉親とも違う存在のありがたさ。少しばかり離れてみなくては、私のような弱輩者には、その価値が見えて来ない。結婚相手は、遠くにありて思うもの？　いーや！　それは当たっていない。ここに、近くにありても、ちゃーんと思っている夫と妻がいるではないか。それだけでもすごいのに、このお二人は、作家同士なのである。私だったら、物書きの配偶者なんて絶対に考えられない。それが高じて日本語の読めない男を選んだ、とは言い過ぎだが、亡くなった森瑤子《もりようこ》さんと、私たちの夫は日本語読めなくて良かったねーと冗談を言い合ったこともある。夫にだけは、自分の書いたものを読まれたくない！　と私たちは意見の一致をみたのだが、それは、読むからには、正確に作者である自分たちの世界を理解してもらいたいという切実な願望の裏返しに他ならない。私たちは、異国から来た自分の男に叶《かな》わぬ夢を託していたという訳だ。しかしねえ、森さん、やはりいるんですねえ。夢を叶えている同業者が。と、この『夫婦公論』を前にしてうなってしまうのである。

初めてこの本を手にした時、私は、笑いながら、頷《うなず》きながら、共感しながら、一気に読み進めた。しかし、途中から何かがおかしいぞと思い始めていた。しばし、本から目を上げ、首を傾《かし》げる。そして、気が付いた。私が笑っているほとんどのパートは小池《こいけ》さんによって書かれたものであり、私が頷き共感するほとんどのパートは藤田《ふじた》さんによるものなのだ。小池さんは限りなく私の夫に似ていて、藤田さんはとてつもなく私自身に似ている。

たとえば「買い物」。小池さんは、たとえスーツを買おうと決意しても、そこに行き着くまでに、楽しい無駄づかいをしたいタイプ。千円均一のイヤリングのセール、かわいいこぐまのマグカップ、サーモンピンクのランチョンマットなどを素通り出来ないという。

　かたや藤田さんは、満足出来る目的の品を見つければ買い物はおしまい。ウインドウショッピングの出来ないタイプ。おまけに、試着室は牢獄《ろうごく》、助けて！　なんて言ってる。気に入らなかった時でも、小池さんの力を借りないと断われないらしい。

　このエピソードなんか、まさに夫と妻を入れ替えた私たち夫婦だ。ピンと来た洋服を試着もしないでさっさと買った私が迎えに行くのは、千円均一の売り場で、嬉々としてのらくろのランチボックスなんかをながめている夫。あー、似て非なるものなのに、フィリックスのカップにまで手を出してる！　とぶつぶつ言う私に彼が返すことには小池さんと同じ台詞《せりふ》。買い物は女抜きに限る。（もちろん、小池さんの場合は男抜きでしたが）

　たとえば「初めてのうんこ」。初めてお互いの前で、その目的のためにトイレに行かなくてはならない。この重大問題をクリアするのは、相手よりも遅く便意をもよおすという優位な立場にある（何だか良く解らないけど）者の機智にかかっている。そして、藤田さんは、あっけらかんとしたユーモアで小池さんを窮地（これも解らないけど）から救う。へへへ、自慢じゃないが、私も同じようにして夫に安息の時を与えたことがあるのである。それまで、新聞を読むためにトイレに長く入るなどという振りをしていた夫が、安心して、トイレのための新聞を捜せるようになったのは言うまでもない。

　この二つのエピソードに限らず、私の夫は、小池さんと同じで、酒の後に汁物を欲する気持が解らないし、私は、藤田さんと同じように、旅先から、私がいなくて寂しいですか？と電話して尋ねた。小池さんと同じように、車の助手席で指図されるのに腹を立てる夫を、私は、藤田さんと同じように、事故が起こりませんようにと、神様に祈っている……などなど、例をあげたらきりがない。

で、再びつくづく思う。夫婦は不思議だ。どのように二人が結びついているかなど、他人からはまるで解らない。男と女の役割は、常に流動的に変わり、そこには、その人々の結び付きでしか生まれない味がある。ミックスの妙による隠し味は、男と女をおいしくさせる。夫婦とは、まさに、異なる素材の組み合わせによる一品料理。この本の読者は、藤田さん、小池さんの生活を垣間《かいま》見ることによって、作家同士の夫婦というスペシャリテに出会うことが出来る。格式ばったレストランのアントレではなく、手軽なカフェの軽食でもない。それは、かけた手間ひまを、あえて隠した上等なビストロ料理である。

この本に関して、作家の内田康夫《うちだやすお》さんが素敵な文章をお書きになったのを読んだ。一部分だけ引用させていただく。

ある日、うちの夫婦の車に便乗した藤田さんが、後部シートから身を乗り出すようにして、「ねえ内田さん、僕の弱味を知っていますか？」と訊《き》いた。「そんなの知らないけど」と言うと、「それはね、真理子に惚《ほ》れてることなんですよ」だと。ぬけぬけとよく言うよ――と大笑いしたが、彼はしごく真面目《まじめ》くさった顔であった。いや、本当に彼は真理子さんを愛しているのである。（幻冬舎文庫・解説より）

私には、藤田さんの気持が痛い程解る。性愛やら情熱やらを通り越したところで、ひとりの人間に惚れてしまうことは、弱味だ。それは、他者のために自分勝手に死ぬ権利を放棄することだからだ。このことが、物を書いて行く人間にとって良いことかどうかは解らない。けれど、弱味も二人分集まれば強味になる、というようなことを、この先、藤田さんと小池さんは解明して行くのではないか。僭越《せんえつ》ながら、そんなふうに思う。

なるほど、作家同士の夫婦も良いじゃないか。生まれ変わっても物書きになってしまった場合、配偶者が同業でも希望は持てるね、と短絡に行き着いた私は、そこで絶句するのである。藤田さんが、かなりの部分入ってしまっている私は、小池さんを配偶者にするしかない訳である。無理だな、やっぱり。小池真理子《まりこ》のような作家はひとりしかいない。そして、彼女は、とっくに藤田宜永《よしなが》のものなのである。

（２０００年４月）

いい酒、いい人、いい肴

太田和彦『ニッポン居酒屋放浪記　立志篇』

口惜しい。と、いうのとは少し違うな。情けない？　いや、やはり、ふがいない、で決まりだろう。腑甲斐《ふがい》ない。この「ニッポン居酒屋放浪記」を雑誌連載の頃から愛読しつつ、常にそう感じて来た。何に対してかって？　数年前、私と友人数名で結成したＩＬＡ（Izakaya Lovers Association）というポンチなグループに対してである。日本名「居酒屋愛好会」。決して、この本の著者である太田《おおた》さん率いる流浪の団体「居酒屋研究会」に対抗しようとした訳ではない。そんなだいそれたこと。だいたい、連載開始当時から、ちぇーっ、何かかなわないって感じー、とか、年季が違うって感じー、とか、うちら若造だしー、などと白旗を上げていたのだ。ＩＬＡと銘うっているくせに、今日は近所のワインバーでお茶を濁そうと提案したり、酔いつぶれて寝てしまっても叱られないという理由で、私の仕事場に酒持ち込んだり、なしくずし状態で軟弱な酒飲みへの道を辿《たど》りつつあった私たち。諸君、それではいけないのではないか。仮りにも我々はＩＬＡのメンバー。その名誉にかけても、ここらで堕落した姿勢を立て直すべきなのではないだろうか（名誉ったって……内輪のちゃちな名誉ですけどね)。そうだ、そうだ、ＩＬＡの何がいったいいけないのか考えてみるとしよう。と、いう訳で、再び本になった「ニッポン居酒屋放浪記」を読み返してみる私たち。ひと皮剝《む》けて、ここに登場する居酒屋の愛すべき酔客になるにはどうするべきかを考察してみよう。

決して徒党を組むべからず。まずは、これが前提であろう。寒空の西荻《にしおぎ》駅前で、あいつ遅《おせ》えよ、ぶっ殺す、などと団体行動を強要してはならないのである。太田さんは、ほとんどの場合、「同行者」と静かに店の片隅に腰を降ろしている。古き良き店のたたずまいを決して邪魔していないふうだ。そして、時折、店の常連客と静かに言葉を交わす。何気ない会話が、見知らぬ他人だった者同士の人生を交錯させる。ちょっぴり漂う侘《わび》しさに大人の味がある。
それに比べて私たちと来たら。

そして、そういう同行者と、これは、と思う雰囲気の良い店に感激しても、決して長居をするべからず。うめーよ、この店とか言いながら、だらだらと腰を落ち着けて二ラウンド目の大量オーダーなどしてはならない。太田さんは、その店の絶品をすみやかにたいらげ、次の絶品を捜し求めるべく腰を上げる。御馳走《ごちそう》さまと言って、がらりと店の戸を開ける時、外の空気ですら清々《すがすが》しい口直しになるかのようである。それに比べて私たちと来たら。

さて、そのようにして、居酒屋をはしごするには、酒をおいしく飲み続ける肴《さかな》を味わう舌を持たなくてはならない。店から店へと移動する際に、カロリーメイト食います？　と不気味な提案をする若造や、コンビニ寄ってがりがりくんアイス買うーと駄々をこねる仕様もない女（これは、私）など、放浪の資格なし。お好み焼にはきっぱりとアンチを表明し、タコのまんまやラッキョーをこよなく愛す太田さんを見よ（ま、酔っ払ったら、どうでも良くなっている感じもありますが）。ここに登場する酒の肴は、本当においしそうだ。金目鯛《きんめだい》の骨湯なんて想像しただけでうっとりする。夕食前に読む本ではないなあと思う。食事時にちょっとだけと思ってつけた燗酒《かんざけ》が進み過ぎる。この本自体が、上等の肴になってしまうからだ。生桜えび、万十貝、玉ミズ、かすべ煮、きずし……食べたことのないものばかり、そして、食べてみたいものばかり。こういう肴を即座に選べるのは居酒屋食の達人ではなかろうか。それに比べて私たちと来たら。

それにしても、本当に良く飲んで食ってる。居酒屋放浪には体力がいるのだ。部屋で酔いつぶれて、私に蹴《け》とばされている場合ではないのだ。合間にユンケル飲んで次の店に行く太田さんを見習うべし。宿酔《ふつかよ》いという言葉がこの本にはない。酒が残った翌日には風呂《ふろ》屋で汗をかいて夜に備える。「カニでは忙しくてゆっくり酒を楽しめないという反省に立ち、今日昼のうちにカニ問題は一気に解決してしまおう」というくだりには、もうまいりました、と降参してしまおう。居酒屋グルメにしてグルマン。それに比べて私たちと来たら。

と、ここまで来て、私は腕組みをして唸《うな》る。道は遠い。太刀打ち出来ない。私たちは永遠に弱輩者なままで進むしかあるまい。この先、いくたびも、この本を読み返しながら放浪を夢見ることにしよう。

居酒屋のどこがそんなにも酒飲みを引き付けるのか。実際のところ、居酒屋好きが、それを端的に説明するのは困難である。だいたい、説明するまでもなく、暗黙の了解が成り立っているし、説明しようにも、その時には既にホロ酔い気分でどうでも良くなっているからである。しかし、どうしても、その秘密が知りたい、という居酒屋見極め願望の強い方は、「静岡の黒ハンペンにむせび泣く」の項をお読みになったら良いかと思う。うまい酒、肴で俗事を忘れ愉快にやろうとはるばるやって来た筆者が、望み通りうまい酒の置いてある店に立ち寄るのだが、そこの主人のあまりの失礼で感じの悪い態度に、腹を立てる。しかし、喧嘩してしまいそうな気分をこらえて次の店に行く。そして、その店の暖かさに不意に胸をつかれて泣きたくなる。そうなのだ！　と私は思った。暖かさが腹立ちを溶かして少しの悲しみに変えてしまうこと。単に良い酒を置いている店には、この芸当は出来ないのである。そして、そういう店は、どのような物理的条件を備えていようとも、良い居酒屋とは呼ばない。ここでは〈良い酒を飲むだけなら自分で買って飲めばいい。第一安上りだ。魚だって例えばこの静岡ならいいものがいくらでも店にある。それでもなお人が居酒屋へ行くのは、そこに自分なりの安息を求めているからだろう〉と、書かれている。居酒屋三原則は「いい酒、いい人、いい肴」だとも。まさにその通りだと思う。どれが欠けても悲しい。

実は、我らが軟弱なＩＬＡは、今のところ活動を休止している。ボス的役割を果たしていた亀ちゃんという人物が急死したからである。この本を読むと、登場する店すべてに行ってみたいなあとわくわくする。と、同時に、「いい人」の内のひとりが確実にいなくなったのだなあと思い出して、しょんぼりしてしまう。ちぇーっ、彼とは、まだまだ飲み足りない、話し足りない、食べ足りない。ま、あいつも、どこかで放浪しているのだと勘違いすることにしよっか。

（2000年12月）

島田雅彦への私信

島田雅彦『食いものの恨み』

島田《しまだ》くん。

私が小説家としてデビューした時、あなたは年下だというのに、既に文学界では先輩だった。雑誌のグラビアでしか見たことのないあなたは、紅顔の美少年（死語だけど）そのもので、文壇のプリンスとして名を馳《は》せていた。小説なんか書いている時点で、プリンスの訳ねーだろ、けっ、と私は、ひそかに鼻白んでいた。永遠に、プリンセスと呼ばれることのないひがみから、そう感じたのだろう。事実、私は、文壇のビッチ呼ばわりされていた。でも、初めて会った時に思ったの。プリンスとビッチとは何たる組み合わせの妙であることか。いや、食べ合わせの妙と呼んでもいい。アメリカ人が偏愛する、こちらをぎょっとさせるようなコンビネーションの料理がある。たとえば、ローストターキーとクランベリーソース。ポークチョップとアップルソース。ブロイルしたラムレッグとミントジェリー……などなど。何故《なにゆえ》に一緒に食す？　というこちらの困惑をよそに舌なめずりをする、かの国の人々。それって、読者層のまったく重ならない私たちの関係に似てない？　この思いつきに、おかしくてたまらなくなった私。かくして、ターキーとクランベリーの友情は、はぐくまれ始めたのである（もちろん、私がターキーね）。

あれから二十二年。二人で、ずい分と色々なものを食べて来たね。思いつくままにあげてみようか。

箱根への一泊旅行が初対面だった。私よりもひと足先にデビューした若手作家や批評家たちが、悪名高き新人を仲間に入れてやろうじゃないか、と親切にも誘ってくれたのだ。夕食から続く宴《うたげ》は深夜まで盛り上がり、何人かが空腹を訴えた。すると、あなたは、いかにも腰の軽い様子で部屋に備え付けのキッチンに立ち、薬缶《やかん》を火にかけ、カップラーメンの準備をし始めた。若者たちの正しい夜食である。もう食えるよーの声に、ぞろぞろと移動する私たち。そして、並べられたカップラーメンのどれを手にしようかと、しばし逡巡《しゅんじゅん》する。その時、あなたは、その中のひとつを私に差し出した。案外、親切じゃん、と気を良くして紙蓋を剥がし、箸で麺を……箸で麺を……箸で麺を……なんじゃこりゃー!!　私のカップラーメンに注がれていたのは、水であった。他の人々が旨《うま》そうに麺を啜《すす》る音を聞きながら、私は、ただ呆然《ぼうぜん》とするばかりであった。苛《いじ》めっ子……島田雅彦《まさひこ》は、苛めっ子だったのだ……と、この話をむし返すたびに、おれ、そんな意地悪した覚えないよー、とあなたは言う。いーや！　したよ。確かに、した。食いものの恨みは、記憶力を研ぎ澄ますのである。本書が証明しているではないか。

じゃあ、ロシアに行った時のことは覚えてる？　ボリショイサーカスを観《み》に行った際、屋台で買ったスナックを客席に持ち込んだね。ロシア風のホットドッグもどき（旨そうだった）とイクラのオープンサンド（まずそうだった）。分け合って食べようね、と約束したのに、あなたは、ホットドッグをひとりであっという間にたいらげてしまった。そして、私の文句など一向に意に介することなく、けっこういけたよ、と平然と言った。仕方なく私は、冷たいサンドウィッチを齧《かじ》った。部厚く塗られたヘアグリース臭いマーガリンに埋め込まれたつぶれたイクラの群れ。予想通り、とてつもなくまずかった。頭に来た私は、隠し持っていた甘ったるいシャンペンをラッパ飲みして酔っ払い、多和田葉子《たわだようこ》さんの肩にもたれて熟睡してしまった。会場を出た時、あなたは言った。すごいなー、目の前で馬が走り回ってるのに、良く眠れるなー。ええ、そうですとも。食いものの恨みを眠ることで忘れようと必死でしたの。そんな恨みが伝わったのか、あなたは、夕食に出た蕎麦《そば》の実を食べ過ぎて、私の部屋に胃薬を取りに来た。へこたれた感じが、ちょっと愉快だと思った。

〈私の願いはよりよく食うことである。よく食うには二つの意味があって、一つは大食いであること、今一つはもっとましな食い方をすることである。〉

あなたは、そう書いている。しかし、三つ目の意味も加えたらどうだろう。たとえば、人の恨みを買わぬように食うこと、とか。どうも、あなたは、その点の認識が甘いようである。

一緒においしいもの食べたいなーと夢見る健気《けなげ》な女性作家（私）を決して出し抜こうとしてはならない。ターキーとクランベリーは、一蓮托生《いちれんたくしょう》が決まりなのである。

さて、箱根、ロシアと来て、次は、どこで共に食べたものを思い出そうか……うーん、あり過ぎる。まだあなたが独身の頃、お正月にお邪魔して、お母さんの手料理をよばれたことどか。家の中だというのに黒いサングラスをかけ、妙な赤いスカーフを首に巻いたあなたは、割り箸で、流れるスクリャビンの交響曲の指揮を取っていたね。お母さんに、「お兄ちゃん、止《や》めなさい！」とたしなめられた。あるいは、瀬戸内《せとうち》先生のところの寂庵《じゃくあん》別室の厨房《ちゅうぼう》で、コックコートを着せられて腕をふるっていたこととか。側《そば》で見詰める瀬戸内先生の頬は赤く染まって、まるで少女のようにいきいきとしてらした。和歌山の海辺でアウトドアクッキングに興じたこともあったね。長い木の枝の先に味噌《みそ》を塗り付けて焚火《たきび》で焙《あぶ》った酒のアテ。この上ない美味だったけど、私たち、まるで、年食って、たそがれた、ボーイ　アンド　ガールスカウトといった風情だったと思うよ。嵐の夜に蕎麦屋で酔っ払い、その勢いで、大岡《おおおか》玲《あきら》の家に押しかけたことも忘れがたい。びしょ濡れの私たち二人を見た時の大岡夫人の呆《あっ》気《け》に取られた顔といったら！　主人の留守中だというのに上がり込み、大岡玲秘蔵のワインを勝手に飲み干した図々しい私たち。反省。奥泉光《おくいずみひかる》と葬式帰りに私を呼び出したこと、忘れてないよね？　三人で井の頭公園をとぼとぼと散歩した。その後に立ち寄ったハモニカ横丁で、せつない黒服二名を従えて慎《つつま》しやかな食事を取った私。人の死の悼み方も色々だ。飲み会の流れで決まって行き着く私の家で、あなたは、いつも、皆のために麩《ふ》チャンプルーを作っていたっけ……ああ、ほんと、きりがない。いやあ、良く、食べた、食べた。おおいに楽しみ、時に怒り、かと思えば、感傷的にもなり、仕事を終えた解放感にも浸りながら、食べた、食べた。今、思い出すと、その時その時に必ず小さな恨みが含まれていたような気がする。でも、何故だろう、あなたと口にした食べものの恨みは、どれも、あの気恥ずかしい言葉を連想させる。小説用語には、決してなり得ない、あの言葉。青春。

ところで、いつぞやは、電話をありがとう。人生最大の不幸とも言える出来事に見舞われてダウンしていた私は、幼馴染《おさななじ》みのような気やすさから、あなたに泣きながら弱音を吐いて愚痴った。すると、あなたはこう言ったのだ。

「大丈夫。十年たったら小説になる」

そこで、私は、ようやく小説家である自分を取り戻したのだ。小説家は、自分の人生を食いものにして、恨みを消化する。その果てには、まだ味わったことのない、とてつもない美味が待っている筈だ。

でも、十年は長いよ。五年でどうだ。その歳月が発酵させたページをめくってくれる人々は少なからずいるだろう。けれども、あの泣き言がこう結実したか、と感嘆させたいのは、今のところ、あなただけだ。

（２００７年10月）

小説家という病

金原ひとみ『オートフィクション』

英語で、オートバイオグラフィ（autobiography）と言えば、自伝、自叙伝を指します。「自身の」を意味する「オート」と「伝記」を意味する「バイオグラフィ」をつなげた文学のひとつのジャンルです。そのバイオグラフィの位置にフィクション（fiction）という言葉を当てはめたのが、本書の題名である「オートフィクション」です。いったい、これは、どのような性格を持つ著作物なのでしょう。フィクションは、事実（fact）の反対語ですから、直訳すれば「自身の虚構」ということになりますが、これでは、自分に関する絵空事のように受け取られかねません。でも、読み進めて行く内に、直訳では説明のつかない得体の知れない熱が立ちのぼり始めるのです。それは、まさしく病から来る熱です。ある種の免疫から、永遠に見放された人々だけが発熱し続ける、そんな病。

若き女性作家である主人公の高原リンは、ひとりの男性編集者に、長編の原稿を依頼されます。そのスタイルは、オートフィクション。それは何ですか、と尋ねる彼女に、編集者は、こう答えます。

〈一言で言えば、自伝的創作ですね。つまり、これは著者の自伝なんじゃないか、と読者に思わせるような小説です。〉

混乱したリンは、ついこう言ってしまいます。

〈私に、あのサナトリウムでの幼少期を書けとおっしゃるんですか？〉

もちろん、相手を嫌な気持にさせるための悪い冗談です。それなのに、怯《ひる》むことなく合槌を打たれた瞬間、オートフィクションは、二人の間に侵入して来たのです。続いて、彼女は、村中の人がほとんど親戚の閉ざされた村に生まれ、自分が唯一、そこから抜け出せた子供だった、などと口にしてしまうのです。そして、また合槌。そこで、彼女は、編集者が、自分の話を信じていないことを悟り安心するのです。

〈嘘ですけどね〉

〈だと思いました〉

シャンペンを飲み干して笑い合うこのやり取りは些細《ささい》なようでいて、実は、この作家にして、この編集者、というただならない組み合わせにおいて交わされた密約のように、私には思えます。この先、書かれる語られるすべては、オートフィクションになって行く、という暗黙の了解が生まれた瞬間です。過去はそこに取り込まれてライヴ感を増して行きます。辿り着くべきは、ここ。

〈無音の部屋。そこに響くのは、私の爪と指がキーにぶつかる音。ノンストップの音楽は一

つもない。ソファには静かな犬が一匹。〉

オートフィクションが、削り削られ、純度を増して行くための座標軸です。ここで、すべてが終わり、すべてが始まって行くのです。そして、私たち読者は、そこから、ぶつけられる暴力的なまでの言葉のつぶてと、それが砕け散った際にしたたる悲しいくらいに澄んだ心のしずくを味わうことになるのです。

さて、それでは、この作品がどのように自伝的であるか、文章のスピードに、あえて乗りそこねながら、ゆっくりと考えてみたいと思います。

全体は、選ばれた四つの過去の季節で構成されています。まずは、現在に一番近い"22nd winter"。書いた段階で作られた最も新しい過去です。そこから順番に、"18th summer" "16th summer" "15th winter"と、私たち読み手は、主人公リンの止められた季節を、新しいものから見せられる形になります。それらは、まるで、始まりと終わりを野蛮に断ち切ったショートフィルムのごとく、唐突に、私たちの目の前に映し出されます。そこでは、常に、リンと彼女を取り巻く男たちとの決闘にも似た衝突があります。そのあまりに激しい関わり合いに、読む人は怖気付《おじけ》いてしまうかもしれません。しかも、その激しさの主導権を握るのは、ほとんどの場合、彼女の側なのです。それに呼応する男のアティテュードに、さらなる激しさを持って向かい合うリン。まるで、より強いドラッグを求め続ける依存症患者のようです。いつ過剰摂取の状態で倒れてしまうのだろうか、とはらはらしてしまうところです。

しかし、彼女にとって、それらの行為は決して過剰にはならないのです。何故なら、男とイーヴンになることだけを追い求めているから。いえ、男だけではないでしょう。彼女を取り巻く世界と言った方が良いかもしれません。世界と自分を等式で結ぶこと。切り取られた季節の中で、その実現のために、ただひたすら集中する彼女には、過剰も過少もあってはならないのです。けれど、そのひたむきなまでの潔癖さは、なんと社会性にそぐわないものなのでしょう。彼女の世界の外にいる人々の目には、常軌を逸しているとしか映らない場合もあります。切り取られた季節と書きましたが、ここにある季節は、冬と夏なのです。決して、中間色が穏やかに彩る秋と春ではないのです。ハリネズミのジレンマを彷彿《ほうふつ》させる彼女と世界の関係は、それらの季節には似合わない。

自伝的ということに話を戻します。二十二番目の冬に作家となっている主人公に、著者の金原《かねはら》さんの姿を重ねることは容易です。けれど、何故、この作品が自伝ではなく、自伝的という企《たくら》みをものにし得たのか。

冒頭で、私は、本書から立ちのぼる熱と書きました。ある種の免疫から永遠に見放された人々だけが発熱し続ける病、と。それでは、その病名は何なのか。

小説家という病。私は、それに尽きると言い切ってしまいます。二十二番目の冬。十八番目の夏。十六番目の夏。十五番目の冬。切り取られた季節は、そのまま、小説家という進行した病の原因を探るカルテのように、私には感じられてならないのです。

どこにその病気の萌芽《ほうが》を見ることが出来るのか、それは自然発生したものなのか、あるいは誰かに移されたウイルスによるものなのか、はたまた突然変異した細胞の増殖故なのか。それらの真相究明のために、実に、丁寧に丹念に時間を費したカルテ。リンは、自身の病の潜伏期間を記録するために、正確な描写という手段を選び取ったのです。

ここまでは、自伝の域かもしれません。しかし、リンにそれを書かせたのは誰でしょう。オートフィクションを書いて下さいと頼んだ担当編集者です。それでは、そこで生まれたかのような二人の共犯関係を実際に結ばせたのは誰でしょう。他ならぬ著者の金原さんです。そう、この作品は、ひとりの作家の作品世界の中に、酷似したもうひとりの作家の作品世界があるのです。世界と自分を結ぶ等式の向こう側には、もうひとつの巨大な等式が待っている。当然、歪《ゆが》みは生じるでしょう。けれども、その歪みを正す方法がひとつある。それこそが、フィクション。これを駆使した作家によって、オートバイオグラフィは、オートフィクションに、その座を明け渡したのです。

小説とは、根も葉もある嘘八百、と言ったのは、文豪、佐藤春夫でした。「オートフィクション」という題名から、真っ先に私が連想したのが彼のその言葉なのでした。若さ故の向こう見ずな大胆さを取り上げられがちな金原さんの作品ですが、私は、デビュー作からずっと、その内に宿る日本文学の正統を感じています。やがて、あの世で御大に出会ったら、根も葉もある嘘とオートフィクションの共通項と差異についての議論を吹っかけようと目論《もくろ》んでいます。ああ、待ち遠しい。

ところで、私は、この文章内で、散々、小説家という人種を病人扱いしてしまいました。でも、仕様がないのです。だって。

〈ドアを開きかけると、あの最終ボスのバーテンがあのウンコを吐いた女とヤッていた。ドアを閉め、店を出ようと入り口に向かい、一度振り返る。私は神だ！　ブースの中でそう叫んでいる女が目に入った瞬間、幽体離脱し彼女に乗り移る。私は、興奮と感動に肩を震わせていた。〉

どうです？　ウンコと神を同じパラグラフの中に閉じ込めるんですよ？　これが病人の所作でなく何だというのでしょう。しかも、自分は、のうのうと神になる。図々しい？　そうかもしれません。でも、その神は、同時に別の神に支配されている。そういう畏《おそ》れを常に持ち続けて怯《おび》え、かつ震えているのも、また、私たち、小説家であるのです。

（２００９年７月）

何かを失ったことのある大人のための物語

井上荒野『切羽へ』

〈トンネルを掘っていくいちばん先を、切羽《きりは》と言うとよ。トンネルが繫《つな》がってしまえば、切羽はなくなってしまうとばってん、掘り続けている間は、いつも、いちばん先が、切羽〉

切羽を辞書で引いてみると、トンネル工事または鉱石、石炭などを採掘する坑内作業の現場、とある。ずい分と素っ気ない説明。ただの職業の用語に思える。それなのに、この作品の中で、切羽という言葉は、どれほどやるせない語感を響かせることか。

冒頭に上げたのは、主人公のセイが惹《ひ》かれ続けた男、石和《いさわ》に言う最後の台詞である。二人は、この時、まさに切羽にいる。失う寸前の切羽である。そこには、後戻り出来ない男と女だけが作り出す濃密な空気が漂っている。そこで呼吸する彼らは、繫がる寸前のトンネルを共有しながら、息を交錯させて思いを告げる。陳腐な愛の言葉など何もない。それなのに、どうしようもないくらいに求め合って来た彼らの時の流れが、はっきりと見える。とてつもなく静かで、そして、その静寂故に狂おしさが匂い立つ大人の恋愛小説、いいえ、情愛小説である。

舞台は、とある小さなひなびた島である。小学校の養護教諭をしているセイと画家である夫の陽介《ようすけ》は、東京に出たことがあるという少しだけよそ者の要素を持ちながら、島に溶け込んで仲睦《むつ》まじく暮らしている。二人は、つがいとして、よく馴染んでいる。島の人々と親しく関わり、身寄りのないしずかさんという老女を気にかけ、友人である月江《つきえ》の奔放さも少々呆れながら許している。平穏な日々だ。

そんな二人の前に、ある日、ひとりの男が現われる。小学校の音楽教師として赴任して来た石和聡《さとし》である。〈何ばしたくて来らしたとやろか〉と周囲に言わせてしまうほど、いつ、どんな時でもちっとも楽しそうに見えない男。児童とはしゃぐ時には、痛々しさすら漂う。人生に倦《う》み疲れたようなたたずまい。謎《なぞ》と異和感を振りまきながらも、島の誰をも不快にさせない風変わりな人間。そんな彼に、セイは心惹かれて行く。たぶん、初めて出会った時から。そして、彼も。恋に落ちる時のめくるめくような思いは描かれない。その代わりに、二人の通じ合う際の何気ない所作が丹精を凝らして選び抜かれる。性よりも性的な、男と女のやり取り。

島の一年と二ヶ月をひと月ごとに追って物語は進む。正確に言えば、一年と一ヶ月。最後から二番目の三月は飛ばされている。石和と別れた次の月だ。けれども、書かれないその月が、最も多くの心情を獲得しているような気がする。作者の真骨頂だと感じる。全編に渡って、書くより書かないことの大切さが伝わって来る。それは、行間を読ませるというような短絡的な技巧とは違う。井上荒野《いのうえあれの》さんは、書いた言葉によって、書かない部分をより豊穣な言葉で埋め尽くす才能に長《た》けた人だ。

ミミ竹、キビ（蟹《かに》）、コジュケイ、蛍《ほたる》、鯵《あじ》、しゃっぱ（蝦蛄《しゃこ》）、樅《もみ》の木、アゴ出汁《だし》。季節の移り変わりに沿って登場する風物や食べ物が魅力的だ。島の人々、特に子供との掛け合いも楽しそうだ。もう少しで訪れてみたくなる。でも、この島自体も、また切羽なのだ。いや、もしかしたら、生きている今現在が誰にとっても切羽なのかもしれない。セイだけでなく、妻の心の揺れ動きを何も言わないまま見詰める陽介も、結婚していながら訪ねて来る男との逢瀬《おうせ》で収拾が付かない有様になってしまう月江も、死んだ夫との淫夢《いんむ》を自らの死の入口で見続けるしずかさんも、皆、切羽に立っているような気がする。もちろん、島に流れ着いた旅人に見える石和もだ。人が生きて行く限り、切羽もまた、どんどん前に進む。どのようにトンネルを抜けるのかは、その時になってみなければ、誰にも解らない。いったい、人は、切羽を抜けた時、何を得て、何を失うのか。切羽までどんどん歩いていくとたい。そう言ったセイの亡き母は、トンネルの跡で、木彫のマリア像を手に入れて、父の誕生日に贈った。そして、セイは、石和を失った後に……。これは、何かを失ったことのある大人のための物語だ。他者の喪失の経緯を、誰もが、その人なりのやり方で、細やかに許し合う。

物語の幕が上がる頃、セイは、夫と共に彼の描き上げたばかりの絵をながめる。ブルーというよりは灰色をした海の絵。海と空、そして海鳥。海鳥の羽根の幾筋かが白い。

「これは、どこね？」

私はやっぱりそう聞いた。

「俺たちの島たい」

夫もやっぱりそう答える。

「べつの国のごたる」

「そうね？」

夫は心外そうな声を出したが、それもいつものことなのだった。

「美しか」

「うん」

夫は、私の腰に腕をまわした。


喪失の、もの哀《がな》しくも美しい代償は、その人だけの時の経過がデッサンする、心の内に存在する島だ。誰かと共有する隙を残しながら、けれども誰とも共有出来ない自分だけの島。それは、切羽のこちらと向こうを隔てて、確実に、ある。青に灰色を滲《にじ》ませることを知ってしまった大人だけの持ち物。この作品を味わう時、人は、自らの内なるその在《あ》り処《か》に思い当たり、涙ぐみたくなるだろう。もう、空も海も青いだけじゃない。そう改めて気付かされて、甘い諦《あきら》めに心を浸すことだろう。

それにしても、この石和聡という男。どうも、気になる。不穏な魅力を惜し気なくさらけ出しているのに、とらえどころがない。読み終えてから、読者は、あれほど、こちらに胸騒ぎを覚えさせて来た彼について、実は何も知らなかったことに気付き、しばし呆然とするのではないか。であるにもかかわらず、くっきりとした輪郭が、本を閉じても残ったままなのだ。それこそ「ミシルシ」のように。いったい、これはどういうことか、と首を傾《かし》げた瞬間、私は、思い至る。

ああ、やはり、井上荒野さんは、書くことと同じくらい、あるいは、それ以上に、書かないことをも大事にしている人なのだ、と。私は、そういう小説家を「品のある」と形容することにしている。

（2010年11月）

一期は夢よ、ただ狂え

団鬼六『悦楽王　鬼プロ繁盛記』

二〇一一年の五月、私は、親しい編集者と共に団鬼六《だんおにろく》さんの告別式に出席していました。連休の明けた、まさに五月晴れと呼びたくなるような日のことでした。SM小説の大家と呼ばれた人物に相応《ふさわ》しいかどうかは解りませんが、私の知る団さんの笑顔を思い出すにつけ、あの方を送るにはうってつけのお天気ではないかと感じました。陽《ひ》ざしの明るさ故に、落ちる影がますます色を濃くする。その陰影の微妙さは、御本人と作品の関わりを象徴するように思われたのです。

弔辞を読んだ幻冬舎社長の見城 徹《けんじょうとおる》氏は、「その男ゾルバ」になぞらえて、「その男、団鬼六」と締めくくり、シャンパンのグラスを掲げて乾杯しました。きっと、参列者の誰もが、自分の手許《てもと》にある見えないグラスを心の中でかざしたことでしょう。

私もそうでした。そして、実際にシャンパンを味わいました。いえ、正確に言えば、団さんと乾杯した時のシャンパンの味を舌に甦《よみがえ》らせていました。贅沢《ぜいたく》にも、ドン・ペリニヨン。私たちの初対面の挨拶は、その高価なお酒を口に含みながら交わされました。

それは、一九九八年の二月。東京に大雪が降った日の夕暮れ。幻冬舎の会議室においてのこと。どういう成り行きから、そうなったのかは、もう覚えていませんが、私たちは対談したのです。SM小説の大家と小説家になる前にSMクラブのアルバイトをしていた私の組み合わせに、編集者が目を留めたのだったか。あるいは、無頼の徒の大先輩から御教示をたまわる元不良少女という図式を作りたかったのか。いずれにせよ、私たちは、会議室という場にそぐわない豪華なオードブルの数々と美味なるシャンパンを堪能しながら、お喋りにうつつを抜かしたのです。

不思議なことに、周囲が予想したであろう、SMの話も放蕩《ほうとう》のエピソードも、あまり話題にはならなかったように記憶しています。それよりも、むしろ、小説そのものについて会話は弾んだのでした。自分が対等の小説家として扱われている、という興奮が私を包みました。それと同時に、親しい友人にするように心を許してくれているのを感じて、すっかり図に乗りました。話の流れの中で止まらなくなった私は、団さんは純文学を書くべきだ、などと余計な進言までしてしまったのです。

私は、若い頃から、数多くの団鬼六作品に親しんで来ましたが、その中のいくつかに、とてもかぐわしい純文学の匂いを嗅いでいたのです。たとえば『美少年』という作品集などに。『伊藤晴雨ものがたり』に至っては、私が、もしも芥川賞の選考委員だったら、絶対に、この小説を受賞作にする、とエッセイで断言したくらい。河野多恵子《こうのたえこ》氏と対談集を出す際には、この方の小説も読んで下さい、と団さんの本を何冊か送り付けたこともありました。確か、谷崎潤一郎《たにざきじゅんいちろう》をテーマにした回の時だったと思います。

そんなふうに抱き続けて来た強い思いが、ようやくお会い出来た嬉《うれ》しさからあふれてしまったのでしょう。私の生意気に、団さんは、へえ？ といかにも意外だと言わんばかりの表情を浮かべていましたが、やがて、おもしろい遊びのアイディアをもらったというように笑って、しきりに頷いていました。そうか、純文学か、と。

その後も純文学という狭いジャンルにとらわれることなどなく、いくつもの素晴しい作品を世に送り出された団さんですが、読むたびに、これは、純も不純もないなあ、団鬼六というジャンルの文学だなあ、と自分のさしでがましさを恥ずかしく感じたものです。妙な楽天から覗く、もの哀しさの裏地。それを垣間見せて惹き付けるのが、団鬼六というジャンルの極意。いったい、どういう歴史が、この作家を作って来たのでしょう。

『悦楽王』は、団さんが亡くなる前年に出版されたものです。自伝的小説としては最後の作品になりました。「SMキング」という雑誌を立ち上げ、浮き沈みを経験しながらも、軌道に乗せて行く日々。やがて、その世界では一世を風靡《ふうび》するに至るも、信じ切っていた古い友人に裏切られて倒産。この、わずか三年間の狂騒曲めいた日々が描かれています。

これを書いた時、既に団さんは御自身の死を見据えていたと思われます。彼の他の本でも、くり返し取り上げているこの頃の逸話を、いったい、何故、再び「最後の自伝的小説」の題材に選んだのでしょう。

ここでは、さまざまな人々が登場します。渥美清《あつみきよし》、篠山紀信《しのやまきしん》、たこ八郎《はちろう》、宇野亞喜良《うのあきら》などの各界で名を成した方々から、編集部に集まって来た女子大生やポン引き青年などの無名の人々、そして、ぎょっとするようなＳＭ趣味を抱えた読者まで。その彼らが、鬼プロに集い、さまざまな人間模様をくり広げます。そこには世間体などというつまらない規範など存在しません。誰もが風変わりで自由。それなのに、中心には、団鬼六という人間に対する親愛の情が、しっかりと、ある。あらかじめ社会から逸脱しているように見える人々が、その一点において統率されているのです。それ故に、誰もが、きちんと芯を持ったおもしろがりになれる。

人間、生きていれば、困難も失敗も多々あります。つらいことも悲しいことも山積です。それをやり過ごすのに必要なのは何か。私は、ユーモアしかないと思うのです。そして、ひとりで、その糸口を探すのもままならない時、仲間たちの存在が、どれほど助けてくれることか。ユーモアに満ちた他者の味わいが、どのくらい慰めてくれるものか。団さんの人生にとって、「ＳＭキング」の三年間は、そのよりどころになったのではないか。そんなふうに、私には感じられてならないのです。

手形をだまし取られて、鬼プロが倒産する時は、こんなふうに描かれています。

誰もが皆明るく、これでは解散パーティではなく、鬼プロ創立三周年の記念パーティの雰囲気である。私は酒に酔って明るく騒ぎ出している鬼プロ社員を見ている内、太宰《だざい》治《おさむ》の「右大臣実朝《さねとも》」の一節を思い出した。——あかるさは、ほろびの姿であろうか。人も家も、暗いうちはまだ滅亡せぬ——である。

明るさと暗さの引き立て合い。まさに、これこそ、団鬼六という作家の真髄ではないでしょうか。そして、「SMキング」の三年間が、その明るさを演出したとは考えられないでしょうか。わずか三年。けれども、私は、その短い月日が、作家のその先の人生を照らす懐中電灯の役目を果たしたように思えます。もちろん、途中でバッテリーは切れたことでしょう。そのたびに遭遇する出来事で充電をくり返しながらも、団さんは、あの三年間の小さくとも強烈なバッテリーの存在を忘れずにいたに違いありません。その明かりの下でくり返された盛大な宴のことも。供されたのは、悦楽という皿の数々。それらを味わいながら、口ずさむのは、もちろん、この言葉です。

一期は夢よ、ただ狂え。

（2011年11月）

暗く明るく愛たずねます

藤子不二雄Ⓐ『愛たずねびと』

最初、「愛たずねびと」という題名をうかがって、本当のところ、まいったなあ、と思ってしまったのでした。だって、実は、私と藤子不二雄Ⓐ《ふじこふじお》さんは、夜の酒場で遭遇するやいなや軽口を叩《たた》き合う間柄。本名の安孫子《あびこ》さんをもじって、「あびこっち」と呼ばせてもらっています。漫画のことも小説についても、ほとんど話題に出ず、ただひたすら実のない馬鹿話に終始している、という、まーったく生産性のない二人なのです。それなのに、今回、彼の描いた愛の喪失をテーマにした作品についての文章を書けとの御達しが！「あびこっち」と「愛」……てれるーっ。

などと、この期に及んでじたばたしながら読み始めました。これは初めて出会う作品です。元々、私の夫が大の藤子不二雄Ⓐファン。以前、『まんが道』も読まずして、藤子先生を語ってはいかーん、と言われ続けて、渋々手に取ったのですが……いや、驚きました。あの人は、ただの飲み屋さんのお友達として扱われる人ではなかったのだと、ようやく知った次第です。以来、夫に勧められるままに、藤子不二雄Ⓐ作品に親しむようになりました。飲み屋の「あびこっち」は、ひとまず、こっち置いといて、と頭の中で区別をするのにも慣れました。そして、彼の作品の魅力とは、明るさの中に潜む暗さ、暗さから立ちのぼって来る明るさの兼ね合いの妙ではないか、という思いに至ったのです。

明るいものを明るいと描くこと。暗いものを暗いと主張すること。臆面もなく、それをやってのけるには、この作者には特有の含羞がある、と感じていました。それが、性格なのか、キャリアのせいなのか、年の功なのか。いずれにせよ、私は、そこに、人間性の出来具合やら、品の良さなどを見つけてしまう訳です。ウェルダンな感じ、とでも言いましょうか。

ところが、この『愛たずねびと』と来たらどうでしょう。男によって不幸にされ別れ、そして、別な男に出会い、また不幸になり別れ……何度も愛を求めながら、その成就を見ない愛子さんの彷徨《ほうこう》……。遊び相手を身ごもらせているくせに、彼女を口説くインテリア・デザイナーの台詞はこうです。

〈ぼくとあなたは　ちょうど　あなたの部屋に　ぼくが組み合わせた　カーテンと壁紙のように　調和するハズです!!〉

で、その言葉に気を良くして、愛子さん、結婚してしまいます。そして、ストーカーと化した元遊び相手に散々嫌がらせをされて夫と別れて失意のどん底。実は、その女の部屋のカーテンと壁紙が、愛子さんちと同じだったという……暗いっ。暗過ぎる！　私の知ってるあびこ……いえ、藤子不二雄Ⓐ作品とちがーう！

などと混乱している内に、段々、心が明るくなって来ました。そう、あまりの暗さは、かえって明るさを生んでしまうというこの真理。そうか、あの人の恋愛観ってこうなのか、と感心しつつ、公私混同して次の酒席に備える所存です。

（２０１３年12月）

この世で、最も素敵な愚行

岸恵子『わりなき恋』

私の大嫌いな日本語のひとつに「いい年齢《とし》して〜」という言い回しがある。だいたいその後には「みっともない」とか、「あさはかな」とか、「思慮が足りない」などというネガティヴな言葉が続く。「浮わついている」や、「むこうみずな」なんかも。それらは皆、愚かしさを表わす形容詞たち。そこには、「いい年齢」になったら愚かな振る舞いを避けるべし、という不文律が存在している。そして、人々はそれを「良識」と呼んで安心するのである。

小生意気な文学少女から、大生意気な若い女に成長するまで、私は、その種の良識を意識せずにすんで来たが、そんな私でも、時折、「何さ、いい年齢して！」と舌打ちをしてしまうことがあった。

たとえば、父と母がくすぐりっこをしてふざけている時など。二人共、片手を上げて向き合い、互いの脇の下をくすぐろうと近付くのである。本当にくすぐってしまったら反則で、耐えられずに笑って手を降ろしてしまったら負け、という仕様もないゲーム。彼らは、懲りることなく定期的にその闘いに身を投じ、笑い転げていた。まさに「いい年齢して」である。

あるいは、通っていた学校の教師の男女が、校舎の片隅で見詰め合うのを目撃した瞬間。「いい年齢して」、ロミオとジュリエットよろしく、甘い哀しみに浸っているらしい彼らを盗み見ながら、呆気に取られたっけ。

ナイトクラビングに精を出していた頃には、年配の得体の知れない金持女が、恋焦がれる若い男を争って小娘と取っ組み合いをする現場に何度も居合わせた。あーあ、いい年齢して……という呟《つぶや》きと少なからぬ数の人々から洩れる失笑を背後に聞いた。

思い起こせば、いくつもの情景が浮かんで来る「いい年齢」の人々による、決して格好良いとは言えないエピソードの数々。大人の文学に親しみながら育ち、早く大人になりたいと願い続けた私は、それらに遭遇して肩をすくめていた。だって、夢見た大人たちのあり方とは、全然違うような気がしたから。大人って、もっと、ものの解った粋な人種のことじゃないの？　と心の中で異議を唱えていたような気がする。

それから年月が過ぎ、私も、その「いい年齢」になった。自分がなってみて思うのは、若者って何も解っちゃいないんだなあ、ということ。そして、その若者が、何の自覚もなく育って行くと、良識派の中に埋没してしまうということ。「いい年齢して」と他人を嘲る側の大人になるのだ。私自身が、どうやら、その一派に入るのをまぬがれたのは、不埒《ふらち》なライフスタイルのせいか、幸運な人間関係のおかげか、はたまた読書の効用か。このいずれか、あるいはすべてが混じり合って、世界を見聞する手助けをした時、人生の荒波は、美しいビッグヴェイヴへと変わる。その稀《まれ》な大波を乗りこなして来た人は「いい年齢して」することの醍醐味《だいごみ》を知っている。昔、若くて未熟な私が呆れた、あの人もあの人も、たぶん、自分だけのやり方で波乗りをして来た人たちなのだ。もちろん、私の父と母も。だから、愚行に身をやつせる。そのことに夢中になれる。そして、この世で、最も素敵な愚行とは？　恋愛。私は、そう断言する。それも、もう決して若くない人々による、それ。わりなき、恋。

今回、岸恵子《きしけいこ》さんが描いたのは、六十九歳の女と五十八歳の男が始めた恋。恋とは、するものではなく落ちるもの、という言葉がある。それに従うなら、始めるものではなく、始まるもの、と言うべきかもしれない。でも！　と私は思うのである。この物語の主役である伊《い》奈笙子《なしょうこ》と、そのお相手となる九鬼兼太《くきけんた》の場合は、自分たちの意志で、あえて始めたのだ、と。出会いは偶然。けれども、その巡り合わせがいかに貴重であるかを、長年つちかって来た勘に導かれて、二人同時に握り締めた。そして、個人的な歴史が磨きをかけた審美眼によって、通り過ぎるには、あまりにも惜しい相手との時間を選び取ったのである。

二人の出会いを受けて、笙子の親友の砂丘子《すなこ》が言う。

〈理屈や分別を超えて、どうしようもない恋。どうにもならない恋、苦しくて耐えがたい焔《ほのお》のような恋のことだと思う。笙子、覚悟ある？〉

そして、笙子は、飛び込んで行く。引き摺《ず》られて行くのでも、流されて行くのでもなく、自身の意志で、その、わりなき恋に身をゆだねて行くのである。

冒頭で「いい年齢して」と呼ばれてしまう人々について書いたが、岸惠子さんは、そういう愚行を犯す人々とは無縁のように思える。日本人の誰もが知る大女優にして、四十年あまりのパリ暮らしを経て身に付けた洗練と、ジャーナリストとしての眼《め》で積み重ねた知性を駆使して、鋭く、それでいて味わい深い文章をものにする。容姿に関しては、もちろん言うまでもないだろう。どこの国の男が見ても（いや、女も）溜息をつくゴージャスなマダムである。そんな非の打ちどころのない岸さんと、あなたの見て来た愚かしい人々とを一緒にしないでくれ、と言われそうだ。そりゃごもっとも、と私も同意しよう。しかし、私は、笙子と兼太の恋が「わりなき」情熱につき動かされるという一点で、この二人が愚かさに甘んじていると言いたいのだ。そして、彼らの心情を描き切った岸さんもまた、人間の愚かさに精通していると思うのだ。愚かであるからこそ、いとおしい、という成熟した人間においてのみ慈しまれるパラドックスについて。

二人の間には、ラヴレターやメールがひんぱんに行きかう。カーソルの動かし方も知らなかった笙子が〈こんなコセコセ、チマチマした機械で、こころは伝わらない！〉と駄々をこねながらも、携帯メールの使い方をマスターする。すべて、兼太とつながっていたいがための努力だ。お互いがお互いのための日々の情報を公開するのを厭《いと》わない。

＝ぼくもあなたの手書きのほうがどれほどうれしいか。携帯メールはただの連絡手段

です。(中略)あなたの過ごす刻一刻を知っていたい。愛しています。兼太＝

＝うとうとと夜がたけて、うとうとと朝が来ました。恋に愛が侵入してきました。笙子＝

＝今、静岡にある工場にいます。(中略)横浜が近いのに切ない。兼太＝

恋する二人に必要な情報の伝達とは、自分が相手をどれほど欲しているか、そして、相手がどれほど自分の不在をもどかしく感じているか、それらを教え、教えられるということなのである。英語なら「クレイジー　アバウト」、そして、日本語なら「うつつを抜かす」。このことを古今東西、愚行と呼んだのである。ただし、経験した者なら誰しもが頷く、世にも幸せな愚行。大人になったからこそ、もう誰を気にするでもなく自分に許せる最高にして、少しばかり恥ずかしい贅沢である。

二人は、その贅沢を思う存分に享受している。既に確立されたおのおのの趣味を交錯させながら、楽しみ尽くす。そこでは、嫉妬やいさかいも隠し味になる。世界のあちこちで落ち合い、美味なるものを食べ、充実した会話を交わす。そして、甘苦しさの中で抱き合い、ひとつになる。それなのに、浮かれた若い男女とは明らかに異なる。何故なら、笙子と兼太には、それぞれの背後に、これまで歩いて来た長い道のりが、決して明るいだけではない過去を作り、そして、彼らの前方にある未来の道のりには限りが見えているからだ。そのことを意識しながらも、愛し、執着し、いさかい、そして、二人は、また愛し合う。

笙子という女は、何とも凜々《りり》しい。日本人らしからぬ、という言いまわしを誉め言葉に使いたくなるようなダンディぶりである。

九鬼は男の尊厳と言うかもしれないが、笙子は自分のそれを、とても上等な女のはったりと呼ぶ。そしてこの見栄《みえ》とはったりは、人生を潔く送るためには欠かせないほど大事であると同時に、自分を苛《さいな》みもするのだ。

はたして、上等な女のはったりを貫いた笙子は、この恋に、どのような結着をつけるのか、あるいは、つけないのか。ここで、エピローグまでを語るような野暮は避けるが、〈周りを敵に回すのが怖い人に、私を真剣に愛する覚悟はない。〉と心の内で言い切って男と対峙しながら恋の領域に進む彼女には、ほれぼれしっ放しだ。この主人公に、あのたたずまいがあれば、と岸さん自身を投影してしまうのも無理からぬことであろう。何しろ、人生の荒波を美しいビッグウェイヴへと変えて乗りこなして来た稀な女性なのだから。そして、その人は、愚行の楽しさを知り尽くすお茶目なパーソナリティの持ち主でもある。そのあたりは、笙子と兼太の「いい年齢して」交わすチャーミングな会話を読みながら堪能していただきたい。
ところで、この『わりなき恋』が単行本として発売されたのと、ちょうど時を同じくして、ケーブルＴＶで岸さん出演の「約束」という映画を観た。大学時代に名画座で観て以来だったのだが、これが少しも古くないのだ。

強盗犯の若いちんぴら（萩原《はぎわら》健一《けんいち》）と看守付きで母の墓参りに行く模範囚の女（岸さん）が同じ列車に乗り合わせ、結ばれる筈もないのに、ほんの短い間魅《ひ》かれ合う。派手なシーンなどひとつもない、しんとした映画だが、女の沈黙が息を呑《の》むほど美しい絵を描く。北に向かう夜行列車を決して演歌にしないシックな映画だった。

そういや、あの映画も、何の因果か年上の女と年下の男の組み合わせだったな、なんて思い出している。こら、因果なんて言葉を使ったら失礼だろ？　と言われそう。それは、そう。素直にすみません、と謝りたいところではあるが、あの映画との再会と、この物語とのほぼ同時の出会いを思う時、哀切の極みを知る故に至福をも手にした者たちが引き寄せた、世にも魅力的な因果というものを感じずにはいられないのである。

（２０１４年８月）

誰かが語るリアルなZUZU

島﨑今日子『安井かずみがいた時代』

あれは、八〇年代も終わりに差し掛かった頃だっただろうか。芦ノ湖《あしのこ》のほとりにある瀟洒《しょうしゃ》なホテルでのこと。早目のディナーを楽しんだ後のバーでグラス片手にくつろぎながら、今は亡き森瑤子さんが少し得意気におっしゃったのだった。

「私と大宅映子《おおやえいこ》と安井かずみはねえ、三人娘なの」

その日、私たちは、車二台を連ねて箱根までのドライヴ旅行と洒落込《しゃれこ》んだのであった。目的は、霧のたち込める湖のほとりで美味なるフレンチを堪能すること。そういう突然思い立ったゴージャスなハプニングを演出するのが似合う時代だった。五木寛之《いつきひろゆき》さんの運転するジャガーのバックシートで緊張のあまりに身を縮ませていた私とは大違いに、助手席の森さんは、堂々たるレディに見えた。いや、見えたのではなく、本物だったのだ。

当時、私は、小説家になる前には見たこともなかった、圧倒的な魅力を備えた年上の女性たちに次々と会う機会に恵まれ、ただただ感嘆の溜息をついていた。怒濤《どとう》の六〇年代、七〇年代のカルチャーシーンをくぐり抜けた後、積み重ねたキャリアを元手に独自のライフスタイルを確立した女たち。威風堂々としたたたずまいであるのに、たっぷりとしたエレガンスを身にまとって、美しくあるべき自立の作法を示した。

そんな女性たちのひとりが、森瑤子さんだった。縁あって親しくしていただき、私は、彼女から、さまざまなことを学んだ。若さ礼讃《らいさん》のこの国で、いかに年齢を重ねながら味わい深い人間味をかもし出して行くか。成熟したワインのブーケのように、女の人生を匂い立たせるにはどうしたら良いのか。彼女と共に時を過ごすことは、そのまま私のレッスンになった。ずい分と前向きなパワーをいただいた。しかし、同時に、大人の女でいるのを引き受けるとは、底知れない孤独と、常に心を湿らせる哀しみを隠し持つことでもあるのだ、と思った。明るさの舞台裏にある物語性こそ、人間の魅力の引き立て役に他ならない。

その種のことについて、森さんは、実に率直に話してくれたものだ。冒頭の安井かずみさんに関する話は、その流れで出た。私が十代の頃、付き合っていた年上の男の部屋に『加藤《かとう》和彦《かずひこ》・安井かずみのキッチン&ベッド――料理が好きで、人生が好きで……生活エンジョイ派のメニュー・ブック』があり、読んでたちまち夢中になった、と言ったのだった。

三人娘、という言葉を出したわりには、森さんは、あの人にはかなわないわ、と溜息をつくのである。

「通り掛かった私の知り合いが、庭だったか、サンルームだったかにいるかずみさんを偶然見たんですって。白いシフォンのシックなワンピースを着て、たったひとりきりで、華奢《きゃしゃ》なカップとソーサーを手にお茶を飲んでいたっていうの。それ、早朝よ。だのに、完璧に絵になってたんですって。私には到底無理ね。その時間、髪ふり乱して一日を始めてる」

それが普通ですよ、そうかしら、などと話は続いたが、私の頭の中には、白いシフォンに身を包んだ安井かずみのイメージが、くっきりと焼き付けられた。やっぱり、思っていた通りに素敵なんだ。こういう話を聞くと憧れて来た甲斐があるものだ、と嬉しくなった。でも、何故だろう、時々、もどかしそうに自分の弱点を口にする森さんの方が、今の私にはチャーミングに思える。まあ、仕方がないか、会ったこともない人だし。

そこまで考えて、ふと気付いた。安井かずみ自身によって描かれた安井かずみ像を、私は散々読んで来た。ライフスタイルも、恋愛論も、仕事におけるポリシーも、外国での体験談も。それなのに、他者によって語られた安井かずみを、私は、何ひとつ知らないのだ。とても近いところにいるであろう森瑤子さんですら、「本当に完璧で素敵な女」としか言わない。私が遅れて来た世代だから知る術《すべ》がないのか。いや、そんなことはないだろう。安井かずみのフォロワーと言っても良い熱心さで、彼女のエッセイを読んで来た私は思う。あの人は、他者からの横槍《よこやり》など入れられる隙を与えないくらいに、念入りにライフストーリーを更新して来たのではないか、と。

ああ、読みたい、と切に感じた。コントロールされた安井かずみ自身による彼女の物語ではなく、深く関わり合った人々による、「私の知るＺＵＺＵ」の話が読んでみたい、と。

しかし、そう熱望している内に、それについて語るべきひとりであった森瑤子さんは亡くなり、続いて、安井かずみさん御本人も、さらに、夫であった加藤和彦さんも天に召された。残念でならなかった私だが、「誰かが語るリアルなZUZU」を読むことは、年月の過ぎる中で諦めた。

それなのに！　何と嬉しいことだろう。私が待ち望んだ通りの本が出版されたのである。しかも、著者は、インタヴューの名手である島崎今日子《しまざききょうこ》さんなのだ。待ってました、とばかりに興奮して、書店で小躍りしそうになったのは、私だけではないだろう。

それまで、日本のどこにもいなかった「自分の人生の主人公は自分」という概念を持ち込んだ人。ロールモデルであるべき姿を女たちに提示してくれた人。そんな彼女の素顔が、周辺にいた人々への島﨑さんの丹念な取材でくっきりと浮き上がって来るのだ。

ずい分と長いこと、憧れ続けた女の人。うんと年上だけれども、おばさんではない。お姉さんでもない。庶民レベルのそんな親しみなんてお呼びじゃない。たぶん、実際に会ったとしても友達にだってなれなかっただろう。それなのに、それなのに、「自分だけの人生」をものにしたいと心から望んだとき、存在そのものがテキストになる稀な人。そんな女の人生のモザイク、どうやって形作られているのか見てみたい。いえ、もっと言えば、その組み合わせから生じたひずみだって知りたい。これは、少し下世話な興味だ。でも、人間って、バックステージに、さらなる味わいがあるものじゃない？

そんな私の期待に、この本は、たっぷりと応えてくれた。二十余の証言からは、さまざまな「私の知るZUZU」が流れ出し、交錯して、この類い稀なスタイリッシュウーマンの姿が浮かび上がる。それは、対外的なイメージ通りに華やかでワイルドで最先端を行っていると同時に、繊細で可憐《かれん》で傷付きやすく、時に、どうしようもなく「女」である。

安井かずみの交遊録は、加藤和彦との出会い以前と以後で、大きく書き変えられて行く。以前のエキセントリックな魅力に満ちたZUZUを愛していた仲間たちと、以後のコンサヴァティヴなZUZUと親しくした友人たちとは、ほとんど重なっていない。両方の時代を知る数少ない人々も困惑しているようだ。加藤和彦という男に、ZUZUは何を託したのか。そして、そのことと引き替えに何を切り捨てたのか。いずれにせよ、数々のラヴアフェアをくぐり抜けた時代のミューズは、たったひとりの男を人生の楔《くさび》として、生き方まで変えた。

加藤、安井夫婦に対する人々の証言は、実にさまざまだ。見る人によって、これほど印象が変わってしまうのか、と驚いた。まるで、不可思議なミステリーを読んでいるような気にもさせられるが、そもそも、人と人との組み合わせは、角度によって光の束を選《え》り分けるプリズムのようなものではなかったか。視線によって、見える色はさまざまだったということだろう。そして、その色たちを、島﨑さんは、よく引き出した。光あるところには影がある。その濃淡具合を。

膨大なエピソードが語られる。森さんが三人娘と呼んだ内のひとりである大宅映子さんは、安井かずみのかつての親友、加賀《かが》まりこにこんなことを言われてしまう。

〈あなたはZUZUというお月さまの裏側しか知らないのよ。〉

太陽ではなく、月。昔からZUZUを知る人ほど、彼女の月の部分を見ている。そこについて言及されるのは、私の世代のまったく知らない安井かずみだ。そして、それは、最も知りたかった部分でもある。

吉田拓郎《よしだたくろう》はこんなふうに不服気だ。

〈ZUZUのほうは、あれだけ愛のこもった詞を書ける人が人の痛みや悲しみがわからないわけがない。どうしてこんなことがわからない加藤を選ぶかなって。〉

自他共に認めるベストカップルと信じ切っていた私のような読み手は、迷宮に突き落とされた気がするだろう。けれど、こうも思う。そう来なくっちゃ。あれだけの才能に恵まれた男と女がベストカップルという単純な記号の訳がない、と。それでこそ、稲葉賀恵《いなばよしえ》さんのこの言葉が生きる。

〈彼女は物質的にも精神的にも贅沢でないとダメな人で、だからこそみんなが憧れたんです。〉

島﨑さんは、時代のアイコンであったひとりの女の素顔をいくつもの独自の合わせ鏡によるリフレクションで浮き上がらせた。並のインタヴューアの仕事ではない。

ところで、実は、私は、加藤和彦さんには何度かお会いしている。湖のほとりで森瑤子さんとお喋りをしていたあの頃だ。ＣＭ曲の作詞を依頼されたのである。しかし、私の詞は採用されず、それきり連絡は途絶えた。理不尽にも感じたが、作詞の才能が皆無なのだと納得した。

でも、でも、もしあの詞がボツにならなかったらもしかして私もこの本のインタヴューイとして登場出来たんじゃない？　だったら最高だったのになどと、ちょっぴり口惜しい気持と共にそんな詮ないことを考えてしまうのである。

（２０１５年３月）

おおいなる無駄足を楽しむ贅沢
久住昌之『野武士、西へ　二年間の散歩』

昨今の散歩ブームに対して、野武士の〈俺〉は、こんなふうに疎ましく感じるのである。

テレビで見て、ガイド読んで、ネットで検索して下調べして、わざわざ出かけるのが散歩か？　それは観光じゃないか旅行じゃないか。

散歩なんて、頭を使わずにその辺をぶらっとする、無意味なそぞろ歩きだろう。「さんぽ」と平仮名が似合う、のんきな気晴らしだ。「オススメ散歩コース」に沿って几帳《きちょう》面《めん》に歩くなんて、散歩じゃねえ！

キャーッ、素敵！　と思わず歓声を上げたくなる野武士の啖呵《たんか》である。しかし、そんな彼の側《そば》には、いつもかしましい御意見番たちが寄り添っていて、普段は身を潜めているのに、ここぞという瞬間にはしゃぎ出す。そして、極めて無責任に、彼をくさしたり、そそのかしたりするのである。

ボクや僕や私やワタクシやこちとらや手前の自分は、

「ま、今はそういう時代なんだから、しょうがないいんじゃないのぉ？」

と苦笑いして流す（後略）

そんな言われように、野武士の〈俺〉は、どうにも気にくわないと、また啖呵。〈大阪ぐらいまでぶらぶら散歩しないと、腹の虫がおさまらねぇ。〉だって。意外なことに、ボクや私たちは、いっせいに大賛成。口々にアイディアを提案したり、励ましたりして〈俺〉をその気にさせる。そうして生まれた企画が、この「野武士、西へ」である。あくまで、男臭くぶっきらぼうな野武士スタイルを貫きながら、大阪に向かう。けれども、実は現代人である野武士のへたれ具合は容認して、疲れたら新幹線に乗って帰って来る。そして、次は、その地点まで新幹線で行き、続きを散歩。泊まりもあり、時には、おいしいものと温泉も楽しめるという大人のつぎはぎ散歩。

おもしろそう！　でも、大変そうでやりたくなーい、そんな酔狂なこと。たいていの人はそう思うのではないか。そして、次の瞬間に、はっとする。あ、そうか、久住《くすみ》さんにおまかせすれば良いんだ。かくして、心持ちを野武士でコスプレした久住さん（ボクとか私とか何人かの御供付き）に便乗して、読者の私たちも、ながーい散歩に出るのである。そして、少しずつ学んで行くのだ。何をかって？　えーと、それは、野武士の散歩道（さんぽみちではなく、さんぽどう、ね）のようなもの。そして、現代人の変わり身の早さを体得する術、加えて、おおいなる無駄足を楽しむ贅沢の作法などなど。

久住さんの本を読んでいつも思うのは、ここには、社会の何の役にも立たない、けれども、ある種の人間の個人的楽しみにとって有益なものが、ぎっしりと詰め込まれているなあ、ということ。天下国家を語る野暮とは対極のおもしろさに満ちている。それを解さない人々には「やくたいもない」ですまされてしまう類の発想が、私も含めた久住さん愛読者にはたまらない。確実に、自分の内なるユーモア小僧にヒットするのである。そして、その瞬間、脳内に棲《す》む〈ボクや僕や私やワタクシ……〉たちが、たちまち騒ぎ出す。どうする？　野武士に付いてっちゃう？　そりゃ行くでしょ、やっぱ、とか何とか。今回は、野武士の精神を学ばせてもらうよ！　と姿勢を正して宣言したのは、私の中のワタシだったたか。

そう決意して、本の中を歩き続けると、良いフレーズが山ほどあるんだなあ。まるで、困難な道のりの途中で出会《でくわ》す、慈愛に満ちた御地蔵さんみたい。あるいは、深い人生で得た教訓を体で示して通り過ぎる修行僧か。

路傍の花の名前をなんでも言えるようになったらジジイだ。花だ花だきれいだよかった。野武士はそれでよい。

これなんか小林秀雄《こばやしひでお》みたいじゃん。

また、山の斜面に延々と続くビワの農園で作業するおじさんに出会い、野外で農業に長く従事した人の風格があると思う。

その人がどうやって生きてきたかによって、人の顔に刻々と彫り込まれていく。歳月にウソはつけない。

自分は、三十年マンガを描いて生きて来た。そういう顔になっているのだろうが、太陽になじむ風格は全然ない、と〈俺〉は感じ入るのである。すごいよ、野武士。謙虚。男の鑑《かがみ》。長いこと歩いて「東海道五拾三次《ごじゅうさんつぎ》」の見え方が変わったとも言う。実際の風景とは全然違うのでおもしろくないと感じていた広重《ひろしげ》。それが、まったく異なる印象を持って〈俺〉にせまって来る。

これはデザインではない。画家の歩いた実感から醸し出された心象風景だ。(中略)広重を通じて過去と繋がる感覚がたまらなく気持ちいい。広重に現代がちらりと見えるし、俺は広重を通して、江戸時代をそろりと足の裏に思い出す。

甦る広重！　野武士として東海道を歩くことによって体験する江戸とのシンクロニシティ。そこには、確かに安藤《あんどう》広重が存在している。そして、彼の仕事の優れた突出ぶりを野武士の目の前に広げてくれるのである。私たち読み手という名の同行者は、すかさず追体験してお裾分けに与《あずか》る。そうだったんですね、広重さん、などと呟きながら。でも、「東海道五拾三次」は、たぶん見返したりしない。ごめん、野武士。久住さんの文章だけで十分満足している活字散歩者の私たちである。

ああ、そうだ。久住さんの文章は「読んで満足出来る」のである。文章を誉める場合、流麗であるとか、手練《てだ》れであるとか、無駄なく的確であるなど、さまざまな理由があるが、私は時々、「プロの小説家には真似出来ない芸当だから」という言い回しを使う。この場合のプロとは、小説を書くことだけをなりわいとしている私のような人間を言う。そんなプロの意表を突く、きらめく一文を文章中にぽんと置いた作者への賞讃である。

久住さんは、既にキャリアの長い文章家であり、その意味では、まごうことなきプロフェッショナルなのだが、それでもフィクションに拘泥する毎日を送る小説家はこう思うのである。

「うわ、この文、プロの小説家には真似出来ねえな」

それは、見たことを見たように、感じたことを感じたように書くということである。技術によって描写するのとは少し違う。自分の内と外をつなぐものに唯一無二の言葉を与えるのに似ている。

足と目で道を味わうように歩く。緑が細かい雨を喜んでいるように見える。雨と緑と土の匂いの峠道。

乗客のひとりもいない、長い長い貨物列車の一番後ろに、ポツンとついている昏《くら》い灯《あか》り。そこに乗っている車掌さんのサビシイ気持ちを思ったのだ。自分の心までそこに乗って、どこか遠くの知らない街に連れて行かれるような気がした。

俺の足は時計の秒針だ。あるいは柱時計の振り子だ。コチコチ右左とただただ単純に歩いている。俺はこのかけがえのない時間を自分の足で生み出している。

引用するときりがないので、この辺で止めておくが、これらのような文章を読むと、はー、かなわないな、と思うと同時に、こいつはうかうかしていられねえな、とあせってしまう。プロの小説家(私のような)は、あらゆるフィクションを創り上げる技術が、こういう野武士の持つ、てらいのない心象風景(まさに広重のような)を礎にしてこそ磨かれるのだと、じゅうじゅう承知しているからである。

小説を書いてみれば良いのに、と期待する気持、半分。いや、野武士のままでいて欲しいという気持も半分。いずれにせよ、多才な作者のこと、さまざまなアプローチを展開させ交錯させ人々を楽しませてくれるだろう。真面目にふざけたことをやるのに長けたこの酔狂な大家は、「久住昌之《まさゆき》」という壮大なジャンルを確立しつつあると思う。その目次のひとつが、この『野武士、西へ』だ。最後まで同行して、大阪までの脳内散歩を堪能した者としては、「北へ」、「南へ」、「中央線、はしからはしへ」などの続編が待たれるところだ。

散歩が終わりに近付いた頃、老舗《しにせ》の鰻重《うなじゅう》を食べていた友人の話が出て来る。その彼は、もうすぐ食べ終わるという時に、顔を上げて笑ってこう言ったそうだ。

「なァ、クスミ、俺、まだおいしいよ」

あああ、野武士の勝ち！　小説の負け！　読んだ瞬間、自分の奥底にずっと眠っていた何かをぎゅうっとつかまれた。かなわないね。

忘れていた、まだおいしいものの数々を、久住さんは、これからも私たちに見せてくれるのだろう。そして、人生の素晴しいロスタイムの在り処に案内してくれるに違いない。

（２０１６年３月）

孤独を溶かすマジックワード
黒木渚『壁の鹿』

もちろん剝製がどのようなものであるかは知っているし、見たこともある。けれども、剝製について思いを馳せた経験があるか、と問われれば、ほとんどの人が、ない、と即答するのではないか。私が、そうであるように、まじまじと至近距離でながめた覚えすらないのではないだろうか。

剝製とは、とりわけそれを愛好する人々のものであると同時に、興味のない者にとっては、ただの飾り物として目のはしに映しながらも、関心を持たずに通り過ぎてしまう物体にすぎない。いや、すぎなかった。この『壁の鹿』という作品に出会うまでは。

壁に掛けられた鹿の頭の剝製をモチーフに短編小説の趣を凝らした四つの章が並ぶ。それぞれに内省的であり、時にユーモラスな仕掛けもあり、ホラーストーリーじみているかと思えば、寓話を装ったりもする。まったく違う世界に住む人間たちによる「壁の鹿」を巡る奇《き》譚《たん》の数々……に見える。

しかし、第五章を迎えて作品のトーンは急変する。そのおどろおどろしくも官能的な修羅をくぐり抜けて、それまでの四つの物語を束ねながら第六章へと突き進むのである。そして、いくつかの冷静な考察を交えながら、世界は終わる。と、同時に始まる。第一章の主人公であった「タイラ」は、決して幸福な状況とは言えないながらも、未来へと押し出されて行く。その時にも「壁の鹿」はいて、彼女に声をかける。それは、もう、ただの剝製の頭ではない。少女の頃の彼女にこう言わせた確かな存在なのだ。

〈今までの分を、奪い返すつもりで生きていくよ〉

「我が家」の感覚、とタイラは言う。そう、この作品は、剝製の鹿の頭に「我が家」を託した、それぞれのカミング・ホームの物語なのだ。症例、と呼んでも良いかもしれない。美しくもあり、醜くもある、「壁の鹿」ディズィーズによるいくつかのケース。それは、時に幸せをしたたらせ、またある時には哀しみを滲ませる。狂気と冷静のはざまに花開く病のようなもの。いずれにせよ、「壁の鹿」と対峙する人々が抱えるのは、圧倒的な孤独である。

章立てごとに題名は付けられている。すべて「壁の鹿」と話をする人間たちの名前だ。けれど、鹿たちにもそれぞれに呼び名があるのである。最初は、名付けた当人だけが知るひそやかな暗号めいた呼び名。けれど、その内に、孤独を共有するべく各章の主人公たちは大切な人にその名を洩らしてしまう。すると、途端に、「壁の鹿」たちは、ただの物言わぬ鹿に変身してしまうのである。それは、まるで魔法が解けてしまったかのようだ。鹿の名は、他者とは共有出来ない孤独を溶かす魔法の言葉だったのに。人は、孤独を手放す喜びと引き替えに、大事な何かを失ってしまうらしい。
ああ、そうだ。私も、子供の時にそんなことがあった筈だ。あの、お話し相手だったミルク飲み人形はどこに行ったっけ。散々、自分を慰めていた筈なのに、そんな存在があったことすら忘れてた。大人になるとは、そんな忘れ物をする歴史。でも、優れた小説は、いつだって忘れ物の存在を思い出させてくれる。
さて、孤独を溶かすマジックワードである「壁の鹿」の名で、第一章から読んでみよう。

第一章「宮島さん」
広島の宮島に鹿が沢山いたことからの連想で少女タイラが付けた宮島さんという名前。古い寄宿舎の書斎で、日々の怒りを吐露するタイラに語りかけ、やがてそれは対話になり、すべては始まる。読者は、ここから、真実の声に言葉を返す剝製の鹿の存在を受け入れて行く。宮島さんは、常に、温厚で優しい語り口だ。

第二章「ハテナ」
ハテナは結婚詐欺師のマシロの部屋の壁に掛かる子鹿の頭の剝製だ。女をだますための外しアイテムとしてそこにいるが、いつのまにか、マシロのこまっしゃくれた小さな相棒みたいにお喋りをするようになる。ハテナは無邪気で、いじらしい。

第三章「春」

バイト先のリサイクルショップで、会話を交わして通じ合い、あぐりが自分の部屋に連れて来た鹿の頭の剝製。罵倒すれすれの応酬をくり返しながらも、気心の知れた彼女と彼。彼氏にも似た役割をになって行く春は、口の悪さと裏腹に愛情深い。

第四章「鹿さん」

押し入れの奥に棲む鹿さんは、幼ないはじめくんの新しいお友達かもしれない。あるいは、ほの暗い未来の予言者かもしれない。鹿さんは、人なつこく、けれども不吉な気配を漂わせている。

第五章「ツノカケとその他大勢」

剝製職人の夢路《ゆめじ》が初めて自ら手掛けた鹿の頭の剝製。角のない雌で、元々お裾分けの食肉として持ち込まれた。とても静かに夢路とその周囲を見ている。

第六章「再び、宮島さん」

あの、宮島さんである。

これらの剝製たちは、皆、人と正面から向かい合い、話をした。それは、とても非現実的な出来事に思われるが、言葉を交わした人間にとっては真実なのだ。たとえ、当事者以外の人々が妄想だと断言したとしても、「壁の鹿」と話した事実は、消えない。「壁の鹿」たちは、ある時、ある状況下で確実に存在していた。自分たちの心の呟きや叫びを聞いて欲しいと願

深層にあるものを映し出す鏡の役目とも推測される。

ある人は、それを幻聴と言い、カウンセリング要素を含むと説明する。深層にあるものを映し出す鏡の役目とも推測される。


第二章に登場するマシロは、ハテナが誕生したのは、子供の頃からの自分の問題を乗り越えるためだったのかもしれない、と思う。暇つぶしの面白い課題とうそぶいて見せるが、確かに存在していたハテナをいとおしさと共に懐しがる。

ちなみに、私は、この第二章が大好きだ。これから読む方のために、エピソードはあえて書かないが、ハテナのいたいけさと言ったら、ない。私も、実は、小さな頃から物言う人形や縫いぐるみを大事にして来たクチ。どれほど、彼らと話をして慰められたか解らない。今でも、七歳の頃に一緒に寝ていた縫いぐるみを大切にしている（耳は取れて、首はもげそうだけど）。多くの子供がそうであるように、私もまた寂しさと隣り合わせにいたのだ。その寂しい子供だった私は、今、あの寂しさを慈しむことの出来る大人になった。私だけの「ハテナ」に感謝、だ。

そう、少なからぬ人が、自分だけの「壁の鹿」を持ったことがあるのではないか。頷きながら読み進める人がいるのは想像に難くない。

ところが、である。第四章の不穏な童話仕立てから、第五章に差し掛かると度肝を抜かれる。読み始めから形作られて来たノスタルジーは噴き飛ばされ、舞台は、死者と生者の境が弱くなると言われるワルプルギスの夜の様相を呈する。児童文学の傑作、プロイスラーの『小さい魔女』では、かがり火を焚《た》いて魔女たちの狂乱の宴が続いていた。

はたして、この作品の中でくり広げられるワルプルギスの夜は祝祭なのか。はたまた呪いの儀式なのか。中心にいる人物は、司祭なのか、それとも生《い》け贄《にえ》なのか。生と死のボーダーラインの上で、新たな劇場の幕は開く。その瞬間、読み手は、かぐわしい屍臭《ししゅう》とでも呼ぶべきものが渦を巻く、カオスの世界に突き落とされるだろう。そこには、混乱と昂揚《こうよう》感と共に、不思議な静謐《せいひつ》がある。読書の悦楽には必要不可欠なものたちだ。読み手は、そこに身を置きながら、最終章に向けて息を整えることになる。

いったい、「壁の鹿」を巡る摩訶《まか》不思議な物語に、作者は、どのような落とし前を付けるのか。その行く末を追いかけて、この本を読み終えた時、人々は、新たな命題を抱えてしまうかもしれない。いったい、「壁の鹿」とは、本当のところ何だったのか、と。ファンタジーなのか。幻覚なのか。トラウマなのか。病なのか。あるいは、それらのいずれかが生み出した作話に過ぎないのか。

もしかしたら、その答えなどないのかもしれない。自らの内側に掛けられた「壁の鹿」が姿を現わした時に初めて見つかるものなのかもしれない。そんなふうに、あれこれと勘ぐったり、憶測したり、想像したりしながら小説世界をたゆたう醍醐味。この作品は、それを十二分に与えてくれる。

ところで、私は、この作者の黒木渚《くろきなぎさ》さんという方を存じ上げない。ミュージシャンだと説明を受けたが、まだ彼女の音楽を聴いたことはない。CD・DVDとセットになった美しい白の装幀の本だけを読んで、この解説めいた文章を、図々しくも綴《つづ》った次第。偶然なのか、必然なのか、この小説に巡り会えたことに感謝している。

と、同時に、自分の心にある小説家としての「壁の鹿」の掛かり具合が気になり始めて困ってるんだよね。あ、また曲ってる、とか何とか言って直してみたりして。

（2017年4月）

色の妙味を重ねた男と女たちの物語

宇野千代『色ざんげ』

この解説のお話をいただいた時、何故かもう逃げられないという気持になり、冷汗をかいてしまったのでした。はなから逃げる理由などなく、そもそも宇野先生の文庫解説など依頼されたこともないのに、勝手にそう感じて焦ったのですからおかしなことです。

夫に、その時の妙な気分を伝えると、彼は、呆れたように言うのです。もう、そろそろ良いんじゃない？　と。

もうそろそろか……と思いました。すると、そうだよね、そろそろ良いんだよね、と素直に頷いてしまったのです。だって、もうこの年齢《とし》だもの。

私は、もうじき六十歳を迎えます。宇野《うの》先生が『おはん』を刊行したあたりでしょうか。先生と私が呼ぶのは宇野千代《ちよ》先生だけ、と小娘の分際で公言してから早や三十余年。宇野さんを師と仰いでいらっしゃるとか……などと先輩の作家の方々に興味深げに、また、ある時は皮肉混じりに尋ねられては、我身の生意気さを思い知り、身の縮むような思いをすること数知れず。その若さで、いっぱしに宇野千代語っちゃってさ、という視線にさらされ、反感と忸怩《じくじ》たるものを同時に抱えて来たのです。

でも、ようやくこの年齢《とし》。

「やっぱり男・女のことは動物ですよね。動物のオス・メスの世界と同じですからね、そう尊敬するといった感情ではないですすね、恋愛なんていうけどもね」

これは、宇野先生が八十八歳のお誕生日を前にしての対談でのお言葉。お相手は瀬戸内寂聴《じゃくちょう》さんです。

さすが宇野先生！　良いこと言うなあ、と何度読んでも感心してしまいます。しかし！　若い頃に、頷きながら「男・女のことは動物」と思うのと、今、そう思うのとでは深みが全然違うのです。熱情は、過去に置き去りにしてからこそ味わいを増す。宇野先生の作品をこの年齢《とし》で読み返してみて、初めて合点が行くことは山程あるのです。それは、私に、人間の愚かさやいたらなさに可愛気《かわいげ》を見出《みいだ》す余裕が生まれたからでしょう。

若い頃から宇野先生の作品に接して、耳年増ならぬ目年増（？）として成長して来た私は、ようやく作品の成熟度に追い付けたのかもしれません。

たとえば、この『色ざんげ』です。初めて読んだ時には、登場する三人の女たちに同情したのでした。この男に出会わなければ、運命は彼女たちをお嬢さんとしてのあるべき場所に運んで綺麗《きれい》に着地させたかもしれないのになあ、などと溜息をついたものです。

でも、今は、むしろ男の方に同情してしまうのです。自分をあやうい方向に行かせなくては気がすまないんだ、この人は！　それでなくては生きている実感を味わえず、しかも、その行き着く先が死への誘惑だなんて、本当に困った人だ、とつくづく思ったのです。でも、嫌いじゃない。同情は好意に限りなく似ている。私は、いつのまにか可哀相にと同情することと愛情めいたものを重ね合わせるようになっていたのです。そこには、そそられる情けなさがある。たとえ世の中の人に呆れられても、私だけは肩入れしよう。まるで誓いにも似た気分。

そんな新たに生まれた不可思議な思いを受け入れながら読み進めると、この『色ざんげ』に張り巡らされて交錯する心理の綾《あや》が見えて来る。それを解きほぐしながらの読書の喜びたるや。

海外に長いこと住んで帰国した湯浅譲二という洋画家と彼を巡る三人の女との関係を描いた物語です。もうひとり彼の妻も折々に登場するのですが、彼女は、湯浅を中心に形作られた恋愛世界の中には入ることが出来ません。ほとんど蚊帳《かや》の外に置かれています。妻や子のいる現実と湯浅の現実は重なり合いません。彼は常に妻とは別のものを見ている。だって、芸術家だから。価値観だって相容《あいい》れる筈もない。だって、芸術家だから。

物語は、東京駅に着いたばかりで新聞社の人々に囲まれている湯浅を、高尾というどこぞの御令嬢が見初めるところから始まります。その求愛は熱烈で、毎日恋文をよこして、彼をどうにか呼び出そうとする。その甲斐あって彼は興味を持ち会いに行き、彼女の屋敷まで行ってしまう。

この辺の「おずおず」とした感じと、「のこのこ」具合、そして、その後の「のうのう」とした様子はたまりません。え？　それで良いの？　本当に？　と女の後を行く湯浅に読み手である私たちも付いて行く。

宇野先生は、この作品を一緒に暮らしていた画家の東郷青児《とうごうせいじ》から毎日のように聞き出した「聞き書き小説と言うものの類《たぐい》」（中央公論社版の単行本）と後書きで呼んでいらっしゃるようですが、読者にとっては、主人公の心理と行動を追う尾行小説なのです。

ああっ、その道に行くと苦悩が待っているよ！　とか、あの先には絶望という落とし穴が口を開けているのに！　と、もどかしさを感じながら湯浅の後を追わずにはいられない。そんなふうに読み手をはらはらさせるこの作品。でも、これは推理小説ではない。しかし、私は、こうも思うのです。優れた心理小説は、おしなべて優れた推理小説の要素を含むのではないかと。読み進めながら、湯浅を中心としたミステリーに私たちも巻き込まれて行く。そして、仕舞いには、何が待ち受けているのか、まったく解らなくなる。そういう意味では冒険小説でもあるのです。タイムマシンもジャングルもモンスターも出て来ない稀代《きたい》の冒険小説。

高飛車な高尾をあっさりと袖にした湯浅は彼女の友人であるつゆ子にどんどん魅かれて行きます。愛してもいないのに散々自分を翻弄した高尾に嫌気が差していた彼は、〈夕顔の花〉

のようなつゆ子がいとおしくてたまらなくなる。けれども、二人の交際に大反対する彼女の両親の妨害などもあり、逢瀬はままならず、出奔計画も失敗。

〈だが僕に何をすることが出来よう。恐らく僕はただつゆ子を失った記憶のためにだけ僕に残っている力を費さなければならぬことであろう。〉

という心境に。しかし、深い痛手を負った彼は、どうにか悪びれて見せるのです。〈恋をするような振りをすることの巧《うま》い西洋仕込みのただのならず者〉と自嘲し、自分は失恋なんてする柄じゃない、と。そんなふうに無理矢理思い込もうとして、前のように面白おかしくやけっぱちの楽しさに身をまかせようとしますが、ままなりません。偶然、街角でつゆ子に会ったら……などと夢想する始末です。

それでも、どうにか気を取り直して遊び仲間に呼び出されて街に出た湯浅は、今度はとも子という、これまた御令嬢に出会うのです。彼のファンだというとも子の両親は、つゆ子の親とは大違いで、妻子がいるというのに、病弱な娘とこの有名画家の結婚をせかすのです。湯浅は、そのとも子の家の西洋風なライフスタイルと豊かさに安楽さを覚えて馴染んで行くのでした。そして、正式に離婚が成立している訳でもないのに、彼女の親の思うがままに結婚を約束させられてしまう。

とも子の母は言います。

〈あなたの心配してらっしゃるのはただおくさんの方のことだけなんでしょう？　おくさん

の方さえお片附《かたづ》きになればとも子を貰ってやって下さるんでしょう？〉いくら明日をも知れぬ病弱な娘に幸せな思いをさせたいからといって、このあたりのやり取りは、まるでホラー小説です。

そして、湯浅と来たら、本当に結婚式を挙げてしまうんです。新婦側の大勢の招待客と自分側のたったひとりの友人が会した何とも居心地の悪い婚礼の一日。新婦は、新進気鋭の外国帰りの画家を夫にして、列席した数多くの名士の祝福を受け、翌日の朝刊には花束を手にして笑う自分の写真が載る心づもりだった……となると、あまりにも気の毒です。絶望して病状だって悪化してしまうのでは、と推測しますが、そうは問屋が卸さない。とも子の生命力は事態を意外な方向に進めて行きます。そして、湯浅は、忘れられない想い人《おもびと》であるつゆ子に再会して、こちらも予想だにしない展開が待っている。

この作品は、前述したように優れた推理小説の要素を含むものですから、そちらの礼儀に従って、この先は申し上げないこととしますが、これだけはひとつ。湯浅の地に足の着かなさ、おもしろ過ぎます。何というい加減！　でも、許せてしまう。だって、芸術家だから。

湯浅の相手となる三人の女は、皆、若くて裕福な御令嬢。そして、三者三様の魅力がその描写から滲み出ています。誰もが自分の思いに忠実です。その芯の強いパーソナリティがぶつかり合うのですから、どろどろした情痴小説になりそうなもの。でも、この作品に流れているのは、あくまで乾いた通奏低音なのです。生前、宇野先生は、〈もともとフランス文学が好きで、ラファイエット夫人の「クレーブの奥方」など、もう三十回も繰り返して読んでいる〉とお書きになっていますので、そのテイストが存分に発揮されたのだと思われます。フランスの心理小説もかくや、と感じられるほど洒落た雰囲気も漂っている。

男女の間に「色」という言葉を使う時、そこには、たとえば英語の〝Ｃｏｌｏ（ｕ）ｒ〟では表わすことの出来ない、何とも淫靡なニュアンスが漂います。そして、それを「ざんげ」する人物を描く際には、作家の資質と個性があらわになるのです。色を塗り重ねるのは難しい。しかし、色なしの世界はつまらない。この小説を読むと、宇野先生がそんなふうにおっしゃっているように感じられるのです。年齢《とし》を重ねれば重ねるほど、色の妙味も増して行く。そう信じて、私は、この文章を書かせていただきました。

（２０１９年２月）

「黒人のたましい」に触れた少年の物語

五木寛之『海を見ていたジョニー』

私事であるが、九〇年代に入ってから十数年間、ニューヨーク出身のアフリカ系アメリカ人と結婚していた。

「アフリカ系アメリカ人」というのは出自を表わす言葉で、もちろん今でも有効だが、八〇年代の終わりあたりから、人権意識の高さの表明のために、あえて「黒人《ブラック》」ではなく、その呼称を使うようになったのだった。人種差別撤廃を訴える自分たちにとって大事なのは、肌の色ではなく、ルーツだろ？　というのが共通認識。

正直なところ、少々、面食らった。公民権運動以降の「ブラック・イズ・ビューティフル」の歴史はどうなっちゃうの？　と。

しかし、「ブライト・ライツ・ビッグ・シティ」と呼ばれた当時のスタイリッシュ過ぎるニューヨークで、意識の低い鈍感な田舎者《いなか》と思われたくない私は、ちゃんとこう言っていたのだ。私の夫は、アフリカ系アメリカ人です、と。

そして、二〇二一年の今現在、人種間のヘイトクライムが頻発して大問題に発展する中、

ＢＬＭ（ブラック・ライヴズ・マター）を掲げた抗議運動が熱くくり広げられている。アフリカ系アメリカ人という御行儀の良い言葉は、いったんしまわれて、「黒人《ブラック》」というストレートな呼称に自分たちの尊厳を託して、人々は、それぞれに闘っている。

ＴＶ画面でそのニュースを見詰めていたら、「黒人のたましい」と誰かが言った。私が過ごしたヴァニティ・フェアのようだったニューヨークでは、身を潜めていた言葉だ。それが、今、甦る。

遠い昔、日本人も、憧れと畏れとを同時に感じながら、その言葉を口にした時代があった。『海を見ていたジョニー』は、まだアフリカ系アメリカ人という呼び名がなかったその頃に、ジャズやブルースを通じて、「黒人のたましい」に触れた少年の物語だ。

主人公のジュンイチは、港に近い飲食街で、外国船の船員やキャンプのアメリカ兵相手の〈ピアノ・バー〉という店を姉の由紀《ゆき》と二人で営んでいる。そこには店名通りに古いピアノが置いてあり、客が勝手に弾けるようになっていた。

ひょんなことから知り合った座間《ざま》キャンプの兵隊であるジョニーが、店に出入りするようになり、やがて、トランペットを吹くジュンイチとベース弾きの常連の健《けん》ちゃんと店のピアノでジャズセッションをするようになる。

黒人のジョニーの奏でるピアノは〈新鮮な血液のように客たちの間に流れ〉、バーの雰囲気を温かくなごやかに変えるのだった。

ジョニーは素晴しいジャズ・ピアニストである以上に、〈大したジャズ学者〉で、ジュンイチは、彼からさまざまな教えを受ける。

〈音楽は人間だ〉

〈音楽はごまかせない。人間の内面を映す鏡みたいなもんさ〉

そう言っていたジョニーが、ベトナム戦争に行き、十ヵ月後に短い休暇を得て、再び〈ピアノ・バー〉に戻って来た。そして、自分は前とは違うと嘆く。〈汚れた卑劣な人間が、どうして人を感動させるジャズがやれるだろう〉と。

ところが、その訴えに反して、ジョニーが弾いたピアノは、〈息づいて、人間のように呻《うめ》いたり、嘆息したりする〉のだ。その〈震える心臓の鼓動そのもの〉である調べを、ジュンイチは、初めて聞く本当のブルースと感じる。

ジョニーは、戦争で罪のない人間を殺して来たような自分は、もう素晴しい演奏など出来なくなった。という事実を人々に証明しようとして、かえって人の心を動かすブルースの本質をさらけ出してしまう。彼の音楽理論が美しい矛盾によって支えられているのを示す、何とも言えないやるせない場面だ。

日本人が、ジャズやブルースを思う時、いや、それを作り出した「黒人」たちですら、ある種のイメージにとらわれる。粋でありながら泥臭く、痛みを伴いながら甘く感傷的であり、圧倒的な躍動感と完璧な静寂を合わせ持つ、その音楽にしかないもの。いわゆる「ジャジー」とか「ブルージー」とか呼ばれる空気のことである。

私が、気をつかい忖度《そんたく》をして、前夫のファミリーや仲間たちを「アフリカ系アメリカ人」と呼んでいた、ある種の時代、ジャズはインテリのための勉強する音楽になり、ブルースは老人のものとされつつあった。ジャズクラブ？　客は気取った白人客と日本人観光客でいっぱいだろ？　などと揶揄《やゆ》されることもたびたびだった。

ところがどうだろう。実際に、その音を肌で感じた瞬間、知り合いのブラックピープルは、これぞ我らの音楽とばかりに、ジャジーに、ブルージーに、加えて、クールにファンキーに、その場の空気を揺らす音に身を委ねるのである。

一緒にいる私は、彼らと同類のふりをして、リズムを取ったりするのだが、内心は敬服しているのだ。すごい！　かなわないや。やっぱり、この人たちは「黒人のたましい」を持っているんだな、と。そんな時の私は、あの〈ピアノ・バー〉で、ジョニーの演奏を感動のあまりに言葉を忘れて見とれた、客のひとりと同じ心持ちだったと思い出す。

本書には、表題作の他、四編の小説が収められている。三作は、放送業界の裏を描いたもので、それぞれ、醒《さ》めた男たちの哀感が漂う。そして、最後の一作は、引揚げ難民を指揮して北から南鮮への移動を実行しようとする緊張感あふれる一夜を綴ったものだ。

どの作品も乾いた筆致で男たちの関わりを描きながら、泣くに泣けないウェットさが滲み出る。ジュンイチとジョニーも、またしかり。

ジョニーに「黒人のたましい」を見て来たジュンイチは、物語のラストシーンで、人間のたましいそのものを目撃する。後に彼の吹くトランペットも彼自身のたましいそのものの音色を響かせることだろう。

（2021年7月）

ミシマファイルふたたび
三島由紀夫『美徳のよろめき』

平成の終わりから令和の始まりにかけて、日本では不倫ばやりでした。

いや、不倫なんぞ大昔からあったろう。ゴシップやスキャンダルの源として人々の興味をそそり、心をざわめかせ、古今東西、芸術や娯楽作品のテーマとしても取り上げられて来た。そう思われる方も多いと思います。でも、私の言う「不倫ばやり」とは、そういう意味ではないのです。

既婚の男女が、その結婚生活の外で恋に身をやつすのを不倫と呼ぶなら、ええ、それは、はるか昔からありました。ちなみに不倫という言葉自体が一般社会に浸透したのは、八三年頃のドラマからだそうです。私も、幾組かの友人夫婦が、そのグループ内で、他人のパートナーと、せつなくロマンティックな恋に落ちてしまう「金曜日の妻たちへ」シリーズを楽しみに観ていました。この頃、世の女性たちは、不可抗力のロマンスにうっとりしていたと思います。決して、不倫とは倫理に非《あら》ず、許すまじ！　などと目くじらを立ててはいなかったと記憶しています。私だって、あんな男とあんな恋に落ちたら、ああなっちゃうかもねー、とゆるーく憧れた人も多かったのでは。そして、そこには、善悪のジャッジがなかった。当事者だけの問題という認識で。

ところが、いつからでしょう。不倫は、どんなに責めても良い行為になってしまった。既婚者の恋は罪悪とされ、激しく糾弾されるように。その人が芸能人であったりしたら、公の場に引き摺り出されて謝罪を強要されるのです。まるで、十九世紀半ばの小説、ホーソーンの『緋文字』（原題、ザ・スカーレット・レター）の時代のようです。ちなみに、この「緋文字」は、姦通の罰として主人公ヘスターの服に付けられたAという赤い文字のこと。現代の日本なのに、この赤文字、いえ、緋文字を付けてやろうと他人の色恋に目を光らせている人々が大勢いるようなのです。

そこで、私は、やれやれ不倫ばやりなんだなあ……と、報道陣を前に釈明に追われる芸能人の方たちなんかを気の毒になあ、と見ていた訳ですが、あっ、と今気が付きました。「不倫ばやり」などではなかった。これは「不倫叩きばやり」だ。

世の中が保守化しているんでしょうか。それとも、自分だけ楽しい思いをしやがって、と忌々しく感じる気持の捌《は》け口《ぐち》として、他人の恋を使う人が増えているのでしょうか。あるいは、正義の味方である自分に酔っている？

小説家としては、この風潮、おおいに気に食わないですね。だいたい、義憤を掲げて責め立てる側の人々は、不倫と浮気の区別すらついていない。（軽い、という形容詞を付けるこ

とが出来るのが浮気です。そして、それは、人間相手の行為を指すとは限らない。行きつけの店や嗜好品《しこうひん》の場合もあります)

文学の世界では、ありとあらゆる手練手管を使って、男女の愛憎が描かれます。姦通、不倫、不貞などという世間的に後ろ暗いイメージのある関係は、ある種の作家にとってもっとも腕の鳴る分野かもしれません。

ものは言いようという言葉がありますが、作家は、世間のモラルをその独自の「言いよう」で引っくり返すことが出来る。同じエピソードがひとりの作家の手によって、ネガティヴな事象からポジティヴなそれに反転される。モノクロームの世界が一瞬の内に極彩色に塗り変えられる。そして、滅多にないことですが、人間の心情という命題を世にも美しい数式のように解いて見せる書き手もいるのです。

たとえば、三島由紀夫《みしまゆきお》、その人のように。

私は幼ない頃から、こまっしゃくれた文学少女として育って来ましたが、中学のなかば頃から読書ノートを付けるようになったのでした。普段、日記など付ける決心をしても決して長続きなどしなかったのに、読んだ本とその感想を綴って行くのは実に楽しかった。

本の題名の前には、必ずナンバーを振り、その数が増えて行くに従って、読書傾向も変化したのです。耳年増ならぬ、目年増とでもいうのでしょうか。次第に、大人っぽい本を選ぶようになりました。そして、そんな時に出会ったのが、三島由紀夫だったのです。

それまでも、三島については知っていました。小学校の時、彼が自衛隊の市ヶ谷駐屯地で自決したというニュースを国語の先生が泣きながら伝えてくれましたから。

でも、それによって、私の中には、三島由紀夫イコール歴史上の人物、のような印象が残ってしまい、読書欲はそそられなかったのでした。『禁色《きんじき》』やら『金閣寺』やら、何だか取っ付きにくい題名の本の作者らしいし。

ところが、『午後の曳航《えいこう》』だったか『青の時代』であったかは忘れてしまいましたが、とにかく長編とは言えない、かといって短編でもない、そのちょうど真ん中の中編と呼ぶのでしょうか、読み通しやすい長さの一冊を手に取ってから、三島に対する愛が芽生えてしまったのです。まさか、こんなにもおもしろく、大人の学びに満ちたものを書いた人だなんて!!

先の二冊に続き、『沈める滝』、『獣の戯れ』、『ラディゲの死』、『殉教』……夢中になって読み進めました。読書ノートは次第に「ミシマファイル」の様相を呈して行き、『美徳のよろめき』に出会う頃には、いっぱしの三島通（短編、中編限定）のつもりになってしまったのです。

とは言え、まだ中学生のガキです。この人のこの気持は、どんなところから生まれて来るの？　と、疑問が次から次から湧いて首を傾げること数知れず。そんな時、唐突に思い付いたのです。そうだ、図解してみよう!!

読んだ中編の数々を丁寧に図解して行く中、私はたびたび目を見張りました。登場人物たちの心理がすべて三島の作った設計図の中にある！　しかも精密である筈のそれらを微妙にずらして歪みを生み出している！

驚きでした。三島由紀夫の書いた作品は、精緻な時計職人のように念入りであり、わざと、へまをしたプリズムのように不規則だった。そして、それらを駆使した言葉のつらなりは、不協和音ですら他者を魅了する天才演奏家の音楽のようでした。

やだ、何これ、誰この人、すごい！　ブッキッシュなガキであった私は、何かを発見した偉い人に変身した気分で有頂天になってしまいました。

その一連の中編の中でも、とりわけ夢中になってしまったのが『美徳のよろめき』でした。裕福な人妻が知人の若く美しい男に惹かれて不倫関係に陥り、妊娠中絶をくり返して、やがて別れを決意する……。

簡単に要約すると、こんなにも身も蓋もないひどい物語に思えます。今の時代なら、冒頭に書いた「不倫叩き」にやっきになる人々の絶好の餌食になること必至です。

それなのに三島は、彼独自の手法で結晶化させた美徳を主人公節子に惜しみなく与え、彼女を、誰ひとり冒すことの出来ない神聖な存在へと押し上げたのです。

どんな邪悪な心も心にとどまる限りは、美徳の領域に属している

積み上げられたさまざまな美徳の城の女主人である節子。彫像のように、そこにただいて、相手の男について夢想する。そこに生まれる観念的な恋愛の中で、日々を倦む時、彼女の美徳は、自身の後ろ楯《だて》として、最大の効果を発揮していたのです。

しかし、生身の、しかも、少しばかりずるくて、はねっかえりの男との現実の情事が進むにつれ、節子の肉体と精神は乖離《かいり》して行きます。そして、どちらも、彼女だけにしか持てない特別な美徳の支配下から逃がれて行こうとする。かつて、何の矛盾もなかった、彼女を彼女たらしめていた内部の歯車が少しずつひずみを持ち始める。不協和音が鳴り始める。でも、彼女は、その音を調律しようとはしません。いいえ、気付いた時には出来なくなっていたのです。

美徳はあれほど人を孤独にするのに、不道徳は人を同胞《きょうだい》のように仲良くさせる

節子が元来持つ優雅は、このあたりから彼女自身を裏切って行きます。けれども、恋の深淵に引き摺り込もうとする男との逢瀬のなんと甘美なことか。

初めての旅行で一夜を共にした翌朝、瀟洒なホテルの部屋のベッドでルームサービスの食事を取ります。

節子はシーツで身を包んでいた。トーストのようだね、と土屋が言いながらそれを剝《は》いだ。節子は拒まなかった。節子の毛も寝台の裾の朝日のなかで金いろになった。

初めてこの文章にぶち当たった（ええ、まさにぶち当たったのです）中学生の私は、ほお……と溜息をついて、のぼせたようになってしまいました。なんて素敵な場面なのだろう……いい！　男と女って、いい！

今、読んでも、そう思います。ただ、あれから何十年も経《た》ち、色々な読書体験を経て来た身としては、あの日の自分にこう言ってやりたい。馬鹿だね、その男と女は、三島由紀夫の作品に棲んでいるから、ああなんだよ、と。それこそ、図解出来るほどの心理描写のたまもの。緻密さの極致に到達した後に、潔く枝葉を落として、ほとんどただのシンプルさを獲得したかのように読み取れる描写。だからこそ、精神を上まわる肉体の魅力が浮き彫りになる。次第に〈物語趣味の条件〉だった男の存在は、彼女を〈飢えた病人〉のようにして行きます。そして、とうとう、

節子がいて、苦痛がある。それだけで世界は充《み》たされている。

という状態に。果して、彼女が最後に守るものは何か……。

美しい恍惚と絶望のせめぎ合いの渦中にあって、よろめきながらも美徳を保持しようとするこの主人公の女を、もし石を投げて悔い改めさせようとする者がいたなら。そして、あの、はやりの無責任な「不倫叩き」で吊《つる》し上げようとする者がいたなら。彼らは、自分たちの前に、三島のあでやかな言葉によって織られたモラルが立ちはだかるのを知るべきでしょう。そうであればこそ、作家の記すスカーレット・レターの複雑な色合いは、時を経ても褪《あ》せずに、ますます深みを増して行くに違いありません。

（２０２１年10月）

虹を踏む世界

売野雅勇『砂の果実』

再婚して、現在の夫と暮らし始めてから、私の趣味嗜好はいっきに多様化したのだったが、そこにひとつ加わったのが「矢沢永吉《やざわえいきち》」というカテゴリーなのである。のっけから何を？　と思われるかもしれないが、親元を離れた十代の終わりから、TVを持たなかったせいもあり、日本の音楽に関しては無知も同然になってしまった私。聴くのは、ブラックミュージック一辺倒。付き合ったのも結婚したのもアフリカ系アメリカ人の男だった。

しかし、時は流れ、離婚し、次に私が出会って結婚した日本人の男は、大の矢沢ファンだった、という訳。夫の友人夫妻が苦労して取ってくれた毎年の武道館コンサートのチケットを手に、あの熱狂の渦に飛び込むべく足を運ぶようになったのである。

コンサートの後は興奮も覚めやらぬまま、私たちと夫の友人夫婦で、お酒を飲みながら食事をして、語り合うのが常だった。

初心者（？）の私は、皆の矢沢フリークとも言える熱い賛美に耳を傾けるだけだったのだが、ある時、ひどく感動して彼らに伝えた。

「ねえねえ、今夜のステージで、ものすごくクールな歌詞に出会ったよ。しびれたね」

へえ？　と言って、どんな歌？　と夫が尋ねた。私は、忘れられないフレーズを口にした。

「ナイフより唇で、魂までえぐり取れ、っていうの」

「あ、それは、『FLESH AND BLOOD』だね。『情事』っていうCDに入ってる。うちにあるから、帰ったら出してあげる」

夫が即座に教えてくれた。

「誰が書いた詞なのかな？」

売野雅勇《うりのまさお》さんだっけ？　そうそう、と、夫と友人。それを聞いて、私は軽いショックを受けて思ったのだった。

（あー、また売野さんかあ……）

この「また」とは、どういうことか。

私が日本の音楽に関して無知同然であったのは先に書いたが、にもかかわらず、小説家デビューを果たして調子に乗っていた私は、ついついアイドルの作詞を引き受けてしまったのだった。一九八六年。当時の芸能界などまるで知らない私が無謀にも歌謡曲の詞を書くなんて。それも、あの、私ですら知っているスター、近藤真彦《こんどうまさひこ》さんのために。

どういう企画だったのかは忘れたが、その「名場面」というタイトルのアルバムには、何人かの小説家も詞を提供していて、私もそのひとりだった。やがて知り合いになる小説家、山川健一《やまかわけんいち》さんや川西蘭《かわにしらん》ちゃんも書いていた。そして、こう言っちゃ何だが、三人共、その小説のようにはおもしろくなかった。特に、私。

一所懸命には取り組んだのである。でも、どうしても上手く書けなかった。何故だろう、と考えて、解った。デビューしたばかりとは言え、完全に「小説家脳」になっていた私。言葉に意味を持たせ過ぎるのである。自分の言葉で世界を限定したいという欲望に囚《とら》われ過ぎているというか。詞とメロディが溶け合い一体化したものを歌手が歌い、それが聴き手の耳に届いた時に完結するのが「歌」である筈なのに、私の詞は、でしゃばり過ぎている！

もっと力を抜かなくては、と思ったが上手く行かず、私には、これが精一杯だなと感じた段階で提出し、どうにかＯＫが出た。

やがてアルバムは完成し、私の許に届けられた。レコードに針を落として聴きながら、歌詞カードを目で追った。まあ、こんなものか、初めてにしちゃ悪くないって会社の人も言ってくれたしな、と私の次の曲を待って歌詞を読んだ。

そして、びっくりしたのである。そこには、全然「意味」がなかったのだ。思わせぶりな演出も、深みのあるニュアンスもない。それなのに、御機嫌で、セクシーで、感傷的な空気に満ちているのである。曲が流れているわずかなひととときを奪って行く。魅力的フレイヴァにあふれた時間泥棒。

ああ、こういうことなのか。私は、即座に詞を書く時の力の抜き方の重要性を悟ったのだった。それは、手を抜くこととは全然違う。そして、そのやり方は、私の不得手とするものだというのも解った。同じ水の中の競技でも、平泳ぎとクロールの呼吸法が違うようなものか。

私に、そう思わせた作詞家が、売野雅勇さんだったのである。この時のことを人に話す時、私は、いつも、こう嘆いてみせた。私には、あんな意味を込めない言葉なんて書けないよ！　すると、聞いた人は、にやにや笑いながら、尋ねる。それ、誉めてるの？　当たり前だよ！　と私は強く言い返したものだ。最上級の誉め言葉だよ!!　と。

さて、話は、矢沢永吉に戻るが、あのコンサートの後で夫に教えてもらった「FLESH AND BLOOD」は、あの後、聴くたびに、その詞が私の魂までえぐり取り（真似してみた、笑）、純文学雑誌の「極私的、詩と詞の言葉のベスト3」に選ばせてもらった（ちなみに後の二つは、近田春夫《ちかだはるお》さんによるサンタクララの詞と、田村隆一《たむらりゅういち》御大の詩）。

初めての作詞体験から三十七年。物書きとして、すっかりすれっからしになってしまった私だが、今回、再び『砂の果実』を読み、そして、この文章をしたためつつ、改めて溜息をつき、ひれ伏してしまう。八〇年代の歌謡曲黄金期、時代のグルーヴを巻き起こす圧倒的な存在だったんだなあ、売野さんは、と。

本文中、川上弘美《かわかみひろみ》さんとの初対面で、芥川賞受賞作『蛇を踏む』を、売野さんが「虹を踏む」と間違えて、彼女を笑わせる。私は、調子良い御人だ、と呆れると同時に、「ほらね」と意味もなく自慢したくなった。「蛇」と「虹」の一字をうっかり（?）替えるだけで、あたりが売野ワールドに変身するではないか。彼は、蛇より虹を踏むのが相応しい。

（２０２３年７月）

Ⅵ

無銭優雅に出会う街──ライナーノートにかえて

無銭飲食と言えば、金銭を支払わずに、ただで飲み食いすること。ただし、友人に御馳走《ごちそう》になるような場合には用いられず、どちらかというと、悟られぬように食い逃げをする時に使う。そして、「無銭優雅」とは、飲食の代わりに、ただでちゃっかり優雅をものにするという意味の私の造語である。お金をかけた優雅に、ほとんど興味のない私が、ただでそれをものにするために編み出した、その手練手管は、大甘のラヴストーリーの姿を借りて本になり、二〇〇七年に幻冬舎から上梓《じょうし》された。

地位もない、お金もない、若さもない、それなのに、大人になり切れない男女は、いったい、どのようにして、自分たちなりの優雅を紡いで行くのか。その命題をつきつめて行こうとした時、私は、舞台を中央線、それも、西荻窪、吉祥寺近辺の狭いエリアにすることに決めた。と、言うより、そこしか思い浮かばなかった。そのあたり程、私が、無銭優雅の恩恵に与《あずか》った場所はない。

当時、私は、西荻窪の Konitz というジャズバーに入り浸っていて、そこで友人たちと酔っ払っている内に、店主の中田道也《なかたみちや》と急速に親しくなった。同い年《どし》齢の私たちは、とてもよく似ていた。二人共、偏屈で、人の好き嫌いが激しく、それなのに、いつも人恋しくて、音楽が好きで、本が好きで、お喋《しゃべ》りが好きで、酒が好きだった。携帯電話を持たないのも同じだった。だから、ちゃんと会って顔を見て話さざるを得ない。そして、話し始めたら朝まで、という日々をくり返した。幸せな夜明かしは数知れずだったが、似た者同士が、たいていそうであるように、些細《ささい》な価値観のずれが気に食わず、売り言葉に買い言葉で喧嘩《けんか》することも数知れず。けれども、翌日には、ばつの悪い思いで仲直り。私たちは、お互いに、相手を失いたくないと切に感じていた。

そんな友情なのか愛情なのか解《わか》らないものをはぐくむ内に、私は、彼から何人かのジャズメンを紹介された。そのひとりが、このアルバムで、作曲とサックスを担当している津上研《つがみけん》太《た》である。浜田均《はまだひとし》さんのヴァイブラフォンと吉野弘志《よしのひろし》さんのコントラバス、小山彰太《こやましょうた》さんのドラムスに、研太のやんちゃなサックスが加わったライヴが、その小さな店で行われる時、私は、必ず足を運んだ。実力派が、真剣に、そして優雅に遊ぶ、とっておきのショウケースばかりだった。

そして、私も何人かの作家を紹介した。今をときめく人気作家ばかりでありながら、無銭優雅の価値を知る粋な人たち。ジャズと小説の接点を楽しもうと意見が一致するのに時間はかからず、演奏と朗読によるライヴが定期的に開かれるようになった。ジャズのレギュラーは、吉野さんと小山さん、そして、小説の方は、私と奥泉光《おくいずみひかる》。毎回、ゲストを迎えて、それはそれは、ゴージャスな夜になった。口コミが評判を呼び、手作りのチケットを発売する日には、店の外に長蛇の列が出来た程だ。

ジャズの熱烈な信奉者である奥泉は、自身もフルートを吹き、その内、ちゃっかりと先の浜田さんのグループに参加させてもらうようになり、光栄を噛《か》み締めながら、研鑽《けんさん》を積んだ。その真剣過ぎる風情が、とてつもなくキュートかつユーモラスで、毎度ライヴのウェイトレスを仰せつかる私は、いつも、からかい、そして笑っていた。楽しかった。お客さんの熱気も、バトルのような音のぶつかり合いも、小説とジャズの出会い頭のハプニングも、なにもかも。いつまでも続くと信じていた。けれども、丸四年続いた後、それらの夜は、唐突に終わりを告げた。二〇〇七年八月十七日の朝、店主の中田道也は、自ら命を絶った。

人生の最後の一週間、彼は、毎日、私の家にやって来た。部屋の一番見晴らしの良い場所から、いつも空を見ていた。あの雲を、おれの専用にしよう。そう呟《つぶや》くのを耳にして、この人は長くないかもしれない、と私は怯《おび》えた。最後の言葉は何だっただろう。確か、おまえには本当に感謝してる。だからと言って、いい気になっちゃいかん、と笑った筈《はず》だ。それは出来ない約束だね、と私もぎこちなく笑って返した。

このたび、ピアニストの渋谷《しぶや》毅《たけし》さんと研太から、このアルバムのお話をいただき、出来上がった曲を聴きながら、つくづく感じた。ああ、これを Konitz の店内で流して、あの飲んだくれの主人と共に、心ゆくまで味わいたかった。どの曲も、何かを失ったことのある大人のやるせなさに満ちている。

一曲目に"A Reason For Tears"というのがある。涙の理由を考える時、ジャズは、どれほどうってつけの音楽であることか。全編を通して、このアルバムに流れるピアノとサックスの音色は、大人の事情を、心憎いほど優しく受け止めてくれる。

今よりも、うんと若い頃、優雅とは、お金をかけてこそ得られるものだと疑わなかった。けれども、色々と失いながら生きて来て、ようやく、こんなふうに考える。それは経験や人間関係の積み重ねから抽出された、目に見えない自分の内なる宝石箱の中にしか、存在しないのではないかと。それを取りだして身にまとうために必要なのは、たった一枚のジャズのアルバムで充分なのではないかと。

私は、今、聴きながら、他の人の誰も知らない、けれども、確実に存在した小さな街を散歩している。限りなく無銭に近い優雅を、惜しみなく咀嚼《そしゃく》させてくれた、あの街を、だ。

（2010年5月）

大切な、大切な

八〇年代から九〇年代にかけてのグラマラスライフを、小説を書くことによって実践したのは、森瑤子をおいてなかったと、今でも思っている。『情事』でデビューして以来、森さんは、一貫して、その華やかなイメージを保ち続けた。御自分で演出した葬儀によって人生の幕を引くまで、それを崩すことはなかった。さまざまな分野のセレブリティ（近頃乱用される安っぽいセレブなどではない）と交流を持ち、彼らの接点で、常に采配を振るった。そんなゴージャスな輪の中に私が入れる筈もなく、ただただ感嘆してながめているばかりであったが、森さんは何かと気に掛けてくださった。詠美ちゃんと私には、他の人に解らない特別な共通点があるのよ。何度かそう言われ、私は、こっそりと得意になった。森さんは、その後に、こう続けるのである。だって、私たちって罪びとじゃない？　どんな罪か。森さんいわく、小説を書く罪。そして、それを愛する男に読まれずにすむことに甘んじている罪。森さんの夫はイギリス人で、私の同居人はアメリカ人だった。二人共、日本語は読めない。共犯ね、と言われて、今度は有頂天になった。森さんは、男女関係に関して、よく共犯という言葉を使ったが、それが自分にも与えられた、と嬉《うれ》しくて仕方がなかった。華麗な森瑤子ワールドの裏路地で、後ろめたさを楽しみながら逢《あ》いびきをしている、みたいな感じ？　確かに、森さんは、若い私のちんぴらぶりをおもしろがっていたと思う。

この文章の依頼を受けた直後に、幻冬舎社長の見城徹氏と食事をした。実は、私は少し困っていたので、それを訴えた。

「私、森さんが亡くなった時、いくつも追悼文を書いてしまったじゃない？　いったい、今さら何を書いたら良いのか解らないよ。あの時、彼女に対して誰にも否定的なことを言わせるもんかって、むきになり過ぎた」

「おれたちあんなにしょっちゅう会ってたんだもん、きみも書くことまだいっぱいあるだろ？」

だからなのだ。あり過ぎて何を書いて良いのか解らない。日本じゅうが、バブル期でお祭り騒ぎのようになっていた頃、見城さんと現幻冬舎取締役の石原くんと私の三人は、何かと理由を作っては、森さんに会っていた。そして、喧噪《けんそう》のさなかの凪《なぎ》のようなひとときを過ごしていたのである。共通認識は、やはり、あの罪。小説。

森さんは、私たちをひとまとめにして、「三人組」と呼んでいた。待ち合わせの場所に出向くと、さも愉快そうに、来たわね、三人組！　と言って笑った。その様子は、いつものレディ然としたものではなく、近所の悪ガキをまとめる姉ちゃん、といった風情だった。誰もが憧れる森瑤子は、私たちとひとときを過ごす時だけ、完璧な文学少女に身をやつしていた。

私も、いい気になって、同じ文芸部の後輩のように話した。ぺんてるのサインペンで小説を書く私と、モンブランの万年筆で小説を書く森さんが同等になる瞬間だった。

「そっか、あり過ぎるか。だったら、最後に森さんに会った日のことは？　おれたちで、病室に場違いなシャンパンを持っていった時の」

だから、それも追悼文に書いちゃったんだってば……と見城さんに告げようとして、ふと、思った。そうだろうか。あの時のこと、私は、全部書いただろうか。来たわね、三人組！という声を最後に聞いた日。

私たちは、森さんの入院している聖蹟桜《せいせきさくら》ヶ《が》丘《おか》のホスピスまで車を飛ばした筈だ。そして、その途中で、ドライバーが乱暴運転の上に道を間違えた。一分でも早く病院に辿《たど》り着きたい私たちは、すっかり常軌を逸していた。それなのに、ドライバーは一向に意に介さない。すると、私が石原くんの腕にしがみ付くのと同時に見城さんが怒鳴った。

「ちゃんと、運転してくれ！　運転手さん、ぼくたちは、死にそうになっている大切な大切な人に、これから会いに行くんだ!!」

死という言葉と、大切な大切な人という言いまわしに体が震えた。私は、その瞬間、ようやく、本当に大切な人と過ごす時間を奪われるのだと覚悟したのだった。

息を切らせて病室に駆け込んだ「三人組」を見て、森さんは微笑《ほほえ》んだ。かつらをかぶって、真紅の口紅を引いていた。私は、ぎこちなくその色を誉めたが、森さんは言うのだった。でもねえ、何度塗ってもはみ出しちゃうの。女として失格ね。そんなことない。文学少女としては上出来だ、と私は、声に出さずに呟いた。だって、かたわらのシャンパンに良く似合う。執筆後の祝いの酒だ。

（２０１０年1月）

士を喰った日々

つい最近まで、世の中は「最後の文士」という言葉が好きでした。それは、文学に身も心も捧げる人のこと。そのためには、家族や日常生活を犠牲にすることも厭《いと》わず、小市民的ささやかな幸せに背を向け、時には無頼の徒となり、世間様から顰蹙《ひんしゅく》を買いながらも、自らの志を貫き通さなくてはなりません。そして、そこから得たものを文学作品へと見事に昇華させる。けれども、それだけでは、「最後の文士」の称号を得ることは出来ません。「最後の」という冠を戴《いただ》くには、必須の条件がもうひとつ。それは長生きをすること。そうして生涯をまっとうした小説家を人は「最後の文士」と呼ぶのです（余談ですが、映画や演劇の世界では「最後の」ではなく「昭和の」と付けることになっているようです）。

水上勉さんが亡くなった時も、私は、その「最後の文士」という言葉を、あちこちで耳にしたものです。そのたびに私は思いました。それは、正しいようでいて正しくない気がする。何故《なぜ》なら、私が親しくしていただいた水上さんは、文学だけに身も心も捧げていた人のようには見えませんでしたもの。何かもっと欲張りな感じ。そう、しいて言えば、彼は、人生そのものに身も心も捧げていた。そのために、文学を我身に引き摺り込んでいた。そんなふうに感じられてならないのです。

詠美さんはぼくの一番年若い作家のガールフレンドと呼ばれて得意がり、生意気な口を利きながら、さまざまな食べ物の御相伴に与ったものでした。それは、たとえば。

トマトの三杯酢、無花果《いちじく》の酢味噌《すみそ》がけ。

東京でお会いする時は、決まって、御茶の水の山の上ホテルでした。そして、それが夏であるなら、水上さんは、いつもこの二つを注文なさいました。常にこちらの分まで先回りをして頼んでくださるので、いつのまにか、私の大好物になりました。しかし、元々は、無花果が好きではなかったので、転勤族の父に付いて引っ越すたびに、社宅のお便所の外には、この木が植えられていた、などと嫌味を言ったこともありました。いつから料理屋さんの皿に載るほど偉くなったんだか、と肩をすくめる私を見て、水上さんは、さもおかしそうに頷《うなず》くのでした。そして、おっしゃるのです。そうそう、おるね、人間でもいつからそんなに偉くなったんだ、と言いたくなるような奴《やつ》が。同意されてるのかと思い、目で問い返すと、彼は、こう続けたのです。でも、無花果は、一番初めっから、偉い！　御不浄の陰で、じいっと耐え忍んで、ようやくここまで来たから、これはもう、最初っから偉い！　そして、ぱくりぱくりと、ひとり分としてはかなりの量の載った皿のはしから、綺麗《きれい》にたいらげて行くのでした。そうかなあ、と思いながら、私も毎回、彼と同じ数のスライスをいただく内に、無花果におべっかを使うようになり、生ハムと組み合わせてやることなど覚えました。トマトが偉いかどうかは、聞くのを忘れました。

壺焼《つぼや》きビーフシチュウ、林檎《りんご》のサラダ。

京都では、お仕事場のマンションで小豆を炊いてくださったこともありましたが、印象的だったのは、隠れ家のようなレストランでいただいたこのメニューです。どうしても、これを食べさせたくてね、と目を細めながら、私の壺の蓋まで取って勧めるので、いつも女の人にこうして差し上げるんですか、と尋ねると、ちょっとだけげずるそうな表情を浮かべて、人によるよ、とおっしゃいました。きっと、誰に聞かれても、人によるよ、と答えるんでしょうね、と言うと、わははは、と今度は、正直者の声で笑いました。水上さんには、ひどく狡《こう》猾《かつ》な部分と拍子抜けするほど屈託のない部分が同居している、と私は気を引き締めました。それは小説においても、またしかり、でした。

クレソン、キユーピーマヨネーズ添え。

長野県北御牧《きたみまき》のお宅では、本当に色々なものをいただきましたが、一番最初に御馳走になったのが、庭を流れる小川のほとりに群生するクレソンでした。水上さん自らが摘んでくださった緑の葉が、どん！　と大鉢に山盛りで供されました。もう夕暮れに近い時刻で、遅い午後の陽《ひ》ざしが木々から洩《も》れる中、ひぐらしが鳴いて、クレソンの苦味を引き立てていました。それを咀嚼しながら、水上さんと私は、色んな色んな話をしました。御手洗《おてあらい》の本棚に、私の本がずらりと並んでいたので、嬉しくてたまりませんでした。それから何年か経《た》った後、もう歩けなくなった水上さんの枕元に伏せて、わんわん泣きながら、私は、ようやくその御礼を言うことが出来ました。

水上さんの本の中に、名著と呼ばれ続ける『土を喰う日々』というのがあります。土の中から育って行った食べ物にいかに感謝して、そして、おいしく喰うかが書かれています。思えば、私も、水上さんにお会いするたび土を喰わせていただきました。そこには、作家の人生に必要な滋養がぎっしり詰まっていました。唯一無二の人が与えてくださった饗宴《きょうえん》の数々でした。

（2010年5月）

荒木さんありき

荒木さん。

出会って、はや三十年近く。荒木さん未経験の人生より、荒木さんありきの人生の方が、いつのまにか長くなってしまったよ。こうして、あなたと関わった人間は、知らぬ間に、あなたの写真世界に侵食されて行くのだなあ、などと閉じたばかりの重たい写真集を抱えたまま感傷に耽《ふけ》っています。あなたを思うたびに、いつでも、私は、「センチメンタルな旅」に便乗することが出来る。

『遺作　空2』、拝見しました。そして、今、遺作と遺書は、どう違うのかなあ、などと考えています。

広辞苑によると、遺作とは、死後に残された作品のことであり、遺書とは、死後のために遺した手紙や文書のことだそうです。つまり、遺作と死は、限りなく接近中でありながら、まだ相思相愛にはなっていない関係で、遺書と死は、結婚の日取りも決まったいいなずけ同士。そんなふうに、たとえられるのではないでしょうか。だからね、荒木さん。遺作をものにしたからといって、あなたは、まだ、死に、片思い。

空は天国の底、というフレーズを、どこかで目にしたことがあります。この写真集のページをめくるたびに、あなたが、天国の底の気を引こうとやっきになっているのが解ります。まるで百戦錬磨の凄腕《すごうで》の美女に挑んでいるみたい。優しい口説き文句を惜しまないかと思えば、つれなくされて拗《す》ねて見せる。真摯に胸の内を告白した、その舌の根も乾かぬ内に、暴言を吐いて襲いかかろうとする。他の女の存在をちらつかせたりもして、まったく、これは、恋にうつつを抜かした少年の所作ではありませんか。困った子ね、と空が微笑んでいるのが見えますよ。

でもね、その微笑みの隙間に、時折、真剣さもうかがえるんです。

私は今、火葬場の煙がいつだってとりこになって空に吸い込まれて行くように、あなたのなすり付けた強烈な絵具の色の数々が魅入《みい》られたまま空を染めんばかりになっているのを感じるのです。もう少しで、あちらから深情けをかけられてしまいそう。あら、あなたって、そんなにも、フォアプレイ（前戯）が上手だったの？　と気付かれてしまったかもしれません。

思えば、荒木さんの作品たちには、どれも、結果からフォアプレイの充実を類推させるようなところがありました。何をどうしたら、この一枚になるのだ、と人に言えないファンタシィを広げたのは、私だけではないでしょう。皮膚に食い込む縄目も、はだけた襦袢《じゅばん》のめくれ具合も、ポートレートに浮かぶ影も、路地にたたずむ子供たち、朽ちかけた花々にさえも、美しく蹂躙《じゅうりん》された跡がある。そして、今度は、天国の底が、その快楽を待ち望む。

私がデビューした文藝賞の授賞式に、あなたは紫式部の花束を抱えて駆け付けてくれた。あれから四半世紀。私も、今度こそ遺作かもしれないと思いながら小説に向き合う恍惚《こうこつ》を覚えました。それを感じるたびに、私は、幾度、あの紫の花を心の大事な場所に活《い》け直したか解らない。荒木さんありきの人生とは、そういうことなのです。

ところで、『遺作　空3』は、いつ出るの？　あなたの好きな駄洒落《だじゃれ》は私の本意ではないけれど（知ってるよね）、あえて言わせてもらう。空さんという、やらせそうでやらせない、いけずな女みたいな存在に駆使する、あなたの手練手管のお手なみ、もう一度だけ、拝見したい。


（2010年5月）

シューマイの姉、かく語りき

そうですか、デビューして、早や二十年以上が過ぎましたか。実は、わたくし、その吉田《よしだ》修一《しゅういち》a.k.a.シューマイくんのデビューの瞬間に立ち会うという貴重な体験をさせていただいたのです（させていただく！　へりくだり過ぎか？　いえ、最上級の敬意です）。

それは、第八十四回文學界新人賞の選考会でのことでした。わたくしは、そこで選考委員を務めていたのです（他の委員は、辻原登《つじはらのぼる》、浅田彰《あさだあきら》、奥泉光、島田雅彦《しまだまさひこ》各氏）。その日は、何故かTVの撮影スタッフが文学賞の取材に来ていて、わたくしは、どうにか映らないように下を向いたり顔をそむけたりするのに必死で気が散っていたのですが、どうせ全員一致で、吉田くんの『最後の息子』に決定するだろうと確信していました。そして、やはり、その通りになりました。

リーダブルで完成度が高く、読み手の感情をピンポイントで揺らがせるその作品は、前に候補になった吉田くんのものより格段の進歩をとげていたので受賞は当然と言えました。

しかし！　わたくしたち委員は危惧していたのです。それまで、そのメンバーで始めた選考会は、必ずしも良い結果を残して来たとは言えなかった。最初の青来有一《せいらいゆういち》さんの受賞で気を良くしていたら、後が続かないのです。受賞作なしが続いたり、これぞと思った新人の人も、その後、書かなくなってしまったり。

場所が悪いんじゃないか、と選考会場のせいにして、終了後の食事を基準にしてみたり、方違《かたたが》えと称して、あちこち移動してみたり。わたくしたちの選考会は完全に迷走していました。そして、そんな時に吉田くんの受賞。喜びと同時に不安がよぎったのは否めません。まさか、ちゃんと書き続けてくれるよね、と。

今となっては、それがまったくの杞憂《きゆう》であったと笑い話になるのですが、あの当時は、本当に心配していたのです。次の会場、どこにする？　いつも豪華過ぎるんじゃないか？　何なら「いせや（吉祥寺にある煙のもくもくしたおっさん御用達の飲み屋）」でいいんじゃないか？　と奥泉選考委員が提案するほどに切羽詰まっていました。

もちろん、さすがに「いせや」までカジュアルダウンすることは出来ず、TV撮影の件もあり、吉田くんの受賞はホテルオークラで決まりました。そして、終了後、館内の中華料理店で、わたくしたち選考委員と吉田くんは対面することになったのでした。

吉田くんは、なんか……変な格好でやって来ました。いえ、別にキテレツな、とか、奇抜な、とかいうのではなく、オークラに間違って入って来ちゃった人、みたいになっていました。バックパッカー風、というのか、高尾山入口で待ち合わせ、というのか、「いせや」で良かったんじゃないのお？　というのか……わたくし、思わず尋ねてしまったんです。

「ね、そのカッコ、なんか足軽みたいじゃない？　見たことないけどさ、足軽。あははははは……」

吉田くんが何と返したのか忘れてしまいましたが、さぞかしむっとした表情を浮かべていたことでしょう。でも、仕方ないよ。写実主義な作家のわたくしですもの。

夕食の後、六本木に飲みに行き、その店で働く、わたくしが姉と慕う由美ちゃんを吉田くんに紹介したのですが、その後、彼女は吉田くんの姉になったようです。軒を貸して母屋を取られるとは、このことですね。

珍しく浅田さんが最後までお付き合い下さったのですが、よほど吉田くんの才能に惹《ひ》かれたんでしょう。終始御機嫌で、明け方、お開きとなって店の外に出た時、山田さん、お宅まで送って行きましょうと言って下さいました。えー、うち、福生ですけどいいんですか？と聞いて地理を説明したら、あっさり、さようならー、と残して去って行かれました。関西人、距離感なさ過ぎ。

と、まあ、この日から始まる吉田くんとのエピソードを思い出したらきりがありません。

毎年、我家で開かれていた、ひとり者を慰めるためのC.C.C.(Crack Crying Christmas=悲しいクリスマスをぶっとばせ）パーティでモデル美女に目を付けられたこと。山本賞受賞祝いにプレゼントしたポール・スミスの時計を巻いて私のマンション前で撮ったポラロイドを郵便ポストに残して行ったこと。真夜中に九州から来た男友達を私の部屋に置き去りにしたこと（玄関のモニターに手刀を切って去って行く吉田くんが映ってた）。そして、私が窮地に陥った時、由美ちゃんとうちに来て一緒に泣いてくれたこと。いっぱいあり過ぎだね、思い出。

これまでの吉田くんの活躍は、あまりにも目覚ましく改めてわたくしが説明するまでもないでしょう。今、奥泉や島田と共に同じ芥川賞の選考委員席に並び、切れ味の良い主張を展開する時、そして、出版社のパーティで銀座の美女たちに取り囲まれている姿をヴァーチャルな電信柱の陰から、そっと見詰める時、わたくしは、訳あって離ればなれになったもうひとりの姉のような心持ちで、感激のあまり着物の袂《たもと》のはしをきりりと嚙んで涙をこらえているのです（談、ってことで。着物、持ってないけどな）。

（2020年2月）

ＪＡＺＺまわりフリーク

この原稿のお話をいただいた時、少し困ってしまったのでした。もう十五年以上になるでしょうか。西荻窪、下北沢と店の場所を変えて、ジャズマンの方たち、プラス、ジャズフルーティスト兼作家の奥泉光と定期的にライヴセッションを行っています。で、勘違いされがちなのですが、私自身は、音に合わせて小説や詩を朗読するだけ。全然、ジャズに詳しくはないのです。

思えば、若い頃から楽をして「いい目」を見ようと考えなしに生きて来た私。ＤＪになりたいなあ、と思い付いても、ま、ＤＪの彼女でいっか！　とレコードよりも男を選び、サーファーになりたいなあ、と憧れても、ま、サーファーの彼女の方が疲れないよね？　と波打際で男を待つ方を選んだりしていました。

そういう不真面目《ふまじめ》な生活態度は初めての小説を書き上げるという目標を持つまで、だらだらと続いていたのですが、これはジャズに関しても同じでした。ええ、私は、ジャズに詳しくなりたいと思ったのに、ジャズを演《や》る男（奥泉ではない）の方に詳しくなったのでした。怠け者の面目躍如です。ジャズもいいけど、ジャズまわりは、もっといい！

日本でも、ブルース・インターアクションズから出版されている『ジャズ・ミュージシャン3つの願い　ニカ夫人の撮ったジャズ・ジャイアンツ』という本があります。ニカ夫人とは、ジャズマンたちのパトロネスとして知られた、ロスチャイルド家の血を引くパノニカ・ドゥ・コーニグズウォーターのこと。クリント・イーストウッド監督の「バード」の中で、チャーリー・パーカーの最期を見取るあの人。

ニカは、六〇年代にある計画を実行しました。それは、三百人のジャズ・ミュージシャンたちに「願いごとを三つあげるとしたら？」という質問を投げかけること。そして得た、その膨大な答えを彼らのスナップ写真と共に一冊の本にまとめたのです。

これが、もう！　まさに、私好みのクールを極めた「ジャズまわり」の世界なのです。グルーヴに満ちたジャズマンたちの心の旅の道連れになれる！

色々な答えがありますが、最高のプレイがしたい、というのは多くの人に共通しています。後は、家族の幸福と健康、そして、お金。でもさ、そういう模範回答って、あんまりおもしろくないんですよね。

アート・ブレイキーみたいに、〈1．きみがオレを愛してくれたら（中略）3．離婚して、きみと結婚することだ！〉なんて、ちゃっかりニカ夫人を口説いていたりすると、あっと言う間に好感度は上がる。

ちなみに、マイルス・デイヴィスは、たったひとつの答えだけ。

〈白人になることだ！〉

本全体に、六〇年代のジャズ・ミュージシャンたちが受けて来た人種差別への憤りとどうにもならない悔しさ、やるせなさが滲みます。でも、マイルスは、この後、さまざまなジャンルに自分の世界を広げて考えを変えたかもしれませんね。

実は、私、マイルス御大に限りなく接近したことがあるんです。

晩年、目黒のライヴハウスのこけら落としに出演したのを、アフリカ系アメリカ人の元夫と作家の北方謙三《きたかたけんぞう》氏、そして今は亡き編集者の四人で観に行ったのです。もう、ケニー・ギャレットにほとんどまかせているような演奏でしたが、迫力と存在感はすごかった！

そして、休憩時間。私たちが店の外で煙草《たばこ》を吸っていたら、佐藤孝信《さとうこうしん》さんのアーストンボラージュに身を包んだ御大がやって来た。私、彼の服の裾に、こっそり触っちゃいました。

この時のことを北方氏はエッセイに書いているんです。煙草をくわえたマイルスが火を貸してくれと言ったって……。あのー、それ、御大じゃなくて、私の元夫だったんですが……確かにどちらもダークスキンのギョロ目でしたが。

（２０２０年11月）

スウェット&ゲットウェット論

もうずい分と前の話になるが、アフリカ系アメリカ人の前夫とハワイのオアフ島に家を借りて長期滞在していたことがある。ちょうど、それは観光シーズンに重なり、私たちの家からほど近いホノルルの中心部では、毎晩のように野外フェスティヴァルやコンサートなどが催されていた。日本はもちろん、アメリカ本土でも滅多にお目にかかれない貴重なライヴが目白押し。ただでさえ倦怠期《けんたいき》で、時間を持て余し気味だった私たち。天の助けとばかりに、毎夕のように喜々として足を運ぶこととなった。

R&B、ヒップホップ、レゲエ、そして、ジャズ。夫婦で共有しているお気に入りの音に生で触れながら、時たま夫は私に尋ねるのであった。

「ねえ、楽しんでる?」

何を当り前のことを、と怪訝《けげん》な表情を浮かべる私に、彼は言うのである。きみの態度、なーんか、冷静過ぎるんだよなー、と。そう不満気に口を尖《とが》らせる彼に対して、私は肩をすくめて見せた。

「私は、私の体に従ってるの。曲も始まらない内から他の人がそうしてるからって立ち上がって手を叩くのは嫌なの。だいたい、この間のファーザーＭＣの時なんてＤＪが回してる方がよっぽどましなのに、皆、のってる振りして……」

夫は、もういい、と言わんばかりに手で私を遮り、ぼくの妻はクールだな、と皮肉混じりに呟くのだった。そして、私も、音楽の楽しみ方は自由でしょ、と可愛気《かわいげ》なく返して、二人共、不完全燃焼のまま家路につくのが常だった。

ところが、その日は違ったのだ。野外で行われたジャズライヴの夜のこと。パット・メセニーのスムーズな演奏を堪能した後に続くのは、私の長年のアイドル、マーカス・ミラー。いつになく興奮気味の私に満足気な夫は、ようやく連れてきた甲斐あり、と思ったのだろう。珍しく、アイ・ラヴ・ユーを連発し、私の頬に音を立ててくり返し口付けた後、安心したように、ステージとステージの合間を待って用を足しに行った。ようやく夫としての務めを果たした、と感じていたのかもしれない。

しかし、それから十数分後、もう始まってしまったマーカス・ミラーの演奏中、客席の外から、夫は何を見たか。視線の先にいたのは、それまで出会ったことのない妻の姿だった。早々に立ち上がって踊る、熱狂的な様子の彼女だったのである。

その夜のチケットを取るために、夫は、相当努力していた。かなり早い時期から予約の電話をかけていたし、知り合いが関係者だと解ると、手回しもしていた。そうして、ようやく、ステージから三列目の席を確保出来たのである。それなのに、妻は自分など、とっくに忘れたかのように叫んでいるではないか。アイ・ラヴ・ユー!! と。さっきのぼくの言葉を、あいつに返したって訳か、というのは、後に、夫が呆れてぼやいた台詞《せりふ》だ。

私は、と言えば、面目ない、夫が席を立つやいなや、頭の中はマーカス一色になり、その他の男の存在は消え失せてしまったのである。

だって、あの、レニー・ホワイトなんかと組んでいた頃の「ジャマイカ・ボーイズ」を彷彿とさせるファンキーな音。思わず腰が動いてしまうスラップ奏法にタッピング。白いランニングシャツ一枚に、赤いキャップをかぶってベースを弾きまくり、縦横無尽に動いて自分の存在を見せつけている。素晴しいベーシストであるのと同時に、極めて有能な雄であるのを証明しているかのよう。

なかなか夫が席に戻って来ないのを良いことに(後で聞いたら、戻ったら悪いような気がして、ただながめていたそうだ)私は叫んでいた。周囲の女たちも、叫んでいた。カップルで来ていた観客が多かったから、男たちだって、同じくらいの人数はいたであろうに、そして、やはり、グルーヴに身をまかせていたであろうに、女たちの熱狂の方がはるかにすさまじかったのは何故だろう。

途中、マーカスが首から下げたタオルで、上半身に噴き出た汗を拭った。そして、その後、客席にそのタオルを投げるような仕草。女たちが、私にちょうだーい! と口々に叫ぶ。もちろん、私も手を伸ばした。けれど、もう少しで手が届くというところで、投げられたタオルは、三つ隣の白人女の許へ。

その盛り上がりに興がのったのか、マーカスは、今度は、自分の汗まみれのランニングを脱いで、何度もじらしながら、放り投げる真似《まね》。

あの時のきみの声が忘れられないよ、と後々になっても夫は苦笑した。私は、必死にこう叫んでいたという。

「カモーン、マーカス！　スウェット！　アーンド　ゲット　ウェット　フォー　ミー!!」

私のために汗をかいて濡《ぬ》れてよ！　そういや、いつだったか、スウェット　レッツ　ゲット　ウェットとくり返す曲がはやったっけ。恐るべし、汗の威力。好きな男の汗は、女の心を引ったくる甘露。シャイな日本人の女だって、絶叫させるのだ。で、色んなとこが濡れる。

あの夜以来、夫は、ライヴにおける私のクールな態度を見ても、楽しんでる？　とは尋ねなくなった。そして、私は、その夫に「前の《エックス》」という形容詞が付いてしまった今になっても、私は私の体に従っている、という持論を撤回していない。

（2014年冬号）

あるいは、革命が準備中のままな時

始まるやいなや、ヒートアップしてドラムを叩く十九歳のスティーヴィー・ワンダーの姿を見せられて、胸に熱いものがこみ上げた。「サマー・オブ・ソウル（あるいは、革命がテレビ放映されなかった時）」が上映された映画館でのことである。

新型コロナの感染拡大を受け、外出しての娯楽に厳しい制限がかけられていた二年近く、映画館に足を運ぶ回数もずい分減ってしまった。まあ、今の時代、家で楽しめるものも多いしね、と諦めたりもするのだが、音楽映画に関してはそうは行かないのである。映画館の、なるべくスクリーンに近い席に陣取り、生で参加しているかのように錯覚しながら楽しむのが醍醐《だいごみ》味。とりわけ、こんな貴重なドキュメンタリーの場合には。

監督は、五度のグラミー賞受賞歴のある、ザ・ルーツの天才ドラマーにして音楽プロデューサーのアミール〝クエストラブ〟トンプソン。彼が、一九六九年に開催された「ハーレム・カルチュラル・フェスティバル」の、五十年間忘れられていた膨大なフィルムを編集し直し、当時を知る出演者、関係者、観客などへのインタビューコメントを加え、力強い音楽ドキュメンタリーを完成させた。

黒人音楽と共にある六九年と言えば、六三年のワシントン大行進からそのまま続く公民権運動の激動期。このフィルムは、当時のアメリカ社会情勢の貴重な記録にもなっている。ウッドストックのフェスは世界的に有名だが、実は同じ年にニューヨークはマンハッタンの一画で、アフリカ系を中心に自由への讃歌が響き渡っていたのだ。

特に女たちの熱量は圧倒的だった。マヘリア・ジャクソン、グラディス・ナイト、ニーナ・シモン……黒人のみんな、準備は出来てる《アー・ユー・レディ》？　覚悟は出来てる？　と観客を鼓舞するニーナの掛け声に会場の興奮は最高潮に達し……と、その場面を観ている内に、あれ？　この感じ、どこかで、私、体験してる、と思い付き、記憶を辿ってみたのだった。

そして、アフリカ系アメリカ人の男との前の結婚の時に通わされた、南部の黒人教会でのサーヴィスに行き着いた。

アフリカ系の前夫は、生まれも育ちもニューヨークで、私たちの結婚式もブロンクスの教会で。ウェディングバンケットはハーレムの軍の施設で行った。隣の会場では、初の黒人市長となったディンキンズさんがやはり御祝いパーティを開いていた。

ニューヨークはリアルアメリカではない、とはよく言われることだが、あの街を愛する多くの人同様、私も、そのリベラルで雑多なところが気に入っていた。前夫や彼の幼馴染みのようなニューヨーク出身者のホームタウン愛は、私などよりもはるかに強烈で、田舎嫌いは徹底していた。

そんな前夫の両親が、ある日、サウス・キャロライナに家を買ったから、と高らかに宣言したのだ。息子たちとその妻や恋人は驚愕。聞いてないよ、そんなこと⁉　どうして、そんな悪しき風習の残る原始的なエリアに？

サウス・キャロライナの最大都市チャールストンは、南北戦争の始まりの地だ。その当時の南軍の旗が、二〇一五年の黒人教会銃撃事件が起きるまで、州議会に掲げられていた、という信じ難い土地。そのせいで、多くのミュージシャンが公演を拒否していた。

私の前夫の両親が終《つい》の棲家《すみか》として購入したのは、ビューフォートというのどかな海辺の街ではあったが、歴史的建造物を残すことを義務付けられた特別区で、近くに奴隷博物館などが立ち並んでいるのだ。気分は良くない。

家族の大反対にあいながらも、義母は主張を曲げなかった。サウス・キャロライナは、彼女の生まれ育った土地なのである。

「私以外全員がニューヨークの人間であるこの家族のために、ずっと我慢して来たの。あなたたちの父親がリタイアした今こそ、私は、あの土地に帰りたい。そして、そこで静かに余生を送るのよ」

義母の決意表明に皆、一瞬たじろいだが、双子の義弟たちが次々と質問の声をあげた。

「人種差別されに行くようなもんじゃないか」

「KKKとかに殺されたらどうするの？」

「……そんなに、ひどい場所じゃないのよ……そりゃあ、昔は……」

急に悲し気な口調になった義母を労《いたわ》るように、ハーレム生まれの義父が言った。

「KKKに殺されるのも、ギャングスタに撃たれて死ぬのも一緒だろ？」

お義父《とう》さん、それ、全然、説得力ありません！　思わず、そう遮った私が、後に、ビューフォートのどこに行っても、たったひとりのアジア人として好奇の目で見られることになるのだが、今、思い出せば、それもまた悪くはなかった。たとえ、「アー・ユー・ヨーコ・オノ？」と何度か尋ねられたとしても（年齢、全然、違うんですけど⁉）。話の取っ掛かりとして便利だもんね。

私たち夫婦は、休暇のたびにニューヨーク経由でビューフォートに通うようになった。飛行機から降り立つのは、ジョージア州サヴァンナ空港。義理の両親の家は、そこから車で一時間ほど行ったところにある。後に、夫婦関係が悪くなり、前夫は両親の家に、私は日本に住み続けるようになったが、その時にはひとりで通った。長編の舞台にもした。すっかりアメリカ南部に魅せられてしまったのである。

もちろん人種差別という厳しい現実と常に隣り合わせなのだが、私を惹き付ける強烈なものが、この土地にはいくつもあった。

そのひとつが日曜日のチャーチサーヴィスである。義理の両親は熱心なクリスチャンで、南部に移る前、私と前夫が日本からニューヨークに帰省した時も、自分たちの通う教会に引っ張って行った。そして、コミュニティの人々に、私を紹介して自慢するのだ。どう？　私の息子が結婚したのは日本人なのよ、クールだと思わない？　と言って。

そんな経験をくり返したので、黒人教会には慣れっこだ、と私は思っていた。が、南部のそこは、全然違っていたのである。

何が？　濃さである。人々の発散する空気の濃さが、全然違っていた。その熱気と来たら、いっきにステンドグラスに蒸気で水滴が付くのではないかと思えたほど。

アメリカ全土で人気の女性説教師が招かれた日があった。へえ？　女なの？　迫力出ないんじゃない？　なんて、すっかり、すれっからしになっていた私はタカをくくって差別的物言いをしていたのだが、始まってから、ぶったまげた。

リズムを付けながら、足を踏み鳴らし、その声は、どんどん迫力を増して行く。怒りや哀しみを表明する、その節まわしは、ラップで言う「フロウ」そのもの。これって、煽動《せんどう》している？　と、思った頃には、場内の興奮は、クライマックスを迎えようとしていた。

そして、その瞬間、説教師が叫んだのであった。

「アー・ユー・レディ⁉」

黒人のみんな、準備は出来てる⁉　と。そのコール・アンド・レスポンスの最中、信者たちは、バタバタと失神して倒れて行く。すると、すかさず担架が運ばれて、男たちが意識を失った人々を外に連れ去るのだが、その様子は、「クリーンナップ」とでも呼びたくなるくらいすみやかだ。

低く流れて、説教師の言葉を引き立てていたオルガンの音が、突然、大きくなってゴスペルの合唱が始まった。歌の合間にも、神への感謝や同意を伝える叫びが巻き起こる。皆、両手を頭上で揺らしながら泣いている。

たまたま、ニューヨークから義弟に付き合って一緒にこの地を訪れた彼のガールフレンドが、身を震わせながら、私に囁《ささや》いた。

「ねえ、どうしよう。私、こういうの合わない。気持が悪くなって来た」

彼女だって、同じアフリカ系なのに。

私は、笑って、なーに言ってんの、と彼女を小突いたが、見ると、本当に具合が悪そうに、冷汗をかいているのだ。日頃、ニューヨークのエスプレッソバーで、スノッブを気取っているお洒落さんには、毒気が強過ぎたかな？　とからかうと、本気で嫌な顔をする。後で、こんなことを言っていた。

「南部の黒人って、黒人らしくしなきゃいけない役割を背負っているから大変ね」

なーるほど。そう言えば、二〇一九年に全米で公開された映画「ルース・エドガー」は、優等生の黒人という役割を押し付けられた青年の心の歪《ゆが》みを描いた秀作だったが、人種や出自によって与えられた「役」を完璧に演じようとすることは、時に、人から自由を奪う。現に、それを知っていた前夫とその弟たちは、重要な筈のミサの前に、さっさと魚釣りに行くと言って、逃げてしまったではないか。

しかし、と、「サマー・オブ・ソウル（あるいは、革命がテレビ放映されなかった時）」を観た後では、こう強く思うのである。はたして、ニーナ・シモンの掛け声は、ロールモデルとしての「役割」によるものだろうか。全然、そうじゃない。あれこそが自由と権利を勝ち取るために、自分自身を使い切る覚悟で発したメッセージではなかったか。

あの女性黒人説教師とニーナ・シモンは、とても良く似ている。と、同時に、少しも似ていない。観客と信者たちもしかり。とても良く似ていて、まったく異なる人々だ。

一九六九年に、ニーナが「アー・ユー・レディ？」と叫んで何十年かが経ち、アジアからやって来た女が、黒人教会で、同じ「アー・ユー・レディ？」を聞く。そして、時がまた過ぎて、でも、事態は一向に変わることなく、だからこそＢＬＭ（ブラック・ライヴズ・マター）運動が起きる。今度は、誰が「アー・ユー・レディ？」と絶叫するのだろう。再びドナルド・トランプだったりして。

件《くだん》の黒人教会では、ひとりの老婆が泣きわめいていた。息子が死んだのよ！　誰でもない、たったひとりの私の息子が！　と。

「ユー」が、すべて違った顔を持つ膨大な数の集合体であることを忘れると、永遠に「準備中」を更新するかもなあ、と思いついて怖くなった。

（２０２２年１月）

ハイヒールの似合う街でローラーコースターに乗る

ニューヨークシティでは、まず靴の踵が駄目になる。にもかかわらず、ハイヒールシューズを履かずにはいられないのがこの街なのだ。

たとえば、明け方。昨夜の狂乱の夜を過ごした人々も、これから起き出す正しい人々も、まだ存在しない人気のないソーホーのコーヒーショップで、不必要に熱い視線を送るプエルトリコ人の男が入れる牛乳のたっぷりと入ったコーヒーを味わいながら、外の物騒さに怯える楽しさをも、ものにする。

そして、昼下がり。五番街をうろつきながら、急ぎ足の人々に、決してぶつからない技術を身に付ける。そして、気に入りの男を見かけて、その技術を駆使して近寄って行き、ごくさりげなく肩をぶつけて、エクスキューズミーと言いながら、愛を生むその瞬間。

そんな時、この街で女がひとりでいることの幸福を噛みしめる。噛みしめながら、踏みしめるのはピンのように細い靴の踵というわけだ。それは、この地面に驚く程、上手く作用する。ひとりの人間を、しっかりと浮き上がらせるために女のハイヒールは不可欠である。

夕方、やっとの思いでピックアップしたティケットを手にして念願のミュージカルを見るために、劇場に急ぐ時にも、それは心地良い音を立ててブロードウェイを楽園に変える。自分の靴の音を聞きながら、自由だと感じること程、この世に楽しいことがあるだろうか。ミュージカルを観終わって、ほてった頬を押さえながら劇場の外に出て見れば、黒人の少年たちが待ちかまえている。まるで、劇場の中なんかより、自分たちの方が数段上だと言わんばかりに、ブレイキングでお金を稼ぐ。素敵なミュージカルを観た後には、また素敵なパフォーマーに待ち受けられて、イエローキャブへのチップをけちるだけで、またもや、素敵な世界に招かれるというわけ。どうしよう。私、この街に住みつきたくなっちゃった。

ところで、今日は、もう既に日本でも前評判の高い「スターライトエクスプレス」を観た。私は正直言って、多分に見世物的な子供だましのようなものだろうと思っていたのだけれど、ところがどうして、これが、すごい迫力で、驚きっぱなしだったのだ。

まるで、遊園地のローラーコースターに乗せられて、どぎまぎする子供の気持になってしまって、自分としたことが困ったなあという感じ。にもかかわらず、乗せられっぱなしではないところがすごい。突然、引きずり降ろされて、感動させられたり、くすぐられたり、まさに劇場はアミューズメントパーク。私は、もう恥も外聞も忘れて、はしゃぎましたね。だって、ローラースケートが降って来るという感じなのですよ。感動とともにね。

劇場に入った瞬間、私は悲しい習性で客層を調べるために、席に着く人着く人を上から下までじろじろとながめたけれど、その時にもう既に驚いていていた。このニューヨーク、しかもマンハッタンに、よくもまあ、これだけ普通の人たちが集まったなあ、というくらい家庭的な人たちが入って来るのだ。コークを買ってくれとおねだりする子供に、はやく始まらないかしらとどぎまぎするおばあちゃん。訳もなくアットホーム。

私は、この時、この劇場の雰囲気、どこかで味わったことがあるなあと必死に思い出そうとしていた。そして休憩時間に私は思わず膝を叩いたのであった。そうだ！　このお客さんたちは、あの時と同じ密度だ!!　あの時とは、私がLAで「E.T.」を観た時である。終了後の子供たちの感動ぶりも、大人たちの興奮具合もまさにそっくりである。

私は、何だか嬉しくなってしまった。ハイヒールで地面を鳴らす街、女ひとりでいることの危険を味わう街と言いながらも、やはり人間の感動をものにするものは、どこでも同じなのだなあ、と感じたのだ。どこに隠れていたのだろうかと思われる普通の人々をちゃんと味方に付けてしまった。この素敵なミュージカル、日本でも魅了される人々がたくさんいるだろうことは、もう既に予想出来る。だって「E.T.」に感動した人々があれ程いたのだものね。何だか嬉しくなっちゃう。そういう人々がこの世の中をささえてるんですから。私は、それを心待ちにしながら、今晩も物騒な街のきわめて危ない時間に外出しようとハイヒールシューズを並べて、どれにしようかと思案している。

（1987年11月）

Yamada Amy in N.Y.

ニューヨークにはお詳しいんでしょうね。そう尋ねられるたびに、何やらおもはゆい気分になる。私は、五番街の高級店に足を踏み入れたこともないし、ミュージカルも観ない。次々とオープンするデザイナーズホテルとやらに泊まったこともないし、スノビッシュなレストランにも興味がない。観光もしない。だいたいエンパイアステイトビルディングに上ったことすらないのだ。もう何十回も訪れているにもかかわらず、ガイドブックもザガットも必要としたことがない街。では、私は、そこで何をしているのか。

人間観察と言えれば格好が良いが、そうとも思えない。はて？　私は、わざわざニューヨークまで来て何をしているのだろう。しばし、考える。そして、やはり、この答えに行き当たる。私は「ただそこにいる」ということを満喫するために、この街に滞在するのだ。ただ歩いて、疲れたらバーやカフェでグラスを傾け、時には、日本で未公開の映画を観たりする。デリで食べ物を調達し、酒屋でワインのボトルを選び、一日じゅうホテルの部屋にこもっている場合もある。寝椅子《カウチ》に横になり、本や新聞を読み、時折、点《つ》けっぱなしのTVに目をやり、そうか、今日はヨーコ・オノの誕生日だったのか、などとひとり頷く。

なあんだ、これって東京で過ごすのと変わりないじゃないか。そう呟きたくなるところだが実は、この時こそ、私がニューヨークにいる実感を味わっている瞬間なのである。デイリーニューズ紙の上に散らばるコーンチップスの欠片《かけら》。ごみ箱に投げ入れようとして失敗し床に放置されたままのトラッシュ。ポケットから出したコイン。散らばるクォーターとダイム。窓から見える木々。そして、その間から見える向かいのビルディング。こちらと同じ階でレズビアンのカップルが抱き合っている。そんなふうに目に入るすべてのものが、私の体の隅々に染み渡り、多くの人々が知っているこの街が、私だけのものになる。これを味わいたくて、ここにくるのだ、とつくづく思う。世界一、エキサイティングな街という称号は、よその人々に進呈しよう。そして、私は、自分だけの視界に映る世界一小さくて味わい深いステージを堪能する。窓枠、ベッド、旧式のヒーター、そんなものにも、私はニューヨークを見つけて、いつくしむことが出来る。小説的な街はすべて、同じような特徴を携えていて、いつでも私を魅了するが、ニューヨークはとりわけ、私の舌に合っている。

かつて、ニューヨークに行くことは、私の場合、夫の実家への里帰りを意味していた。ニューヨークで生まれ育った夫の目を通して、この街のすべてを見て来た。それが数年前、夫の両親がリタイアして南部の田舎町に家を買った頃から、通り過ぎる街になった。国内線に乗り換えるたびに、何日間かを過ごす場所。何年間かは、ただ、それだけのためにしか、この街は存在しなかった。私は、南部という自分の知らなかったアメリカのたたずまいに夢中になっていたし、夫はそこに慣れるのに必死だった。彼にとって、南部の田舎町は、東京よりもなじみの薄い土地だった。

ところが、ある年、私と夫は、ジョージア州サヴァンナ空港から、ニューヨークのラ・ガーディアに降り立った瞬間、唐突に顔を見合わせて溜息をついて笑った。

「ウィ　アー　ホーム!!」

口をついて出た言葉まで同じだった。イエローキャブの乗り場の列に並びながら、私は思った。南部への長い旅は終わったのだ。これからは、あそこにも二番目のホームタウンが待ち受けている。私たちは、もう旅人じゃない。それが解ったのだから、再び一番目のホームタウンを味わってみよう。キャブがマンハッタンに入った時、私は、ニューヨークに対して初めてこう感じていた。懐しい、と。南部に通いつめたからこそ、今、胸を満たすこの気持。いつかこれを、私にしか選べない言葉で埋め尽くした作品世界に昇華させたい。二つの土地に同時に意欲を持った瞬間だった。三年程前のことだ。

今回のニューヨーク滞在では、大雪に見舞われた。ワンブロックも歩けない程につもった雪は生活を不便にさせたが、私は、窓から見える白い覆いをただ味わっていた。マンハッタンに入る時のあの光景、ワールドトレードセンターの見えない不思議なホームタウンのたたずまいを思い出しながら。そうか、夫の従姉妹《いとこ》は、あのツインタワーとともに姿を消してしまったのだなあとひとりごちながら。私に小説を書かせるいとおしいものたちは、いつも消えて行き、それ故に、私の内では存在感を増していく。

ところで、ニューヨークで常宿にしているとてつもなくぼろのホテルのエレベーターには、こんな落書きがある。〝JUST ♡ U〟ジャスト　ラブ　ユー。愛してるだけ。私は、この言葉と共にこの街にチェックインし、そしてチェックアウトする。この街に敬意を払うためのひそやかな儀式である。

（２００３年５月）

道草の原点

旅を愛した作家、檀一雄《だんかずお》の言葉に「天然の旅情」というのがある。これは、周囲の迷惑を省みず彷徨する自分を、あっさりと肯定出来る、とても便利な用語なのである。

〈文士は己の漂蕩《ひょうとう》の性《さが》に縋《すが》りながら、時に危い舟をあやつり悩む時さえある。我ら何の為に産み出されているか、その根本の疑義に怯《おび》える時に、幸福や人倫の道に背いたって、真率に天然の旅情を重しとするだけだ〉

格好良いじゃないか、一雄！　しかし、その後にこう続く。

〈いや、弱いのである。暗いのである。我らが急いでゆくその帰結の行方に、皆目自信がないのである〉

これは、『漂蕩の自由』という旅のエッセイ集の中の文章なのだが、駄目駄目じゃないか、一雄！　と言いたくなって来る。あの強気はどうした、と。しかし、彼ののこした小説やらエッセイやらを読めば読むほど、この強気と弱気の自己肯定のくり返しこそ、旅の本質を表しているように思えるのだ。ものを書かずにすむ品の良い人々は、そのはざまで自問自答するのにとどまる。しかし、小説家として生まれついてしまった者は、その瞬間の自分のありようを証明せずにはいられない。それをひとつの作品にまで持って行く場合の免罪符が「天然の旅情」なのである。

思えば、私も自分の内なる「天然の旅情」を発掘するべく二十年間も小説を書いて来た。今の自分を形作っているものが、どのような要素から成り立っているのかを知りたくて、ただの古き良き思い出として封印しておくべきものを、飴玉《あめだま》の包装紙をひとつひとつ剝がして舐め回すように味わい、その成分を分析して来た。そして生まれた内の一冊が、十五年程前に書いた『晩年の子供』という短編小説集である。この中の何篇《なんぺん》かは、静岡県磐田市に住んでいた小学校時代の数年間の出来事が元になっている。一度はここに戻ってみてはどうだろう、と長いこと思っていた。父の転勤に伴い、日本各地に移り住んだ。そして、大人になって、世界各国を訪れた。それなのに、一番鮮烈に思い出すのは、あの片田舎なのである、物書きとしての将来を決定づけたのは、土地と人々を目に焼きつけることを覚えたあの日々なのである。取り巻くものすべてが、カメラなど持ったこともない小さな私の被写体だった。

そして、機会は突然訪れた。昔馴染みの編集者が電話して来て、旅と読書の特集をやるという。迷わず、磐田をリクエストした。怠惰な私が、この機会を逃したら、たぶん一生あそこにはたどり着けないような気がした。外国のどの土地よりも遠い場所だと思えたのだ。お膳立てをしてもらわなくてはままならない旅というものがある。私にとっては、既に、ニューヨークやアフリカよりも遠い場所。何故なら、行き先は、存在するかどうか解らない私自身の過去であるからだ。置き忘れたかもしれない「天然の旅情」を回収に、さて行って来るか、となれば、旅の友はやはり檀一雄の『漂蕩の自由』だろう。そして、酔狂な旅に電車を使うならば、迷うことなく内田百閒《うちだひゃっけん》の『阿房列車《あほうれっしゃ》』で決まりだ。二人の文豪には共通点がある。それは、無駄という贅沢を知っていること。そして、文豪などと呼ばれたら恥ずかしさのあまりに死にそうになること（たぶん）。まあ、二人共故人であるからその心配には及ばないだろう。酒好きで、食いしんぼで、がんこ者で、ノンシャランにして、偏屈に愛情深い。これらの困り者の習性を「天然の旅情」によって作品を傑作に昇華させた。私の敬愛する作家たちである。

さて、ここで、私が住んでいた昭和四十年代前半の磐田について思い出してみよう。東海道新幹線が開通して、まだ間もない頃、私の父の会社は、その高架横にあった。帝國繊維株式会社という。磐田工場の広い敷地には、すべての施設が完備され、生活するためだけなら、そこから外へ出る必要がなかった。実際、私の母などは、日常の買い物は、ほとんど敷地内のスーパーと外部からの御用聞きですませていたと記憶している。美容院もクリニックもあったし、共同浴場もあった。子供たちの遊び場にも困らなかった。スウィミングプールも公園も、そして何よりも、探検し始めたら終わらないくらいの草むらが広がっていた。ゴルフの打ちっぱなしの練習場があり、父は夕方、そこに通っていた。私はいつもお伴し、芝生に転がるボールを拾う手伝いをした。今の若者たちには、あるいは、都会に育った人には、どうということのない光景かもしれない。けれども、あの時代のあの場所で、それらは、隔離された場所のみで通用する特権的な贅沢だったのだ。ど田舎に、無理矢理、都会生活を持って来た、という感じ。その社宅に住む私たちは、「テイセンの子」と呼ばれた。誰もがよそ者だった。どうせ何年かしたら、親の転勤でこの地を離れることが解っていた。だから、土地の人々に馴染むよりは、この作られた小さな社会で上手《うま》くやって行こうと感じていたと思う。凝縮された社会の人間関係のなんと疎ましいことか。私は、いつのまにか、会社の敷地の外をふらつくようになった。農家の子供たちと遊び、誘われて海辺の家まで足をのばした。そこには、貧しいけれども、大人たちの言うのとは違う贅沢があった。夕暮れ、「テイセン」に戻ると、正面玄関の噴水が豪華にライトアップされている。フェンスに沿って植えられた薔薇《ばら》の花にまで、御丁寧に光が当てられていた。薄暗い中、それらを見詰めながら、こういうことは続かないぞ、と子供心に思い漠然と不安な気持に駆られたのを覚えている。はたして、私が磐田を離れた数年後、その工場は閉鎖された。高度経済成長期の徒花《あだばな》のなかにいたのだ、と今思う。そして、そのことに、物書きとしてどれほど感謝していることか。歪んだもののやるせなさを体得できたのは、いつも人工の美しさと素直な自然の対比からだった。

会社の敷地を出ると水田が見渡す限り広がっていた。その間の畦道《あぜみち》を歩いて小学校までの長い道のりを歩いた。季節の移り変わりにつれて、色彩も見事に変化した。色の宝庫だった。とりわけ、れんげ草の季節には、目眩《めまい》を起こしそうなくらいだった。毎日、摘んで花束を作り持ち帰った。蛇の抜け殻も集めた。川を流れる動物の死体を棒切れで必死に拾い上げ、お墓を作った。通学路は、道草天国だったのである。その理由から、私は学校が好きだった。何が悪かったのか、私はある種の子供たちの反感を買い、苛《いじ》められっ子だったが、そういう時は、図書室に逃げ込めば良かった。そして、放課後を待った。友達になってくれた数少ない地元の子供たちとの道草天国をいつも待ちわびていたのだ。

あの時以来、道草人生一直線。その果てに、今、私は、またもや磐田に戻り、道草を食おうとしている。子供の頃のそれと違うのは、郷愁を味わう舌を心に持っていることだ。東京で生まれて、各地を転々として来た私はふるさとを持たない。けれども、その心許なさが記憶を多彩にする。幼い頃のあの日、あの時の心象風景、ここは照れることなく、センティメントと共に辿ってみたい。

駅前の通りは閑散としていた。ジュビロ磐田の本拠地だなんて嘘みたい。その昔、私は祖母が遊びに来るたびに、この通りにあったおもちゃ屋さんに連れていってくれとせがんだ。ペパーちゃんとタミーちゃんという着せ替え人形と、その関連グッズが欲しくてたまらなかったのだ（ちなみにリカちゃん人形はまだ存在していなかった）。いかにも明治の女という感じの祖母は、背筋を伸ばして私の手を引いた。着物の裾が、しゃきしゃきと翻っていたのを覚えている。家から、この商店街まで、子供の私にはとてつもなく遠く思われたけれども、直《じき》に手に入る人形のことを思ってこらえた。こんなお年寄なのに、孫のために格好良く歩こうとしている、と胸がいっぱいになったものだ。私の夢をかなえてくれたおもちゃ屋は、今、姿を消していた。お店屋さんに行く時は胸を張らなきゃいけないことよ、と教えてくれた祖母も、もちろん、もういない。あんなに大切にしていたペパーちゃんも引っ越しをくり返す内に、どこかに行ってしまった。

父の働いていた会社の敷地は、ヤマハの工場になっていた。あの頃と同じように、今も美しく整備されている。中に社宅はあるのだろうか。あったとしても、もう「テイセンの子たち」のような小さな社会は形成されていないだろう。お誕生会の料理で優劣を競い合う鼻持ちならなさと、そこからはじき出される心細さを常に持ち合わせた、憎らしく、いたいけな子供たち。私たちは、いつも、外の子たちのおおらかさに憧れ、そして、見くびっていた。

通学路は、もう既に、見渡す限りの田んぼではなくなっていた。都会の人々から見れば、完璧な田園風景なのだろうが、私には、もうそうは映らない。小さな私には、稲穂の地平線があった。地球は広いなあ、と感じたものだ。変わっちゃったな。大きくなるってつまんないな。そんなふうに少し気落ちして小学校を再訪する。そして、私が在籍していたクラスの卒業アルバムを見た。あっ、と思った。全員の名前を覚えていたのだ。途端に記憶は、あの頃と同じ色彩を立ち上げて、私を過去に引き戻す。なんだ、皆、ここにいたじゃないか。不意に泣きたい気持になった。いないのは、転校して行った私だけだったのだ。

海に行った。好きだった男の子と行った海だ。私は、あの時を思い出して『海の方の子』

という小説を書いた。ひとっ子ひとりいない海。冬だった。一緒に菓子パンを食べたっけ。山田は、もっと素直になんなきゃ。彼の声がまた聞こえる。あの子、こんなところにいたのか、と大人になった私は、その感傷を引き立てるために、今、本を開く。「天然の旅情」、ここにあり。

（2005年11月1日）

幸福な目移りを許す街

私が金沢市主催の泉鏡花《いずみきょうか》文学賞を受賞したのは、一九九六年のこと。しかし、いただいた賞の華やかな重みに、緊張のあまりほおっとしてしまい、金沢という街の魅力を味わう術もないまま、授賞式に出席した翌日、慌ただしく東京に戻ったのでした。

あの時は、受賞の喜びもさることながら、北國新聞に載った私のエッセイを読んで、小学一年生の時の担任だった堀《ほり》ふみ先生が、わざわざ会いに来てくださった感激がとても大きかった。実は、私は、父の転勤で幼い頃、ほんの短い間でしたが、加賀市大聖寺に住んでいたことがあるのです。

もの心付いてから、引っ越しばかりしている自分の境遇を思い、常に心細い気持を抱えていた私に、堀先生はとても優しくしてくださった……という内容だったと記憶していますが、まさか、お読みになるとは……そして、足を運んでくださるとは……。さらに感動したことには、先生は、帰りの小松空港までいらして見送ってくださった！　その際にいただいた御自身の手による句集の題名は「翔る」。今も私の本棚の特等席にある宝物です。

大袈裟かもしれませんが、あの時、土地や書物や人との出会いの記憶などが交錯すると、稀《まれ》に時空を超えるのだなあ、と感慨で胸がいっぱいになってしまいました。文学、泉鏡花、金沢、そして、幼い頃の記憶、それらすべてがそろわなくては、堀先生との再会は叶《かな》わなかった訳です。

あれから早や二十四年。今年（令和二年）で五度目の泉鏡花文学賞の選考委員を務めました。私は、他の文学賞の委員も経験がありますが、この賞には何か特別なものを感じているのです。それが、先に書いた「時空を超える」要素のひとつである、土地。

授賞式の前後に金沢の街を歩くようになり、最初は右も左も解らず、ガイドブック片手にうろつくばかりでしたが、やがて、吹き抜ける風や漂う空気、変わりやすい空の色まで楽しめるように。あくまで、よそ者として控え目に、ですが。

今や、さまざまな旅行ガイドは言うまでもなく、インターネットなどからの情報もたっぷりと得ることが出来る時代。そこに行かずとも行ったような気分だけは得ることが可能です。でも、私は、やはり歩き回って、五感をフル活用しながら、知らなかった街を堪能したい。実際にながめて、感嘆の溜息をついてみたい。そして、私という物書きにしか紡げない言葉で形容してみたい。

金沢は、よそ者に幸福な目移りを許す土地だと思います。

絢爛《けんらん》豪華な金箔に包み込まれたような建造物があるかと思えば、長い歴史を吸い、今も威厳を保つ城や神社仏閣もそびえたつ。いなせな風情が漂うかつての花街の側《そば》には、偉大なる文学の舞台ともなった川が流れ、それでも少し歩いてみれば、現代アートの美術館がアヴァンギャルドな姿を見せている。美しい矛盾の集合体。

知的好奇心と艶っぽい想像力とスタイリッシュな感性への憧れ。それらすべてを満たすものが、決して広くはないエリアに、ぎゅうっと凝縮されているのです。街歩きの醍醐味をこんなにも満たしてくれる場所を、私は、あまり知りません。

とりわけ私は、尾張町、橋場町界隈《かいわい》を散歩し、浅野川に出る道筋が好きです。夕暮れ、梅ノ橋を渡り、鏡花の名作『義血俠血《きょうけつ》』に登場する水芸役者〈滝の白糸〉の像をながめて、縁あって引き寄せられた文学者を偲んだりします。

このあたりの建物は、どれもレトロで、洒脱な雰囲気をかもし出しているのですが、昭和初期に銀行として建てられたビルを改装した金沢文芸館が何とも言えず味わい深いのです。階によって、交流サロンや文芸フロアに分かれているのですが、特筆すべきは二階の「金沢五木寛之文庫」。文学のスタート地点であり、第二の故郷でもあるという金沢と五木寛之氏の深い関わりを知ることが出来るコレクションギャラリーとなっています。その中で、私が目を奪われ、思わず「きゃーっ」と叫んでしまったのは、五木さんと世界的有名人たちとのポートレート。ローリング・ストーンズのミック・ジャガー、キース・リチャーズそれぞれと一緒に写っているものは、粋を極めたアーティスト同士といった趣で、これまで私が見た、どの日本人とのものより格好良く、クールだった！　僭越《せんえつ》ながら、その写真に心奪われて見入っている自分も仲間に入れていただいているような気がして……またもや「時空を超えた」魔法にかかったようでした。

東京に帰る間際に、新しくなった金沢港のクルーズターミナルに立ち寄りました。あいにくのコロナ禍で人は少なかったのですが、五木さんの本の題名さながらに、風に吹かれて、海を見ていた。そして、心に留め置いたのは、数多くの一期一会という美しい矛盾の詰まった金沢の街への想《おも》いでした。

（２０２１年１月）

合掌あれこれ

　近頃、私の心を煩わせているものは、「合掌」です。日常生活に点在する合掌が気になってたまりません。合掌という言葉を気軽に使う人や、実際に、素直に合掌のポーズを取る人を見ると、うずうずとした気持になってしまうのです。ちょっと、きみきみ、そんなにも合掌を甘やかして良いものかね。そんなふうに叫び出したくなる。合掌によって許される事柄が、ちょいと多過ぎやしないか。そんなふうに不平のひとつも言い出したくなる。お手々の皺《しわ》と皺を合わせてしあわせ？　駄洒落にするのなら、しあわせではないか。皺合せ。あなたの皺合せを祈っている。すっかり意味不明です。いつのまにか、私の周辺では、合掌がひとり歩きをする有様なのです。

　私は、料理は大好きなのですが、掃除が大嫌いです。いつも、四角いところを丸く掃いてお茶を濁しているのですが、そこから発生する不備を補うため、一ヵ月に一度、ハウスクリーニングのサービスを利用しています。さすがにプロフェッショナルの仕事は細かい。私との実力の差にはうなるばかりです。おまけに作業後の心づかいも素晴しい。代金を銀行に振り込むと、領収書と共に手書きの短い手紙が送られて来るのです。時候の挨拶、お礼、次回もなにとぞよろしゅう、というメッセージ。それを読むたびに、なごやかな気分になります……なるのですが、その手紙が、この言葉で結ばれているのです。合掌。それを見るたびに、自分が死んだ人のように感じられて、くらくらしてしまうのです。掃除をしてもらうたびに成仏する私。南アジア各国では、挨拶やお辞儀の時も合掌するのだからと、友人は言うのですが、私は、葬儀と神社仏閣へのお参り以外の合掌が好きではありませんの。

死者への追悼文を、合掌。で締める人たちがいますね。小説家なのに、その様式美を使う人たちを、私は、ほとんど憎んでいるのです。私は、掃除代金支払いのお札で成仏させられていますが、本当に亡くなってしまった人をそのレベルに落としてはならないと思うのです。ものを書くのをなりわいとしているのに、それは、いかにも安直ではないか。「脱兎《だっと》のごとく」とか「一陣の風」などと、平気で書いてしまう小説に似ています。「魔女の乳首のように冷たい」とか「猫や犬のような雨降り」とかね（これらは英語の場合ですが）。人に読まれるために書かれた合掌には、「とりあえず」なニュアンスが漂うのは否めません。合掌。で終わる追悼文を読むたびに、これが「合掌造り。」で締められていたら、へんてこで愉快なので、今度やってみたいなーなどと思っています。死者に対してウケをねらい、楽しく送ってあげるのです。私自身そうされるにやぶさかではありません。

この間、珍しく親孝行への欲望が芽生えたので、両親を連れて磐梯山《ばんだいさん》のふもとの温泉に行って来ました。翌日、父が、どうしても野口英世《のぐちひでよ》記念館を見て帰りたいと言うので、渋々立ち寄りました。野口英世が幼少の頃、手に火傷《やけど》を負った囲炉裏のある生家を、そのままの形で保存してあるのです。そこを見学した後、私たちは、展示室を見て回りました。で、気付いたのですが、そこは、野口英世の記念館というより、野口英世の母、シカの記念館だったのです。極貧の中で彼を育て上げ、世界的な細菌学者として世に送り出した偉大なる母の魂の展示場だったのです。

母から英世に宛てた有名な手紙がガラスケースの中に貼り出されています。字が書けなかった母は、この手紙のために覚えたということですが、それでもつたな過ぎて読みにくいので、隣に活字で全文が紹介されています。お願いだから、アメリカから帰って来てくれと何度も何度も懇願する手紙。必死の思いが伝わって来るのですが、これ受け取った野口英世は、さぞかし困り切ったことだろうなー、などと思い横を向くと、私以外の見学者は、皆、その手紙に向かって合掌しているのです。西に祈っています（西を東、北、南に入れ替えて四行続く）来て下さい（三回ほど続く）。西に祈っています。それどころか涙ぐんでいる人すらいるのです。帰ってなんて書かれた手紙を、ロックフェラー医学研究所に招聘《しょうへい》されたばかりの前途洋々な野口英世に送ってしまうのは酷であるなあ、などと思っていたのは私だけみたいなのです。もしかしたら。その時、初めて気が付きました。私は、合掌に相手にされていない？

素敵なお母さんねえ、とても真似出来ないわ、と私の母が言いました。そりゃそうでしょうよ、っていうか真似しなくて良いから、と私は心の中で呟きました。世の中には、沢山の合掌があることを、ここでも知ってしまった私。私は、どんどん合掌から置いてけぼりを食って行っているようです。父の姿を捜したら、等身大の野口英世の写真（先生と一緒に写真をとってみよう、のコーナーにあり、背景はマンハッタンの摩天楼）の横で、友人のように寄り添い、被写体になっていました。それを見て吹き出すと共に、何故か安心したのでした。シカさんの娘さんは、イヌさんっていうんだって！　と無邪気に驚いていたのにはどうかと思いましたが。

こんなふうに、私の身辺には、さまざまな合掌が出現しています。それらに翻弄されながらも、この間のお酉《とり》さまでの合掌が私なりの正しい合掌であったと思うのでした。商売繁盛は、手を合わせる理由に、いかにも相応しい。

（2006年1月）

キッチンが実験室

毎朝、カフェ・オ・レ　ボウルにたっぷりの自家製水キムチを食べています。そもそもの始まりは、宿酔《ふつかよ》い。その日は、ボツ日（ボツ原稿のボツ。使いものにならない日のこと）と決め込んで、いち日中、だらけて雑誌など読んでいたのですが、そこで目に止まったのが、発酵食礼讃《らいさん》の記事。中に、自分の家でも自然乳酸菌発酵で手軽に作れる水キムチの作り方が載っていたのです。何でも、韓国の人たちは、宿酔いに一番効くとして、水キムチを汁ごと食すとか。今、私が欲しているのは、まさに、これではないか！　という訳で、突然、意欲が湧き上がり、ボツ日を返上して、水キムチに初トライしてみたのでした。その前に、宿酔いになるまで飲むな！　って、話なんですけどね。

韓国の家庭では、それぞれ、代々から伝わるレシピによって作られたものが、大きな容器に入れられて冷蔵庫で出番を待っているとか。これは、他の種類のキムチでも同じだそうですが、水キムチは、飲み過ぎだけでなく、風邪や疲労などに即効性があると言われて、とりわけ重宝がられているそうなのです。

実は、私、昔、赤い白菜キムチに挑戦して大失敗したことがあるので（自分勝手な目分量で、あれこれ入れて、発酵し過ぎた気味の悪い生物みたいになった）、今回は、きちんと計量して、仕込みました。

　そうして、大成功！　今では、あれこれ工夫して楽しんでいます。基本の野菜は、大根と胡瓜《きゅうり》ですが、他のアイディアにもトライしています。人参《にんじん》やセロリやニラなど……あ、意外にも最高だったのがプチトマト。楊枝でぷすぷすと穴を開けて放り込んでおくと、葡萄《ぶどう》の巨峰のように甘くなるんです。酢とにんにく、しょうがの風味の付け汁に浸っているのに、何故そうなるのか……謎です。ちなみに、巨峰を入れたらプチトマト風味になるのか、と思ってやってみましたが、残念！　葡萄は葡萄。そのアイデンティティは強固でした。林檎《りんご》と梨だけ、というのもやってみました。これが不思議なことに、果実の甘みが抜けて、本当に体に良い物、というような味になるのです。蜂蜜をひと筋たらして食すと、体に染み渡って行くような感じ。これからは季節の果物を試して行きたいですね。次は、柿でしょうか。元々、酔い覚ましというくらいなので、最強の宿酔い退治となるでしょう。

　私は、子供がいないので、料理自体が自分を楽しませるアトラクションの様相をおびて来ることがあります。夫の仕事が休みで家にいる時は、いわゆる「おさんどん」に精を出しますが、ひとりの時は、アヴァンギャルドな発明家と化します。私の台所《キチン》は実験室！

　前に、大きなフライパンで巨大パンケーキを焼きました。出来上がったルックスは、以前、フランスで開催されたサッカー・ワールドカップに際して、ルイ・ヴィトンが作ったモノグラムのサッカーボールをつぶした物に酷似していました（見たことはありませんが）。

お洒落ヴァガボンド

下北沢にあるレディジェーンというジャズバーで、定期的に朗読会を開催しています。ここは、かつて俳優の、故・松田優作《まつだゆうさく》さんがこよなく愛した店として有名な老舗。年月を経てなお味わい深さを増して行くその空間で、ウッドベースの吉野弘志さんやパーカッションの小山彰太さんという日本のジャズの大御所たちと、同業である小説家の……と呼ぶより、その場ではジャズフルーティストとしての才能の方をより発揮している奥泉光、そして、私を加えた四人で、言葉とジャズによる熱いセッションで身をゆだねて盛り上がるのです。時に、ゲストもお招きするのですが、この間は江國香織《えくにかおり》さんが参加してくれて、それはそれはゴージャスな一夜となりました。

店のライヴ情報を載せたフライヤーで「下北ジャンクション」と銘打たれたこのメンバーによる朗読セッション。最初は西荻窪のジャズバーで始まりました。そこの店主の死去により一時は取り止めていたのですが、彼の師匠であるレディジェーンの御主人の声かけのおかげで復活。もう足掛け十二年になります。人前で話すことの苦手な私が、よくこんなに長く続けられたと思います。

その長い年月、毎回毎回悩んでしまうのが当日何を着るかということ。ある時、奥泉光に、黒ばかり着るのは、まーったくよろしくない！　といちゃもんを付けられて以来、本当に悩んでいるんです。でも確かに、ジャズとブラックはよく似合うとは言え、楽器をやらない私は華やかに装うべきなのかも、でも、女っぽい格好は苦手だし、しかも、想定外の体重の増減に見舞われる体質だし（嘘です。想定しててもコントロール不能なのです）……ああ、私のクロゼットには、こんなにも服が詰まっていて出番を待っている。それなのに、今晩着る服がなーい！　とお洒落凡人なら必ず叫んだ経験のある叫びを発してしまうのでした。

普段の外出でも、結局どれも似合わなーい！　と迷走の末、取っ替え引っ替えしたコーディネートを諦めて、いつもと同じ無難なアウトフィットで飛び出して行く私。せめて、観客の皆さんに楽しんでいただく夜ぐらい、余裕のモードで自信を付けようよ！　そんなふうには思うのですが。

先程、人前で話すことが苦手、と書きましたが、これはほんと。しかし、私がややこしいのは、人前で目立つのは大好きなんです。小説家になる前の若い頃は、基地のクラブや赤坂、六本木のディスコでいかに男共の視線を集めるか、ということばかりに命を賭けていた週末の夜。その後遺症が後を引き、年食った今でも、群衆に埋没するのが嫌だなあ、などと浅ましくも感じてしまうのです。しかも、ただ、派手なのや奇抜なので目立つのは嫌なんだよなあ、と年を取るごとに偏屈なおばあさんのようにもなってきています。自分ながら、ああ、本当に面倒臭い、私のお洒落魂。

もの の本によると、お洒落は、服を捨てるところから始まるとか。それはその通り、と思い、妹や姪などに不用の服をあげようとするのですが、派手過ぎて着られなーいと言われることもしばしば。世界で一番高い既製服と呼ばれたこともある日本売りのヴェルサーチだったりするのにさ。

私は、ミニマムな洗練されたフォルムの服も好きなのですが、そして、そういうラインを最小限クロゼットにかけて置く、というライフスタイルに憧れもするのですが、ままなりません。何故か。ジャンクなものに心魅《ひ》かれる習性を抑えることができないからです。懐が痛まない程度の無駄づかいが大好き。うちにはいまだに、大昔にニューヨークで買いためた古着や安アンティークがどっさりとあって、人から見ればガラクタ以外の何物でもないでしょう。しかし、私にとって、それらは、心のヴィンテージ。捨てられないままに取って置いたら、勝手にヴィンテージになってしまったんです。誰にも価値を認めてもらえない、可哀相《かわいそう》な、でも、とてつもなく、いじらしくて愛おしい宝物。

そんなふうに、お洒落に関してウジウジする毎日を送っています。でも、最近、少し開き直ってもいるんです。捨てられないのなら、その服やジュエリーのまとった思い出を、もう一度、再確認して楽しんでみても良いのではないかと。

たとえば、私は、三十年近く前に直木賞を受賞した時、さらにその三十年前、母が新婚旅行で新調したピンクの手縫いのワンピースを着て記者会見にのぞみました。その時の晴れがましさと、母に寄り添われたような心強さを手放す必要などないのでは、と。その種のことをたびたび思うのです。

この間の朗読ライヴで、少なからぬ人々に、シャツを誉められました。パイナップル模様のアロハと黒のライダースを合わせたのですが、実は、それ、三十何年か前のＢＩＧＩ。南の島に行くたびに着て浮き名に一役買ってくれていたそれは、てろてろした安っぽさが魅力。でも、ボタンは今の一度も取れたことがありません。

（２０１６年９月）

いにしえのノモマックス

この春は、日本中が野球のWBC（ワールド・ベースボール・クラシック）に熱狂した。私は、まったく野球に詳しくないのだが、夫に強要され全試合を観た。最初は、え〜観なきゃ駄目？　なんてぶつくさ言いながらテレビの前に座っていたのだが、そのうちにくぎ付けになってしまい、興奮して、にわかファンの様相を呈したのであった。やっぱり、メジャーに行く人ってすごいね、とか何とか。

私くらいの年齢以上だと、野球に詳しくなくても、日本で二人目のメジャーリーガーになった野茂英雄《のもひでお》さんのことは知っていると思う。一九九五年、ロサンゼルス・ドジャースとマイナー契約を結んでメジャーへ。

現地ではすごい人気で「ＮＯＭＯマニア」という言葉も生まれた。ノーヒット・ノーランも達成して、連日、日本のテレビでも話題を独占していた。

実は、私、ナイキが野茂英雄モデルとして発売したスニーカー、一九九六年版「ノモマックス」を持っているのだ。復刻版も後々発売になっているが、私のは未使用のファーストモデル。えっへん！　といばることもないのだが、発売開始から強奪事件が起きるほどの人気スニーカー。手に入れたのを吹聴しては、エアマックスファンをうらやましがらせていたのである……なあんて。

本当は、それ以前、野茂さんを全然知らなかった。

ある日、某週刊誌の年末企画「顔面相似形」のグラビアに野茂さんと私の顔写真が並んでいたのである。

おおっと、何人もで回し見したのは、野球関係のお客さんも多かった銀座の文壇バー「まり花」でのこと。当時、そこに入り浸っていた私は、野球に関して、まるで無知であるが故か、ビッグネームの方々にかえって気楽に口を利いていただいていたのだった。

「この『のしげ』さんって、どういう方なんですか？」

私の素朴な問いに、皆さん、絶句。若いって怖い。ひとりの方があきれながら親切に教えてくださった。

「『のしげ』ではなく『のも』って読むの。この男が、やがて日本の野球の実力を直に世界に知らしめる最初の選手になるんだよ」

ほー、知らんかった、と自分の物知らずを深く恥じた私。で、早速、野茂さんの名を深く胸に刻み……。そうしたら、アメリカでノモマックスに出合い、手に入れ、スニーカーマニアに見せびらかす嫌な女（しかも野茂似）が誕生。野球のルールもろくに知らなかったくせに。

ちなみに、私、件のグラビアで、デビュー当時の宇多田《うただ》ヒカルさんの写真と並べられたこともある。その時もヤッホーと喜んでCDを購入。でも、それでは、野茂さんと宇多田さんが私をはさんで相似形グラデーションになるか、と言えば、全然そんなことはないんだなー、これが。

（2023年4月9日）

ザクロさんの恋

その店には、ザクロさんという風変わりな源氏名を持つ女優志願の美しい女性がいた。当時まだ小説家志望だった私は、夜の仕事を転々とする途中の銀座で、彼女に出会った。

私は、チーフの手伝いとしてカウンターの中で働きながら、フロアでくり広げられる色恋をつぶさに観察していた。何しろ、自ら勝手に決定した未来の小説家であるから、後に役立てようと姑息《こそく》に目論《もくろ》んでいたのである。

開店前のある時、ザクロさんはカウンターに腰を降ろし、ねえ、と私にコースターを差し出した。これ、何て読むの、と。裏に「柘榴」とあったので、ザクロさんの名前じゃないですか、と言うと、彼女は、困ったように溜息をつくのである。

「――さんに連れて来られた学者のお客さんいたじゃない？　ぼくのもっともそそられる植物の実ですよと言って、こう書いたの」

気障《きざ》ですね、と笑った私の目に、真紅の口紅が付いたザクロさんの歯が飛び込んで来た。注意するのも忘れて、私は見入った。その口許が、まさに熟して裂けた柘榴の実のように思えたのだ。

新しい恋をそそのかす私に、ザクロさんはなまめかしく微笑んで、またもや歯を見せた。濡れていた。

（2018年11月）

銀の匙を捜して

この間、出産予定の知人にお祝いを選ぶべく、某百貨店を訪れたのでした。ここは、私の家からも遠くなく、お世話になった方への御礼などを贈る時の買い物にはベストプレイス。いわゆる「ちゃんとした」ギフトを丁寧な接客で購入できる場所。昔からの住人には、あって良かった〜と、折々に感謝を捧げたくなるデパートメントストア……だったのですが、時代の変化で悠長に営業を続ける訳にもいかなかったらしく、何フロアかはディスカウントストアやファストファッションの店舗が占領することになったようです。

あの古き良き雰囲気はどこに……残念！　と言いたいところですが、時代のニーズに合わせるのは大事。実際、便利なので、私もそれらの店でついでに買い物しちゃいますし。それに、あの百貨店の形態は残っているし……という訳で、子供服、玩具《おもちゃ》売り場のフロアに行き、ギフト探しをすることに。

定番の銀のベビースプーンが良いだろうと思ったのですが、見当たらない。カウンターで尋ねても、さあ？　と言われ、ひとつひとつのお店を尋ねて回っても、ない！　ある店員さんなんか、きっぱりと得意気に、「うちは金しか置いてませんから！」なんて言う。

そうだ！　上の階にジョージ ジェンセンがあったはず！　そう思って行ってみたら、それ自体がなくなっていた！　ジョージ ジェンセンは、銀細工を中心としたコペンハーゲン発の歴史あるブランド。普段使いには高価過ぎるけど、プレゼントしたりされたりにはピッタリ。大きな銀器には手が出ませんが、プチ写真立てやピルケースなどは、何度か大切な人に贈ってきました。子供の名前を彫ってくれるベビースプーンを贈ったことも。赤ちゃんが握りやすいように柄が丸まっていて、ものすごく可愛いんです。でも、その店舗も消えていました。

ショックでした。いえ、店がディスカウントストアに変わっていたことではなく、出産ギフトを扱っている店の従業員のほとんどが、生まれた赤ん坊に銀のスプーンを贈る西洋の伝統的習慣を知らずに出産ギフトを売っているんだってことに（さすがにミキハウスの方はご存じでしたが、もう扱っていないそう）。

今さら私が言う必要もないでしょうが、「銀の匙《さじ》をくわえて生まれてくる」という言葉から銀のスプーンの贈り物をするようになったそうです。それは「恵まれた赤ん坊」であるのを意味します。

私の小説デビュー作『ベッドタイムアイズ』では、自分をスプーンと呼ばせる黒人男性が、いつも粋なスーツのポケットに銀のスプーンを入れています。貧しい生い立ちの彼のせめてもの思いがそこに集約されていて、主人公の女は激しい恋に落ちるという物語。

無駄をはぶくことにやっきになっている今の時代。実際には口に運ばないであろうスプーンも無駄ですか？　赤ちゃんとか恋人とかいとしい人のための。

（2023年6月）

恩讐の彼方のトマトサラダ

恋を失った時は、何も言わずに女友達がそっと寄り添ってくれ、体にも心にも優しいごはんを作り、傷付いた私の心を癒してくれる……ああ、何と素晴しいシスターフッド。という書き出しで読む人を「ほっこり」させたいところだが、そうも行かないのである。だって、「失恋」って、ふられることだよね。

これは前にも書いたことがあるのだが、私はふられたことがない。インタヴュー時にそう言ったりすると、聞き手はとても驚いて、加えて、興味津々といった表情を浮かべて尋ねるのである。

「すごーい！　じゃ、山田さんの場合、自分から相手をふる方なんですね？」

いいえ！　と私は、相手を遮って、きっぱりと告げる。

「私の場合、男と別れるのは、相手が逮捕されるか、強制送還されるか、死ぬか、のどれかの場合なんで」

聞き手は例外なく言葉を失うのだが、別に驚かせている訳ではない。だって、真実なんだもん。もっとも、関係は持ったものの大事（本気の恋）には至らず、自然消滅してしまった場合も数知れずあるのだが。「若気のいたり」ってやつね。お尻、軽かったから。

それでも、よおく思い出してみると、私にも手ひどい打撃を受けた経験がひとつだけあり、あれは「失恋」としか呼びようがない。

それは、最初の結婚の時のこと。アフリカ系アメリカ人の前夫が、いつのまにか仲間内の女と恋に落ちていて、その事実を、私以外のほとんどが知っていたのだった。それなのに、誰も私に告げ口する者はいなかった。何故かって？　前夫も、その相手のフィリピン系アメリカ人の女も、そして、たぶん、私も、皆にとって「良い奴ら《グッドカンパニー》」だったから。good fuckin' company!　ほんとだよ。

しかし、その後、前夫は女と別れ、私たち夫婦の関係は修復された……かに見えて、まったく元通りという訳には行かず、「覆水盆に返らず」の故事そのままに、離婚することになったのだった。結婚以後も続いていた恋心が突然断ち切られても、未練がましく何年も一緒にいたから、これは正式な（？）失恋とは言わないかもしれないが。

離婚のペーパーワークを提出するまでにずい分と時間をかけたせいか、私たちに憎しみは残らなかった。

いよいよ、最後の対面の時、夫の両親がニューヨークから移り住んだジョージア州サヴァンナ空港にある、お気に入りのひなびたカフェテリアで昼食を取った。

「きみ、まだヴェジタリアンもどきを続けているの？」と、前夫。

「もう止めた。性格悪くなるからね。あれは、ニューヨークの病だったたってことで」

前夫は、笑いながらメニューをながめて、あ、トマトサラダがある、と言って顔を上げた。

二人共、目が合った瞬間にふき出した。

「好きだったろ？　トマトサラダ」

「ええ、大好きでしたが、それが何か？」

私たちの間で何度もくり返された冗談だ。料理のまったく出来ない前夫が、結婚前、たった一度だけディナーテーブルを用意してくれたことがあった。メニューは、焼き過ぎたステーキとサラダ。

黒塗りの御椀《おわん》にちぎったレタスが敷かれ、何と大きなトマトが丸ごとのっかっていた。私は笑い転げ、つられて前夫も腹を抱えた。そして、私は、トマトにフォークを突き刺して天に掲げ、その後、巨大なキャンデーを齧《かじ》るようにして、食べた。その時から、「失恋」するまで、丸ごとトマトサラダのエピソードは二人のいとおしい共有ジョークになったのだった。

もう私は、あの時のように、無邪気に、野蛮な食べ方で、トマトを口に入れることはない。


（２０２３年９月）

贅沢な無駄を求めて——あとがきにかえて

時間フリークである。

それは、待ち合わせの時間にうるさいとか、時間を無駄にしたくないというのとは、まったく異なる性質を持つ人間のこと。ましてや、今はやりのタイムパフォーマンスを意味する「タイパ」なんてものとは何の接点もない。(ちなみに、私は、このタイパって言葉が大嫌い。タイパがいい、と得意気に口にする男を見るにつけ、こいつ、セックス下手だろうな、と下品なことを思う。時短てのも嫌だが、まあ、タイパよりましか)

私は、高価な宝石やドレスなどには、何の興味もないが、腕時計が好きである。寄る年波のせいか金属アレルギーの徴候が出始めたので今は止めているが、それまでは、ずっと左手首に腕時計を着けっ放しにしていた。昼日中はもちろんのこと、シャワーを浴びる時も、眠る時も、男と寝る時も。

気に入ったら、その時計が高価なブランド物であろうと、安物であろうと関係ない。ただ、いつも着けているので防水であるのは必須である。

そんな、常に体の一部になっている腕時計で何をするか。時間を見るのである。え?当り前? それは確かにそうなのだが、私は、目のはしに映る時計の針を見て、こう思いを馳せるのだ。

何年前、あるいは何十年前のこの日、この時、私は、何をしていただろうか、と。正確に思い出そうとする。あの日、私は、あの人に傷付けられ自分を取り巻くすべてのものを憎んだな、とか。恋に溺れて、夜中、タクシーに飛び乗って、あせった手付きで必死に化粧したな、とか（吉本ばななちゃんの小説のように、運転手さんに、色事ですか？　と聞かれた！　私は、カツ丼を抱えてはいなかったが）。

今は亡き、大好きだった人たちのことも思い出す。そうだ、何年前のこの日、この時、彼、あるいは彼女が、ここにいたのだな、私の隣りに。そんなふうな記憶が甦ると同時に、思い出はあたかもリアルな背景のようになって、私の後ろに広がるのである。そして、そこで生きていた人たちの息づかいを伝えて、私を泣かせる。

「時間フリーク」と自称するのは、そういう性癖故なのである。腕時計ひとつで、私は、いつでも、タイムトラベラーになれる。過去の体験を、良くも悪くもフラッシュバックさせられる。この一種の特殊技能が私という作家の才能、などと言ったら、手前味噌に過ぎるだろうか。

今回、二〇〇〇年以降に書かれた（ほんのいくつかはそれ以前）単行本未収録の文章を改めて読み直してみて思った。おおっ、これは、腕時計なしで出来るタイムトラベルだな、と。

どの文章も、それを書いた、その日、その時に私を呼び戻す。あの人が生きていた、あの場所がまだあった。そう、あの失敗で腑甲斐ない自分をののしった。そして、そんなつたない我身を見据えながら必死に乗り越えた……などという記憶を、多少のノスタルジーと圧倒的なリアリティをもって甦らせてくれるのである。

「タイパ」という言葉が大嫌いだと書いた。何故なら、私の作家生活は、それとは対極にあるものだと思うから。

私は、一貫して、美しい無駄が文化を創ると信じている。美しくて、役に立たないと思われるものに、あえて、手間をかけること。そういった行為こそが文化だと思うし、贅沢だと感じる。そのはしっこに文学というものが存在しても良いのではないか。世界を動かす読み物とは、また別の位置で。

そんなふうに思って、自分の書いたものを読み返してみると、尊敬する先人たちの手による「美しい無駄」が、驚くほど私に染み込んでいて、そして、多大な影響を与えているのが解る。それを自覚し、理解し、後の人たちに伝えようとすること。美しい無駄という伝統の火を消さずに、先人に敬意を払いつつ前に進むこと。

「文学をやる」とは、そのことに他ならないのではないか、と小説家デビュー四十周年の節目を前に痛感している。

このたびの膨大な量の文章群を集めることに時間を割いてくれた、自他共に認める私の妹、武田健くん、そして、美しい本にまとめてくれた中央公論新社の山田有紀さんに、心からの感謝を送ります。

我家で開けた何本ものシャンパンも、私の簡素な手料理も、考えてみれば、贅沢な無駄だったね。でも、ふつか酔いと共に、幸せな時間も連れて来たよね？　ね？

二〇二四年　やっと来た秋の日に。

山田詠美

初出一覧

I

作家の口福　「朝日新聞」be
ブックマーク　「毎日新聞」夕刊
あすへの話題　「日本経済新聞」夕刊

II

追悼　水上勉　グッドラックホテルにて　『すばる』
追悼　河野多恵子　河野先生との記憶のあれこれ　『文學界』
追悼　野坂昭如　食べてさえいれば　『文學界』
追悼　田辺聖子　大人の恋に心ほとびる　「日本経済新聞」朝刊
追悼　安部譲二　ベストフレンド4ever　『婦人公論』
パパリン・ワールドの記憶　『月刊住職』
母をおくる　「日本経済新聞」朝刊

III

二十年目のほんとのこと　谷崎潤一郎賞受賞によせて
　『中央公論』
小説家以前の自分に　野間文芸賞受賞の言葉　『群像』
川端康成文学賞　受賞の言葉　『新潮』
文学賞は素敵　『オール讀物』
芥川賞選考会裏話★ホッピー編　『マイ・ホッピー・ストーリー』
　都市出版
買えない味を知る資格　第16回Bunkamuraドゥマゴ文学賞選評
活字というつまみが、酔いを脳内に広げてくれる瞬間は最高だ
　『dancyu』
酒とつまみを愛した人生　『文學界』
不便なくしては得られない効用　『すばる』
痴人と賢者が出会う時　『谷崎潤一郎全集』第11巻月報
　中央公論新社
文芸な夜に辿り着く　「毎日新聞」夕刊
トウキョウに上京して　『文藝』
その節は……　『文藝春秋』

IV

芥川賞選評　『文藝春秋』

V

私的関係／荒木経惟　『私写真』　朝日新聞社
夫婦は不思議／
　小池真理子・藤田宜永　『夫婦公論』　集英社文庫

いい酒、いい人、いい肴／
　太田和彦『ニッポン居酒屋放浪記　立志篇』新潮文庫
島田雅彦への私信／島田雅彦『食いものの恨み』講談社文庫
小説家という病／
　金原ひとみ『オートフィクション』集英社文庫
何かを失ったことのある大人のための物語／
　井上荒野『切羽へ』新潮文庫
一期は夢よ、ただ狂え／
　団鬼六『悦楽王　鬼プロ繁盛記』講談社文庫
暗く明るく愛たずねます／
　藤子不二雄Ⓐ『愛たずねびと［完全版］』復刊ドットコム
この世で、最も素敵な愚行／岸惠子『わりなき恋』幻冬舎文庫
誰かが語るリアルなZUZU／
　島﨑今日子『安井かずみがいた時代』集英社文庫
おおいなる無駄足を楽しむ贅沢／
　久住昌之『野武士、西へ　二年間の散歩』集英社文庫
孤独を溶かすマジックワード／黒木渚『壁の鹿』講談社文庫
色の妙味を重ねた男と女たちの物語／
　宇野千代『色ざんげ』岩波文庫
「黒人のたましい」に触れた少年の物語／
　五木寛之『海を見ていたジョニー　新装版』講談社文庫
ミシマファイルふたたび／
　三島由紀夫『美徳のよろめき』新潮文庫
虹を踏む世界／売野雅勇『砂の果実』河出文庫

Ⅵ

無銭優雅に出会う街「無銭優雅」ライナーノート
大切な、大切な『小説現代』
土を喰った日々『オール讀物』
荒木さんありき『文藝』
シューマイの姉、かく語りき『文學界』
JAZZまわりフリーク『文學界』
スウェット&ゲットウェット論『yom yom』
あるいは、革命が準備中のままな時『すばる』
ハイヒールの似合う街でローラーコースターに乗る
　「スターライトエクスプレス」公演パンフレット
Yamada Amy in N.Y.『Style』
道草の原点『BRUTUS』
幸福な目移りを許す街　金沢市ホームページ
合掌あれこれ『群像』
キッチンが実験室　書き下ろし
お洒落ヴァガボンド『ku:nel』
いにしえのノモマックス「西日本新聞」朝刊
ザクロさんの恋『婦人画報』
銀の匙を捜して『暮しの手帖』
恩讐の彼方のトマトサラダ『小説新潮』

掲載日・掲載号は、各項に記載しています。

装画　Nicolas de Staël　ニコラ・ド・スタール

Nu bleu couché　横たわる青い裸婦　個人蔵

装幀　櫻井久

編集協力　武田健

山田詠美（やまだ・えいみ）
一九五九年東京都生まれ。八五年「ベッドタイムアイズ」で作家デビュー。『ソウル・ミュージック ラバーズ・オンリー』で直木賞、『トラッシュ』で女流文学賞、『A2Z』で読売文学賞、『風味絶佳』で谷崎潤一郎賞、『ジェントルマン』で野間文芸賞、「生鮮てるてる坊主」で川端康成文学賞を受賞。『つみびと』『私のことだま漂流記』『肌馬の系譜』ほか著書多数。

もの想《おも》う時《とき》、ものを書《か》く
Amy's essay collection since 2000

二〇二四年一一月一〇日　初版発行

著　者　山田《やまだ》詠美《えいみ》
発行者　安部順一
発行所　中央公論新社
〒一〇〇-八一五二
東京都千代田区大手町一-七-一
電話　販売　〇三-五二九九-一七三〇
　　　編集　〇三-五二九九-一七四〇
URL　https://www.chuko.co.jp/

DTP　嵐下英治
印　刷　大日本印刷
製　本　小泉製本

Published by CHUOKORON-SHINSHA, INC.
Printed in Japan　ISBN978-4-12-005849-3 C0095

定価はカバーに表示してあります。
落丁本・乱丁本はお手数ですが小社販売部宛お送り下さい。
送料小社負担にてお取り替えいたします。